魔弾の王と凍漣の雪姫（ミーチェリア） 11 川口士 イラスト／美弥月いつか

Lord Marksman and Michelia Presented by Tsukasa Kawaguchi / Illust. = Itsuka Miyatsuki

「おひさしぶりです、ミラ！」
リュディが走ってきて、飛びついてくる。
ミラはどうにか彼女を受けとめた。

「好きだよ、リュディ」
「ミラよりも？」
「同じぐらい」
その返答に、リュディは微笑を浮かべた。

ダッシュエックス文庫

魔弾の王と凍漣の雪姫11

川口 士

ルヴーシュ
オステローデ
レグニーツァ
王都シレジア
ブレスト
ライトメリッツ
ジスタート
アルサス
オルミュッツ
ポリーシャ
城砦
ムオジネル
エレシュキルト
アニエス
王都パルティア
黄金の海

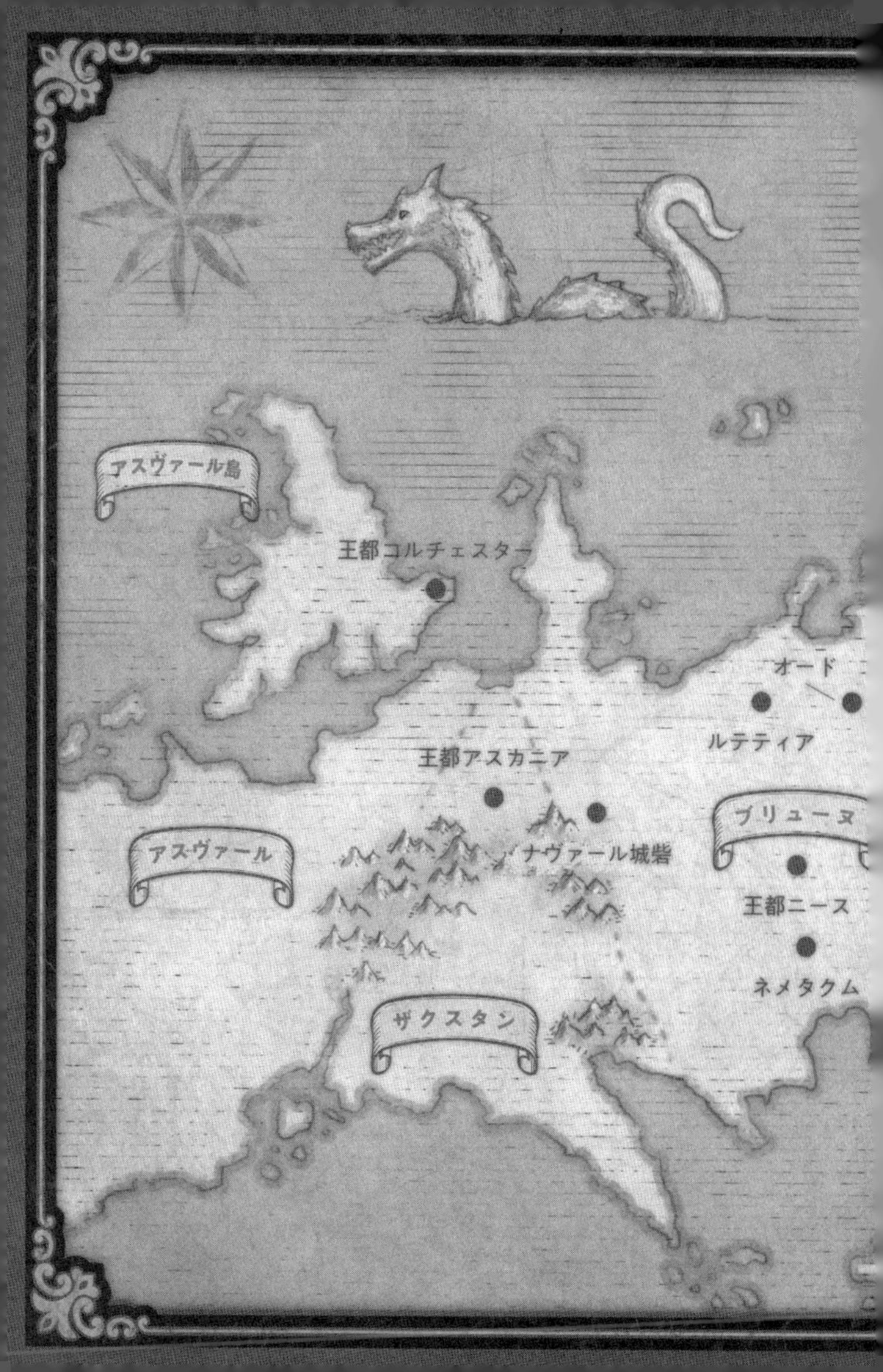
アスヴァール島
王都コルチェスター
オード
ルテティア
王都アスカニア
ブリューヌ
アスヴァール
ナヴァール城砦
王都ニース
ネメタクム
ザクスタン

リュドミラ＝ルリエ

ジスタート王国のオルミュッツを治める戦姫で『凍漣の雪姫』の異名を持つ。18歳。愛称はミラ。相思相愛の仲だったティグルとついに結ばれた。

ティグルヴルムド＝ヴォルン

ブリューヌ王国のアルサスを治めるヴォルン家の嫡男。18歳。ガヌロンを滅ぼして救国の英雄となり、ミラとリュディの二人を恋人とする。

ミリッツァ＝グリンカ

ジスタート王国のオステローデを治める戦姫で『虚影の幻姫』の異名を持つ。16歳。ジスタートに帰国後、ソフィーと行動をともにする。

リュディエーヌ＝ベルジュラック

ブリューヌ王国の名家ベルジュラック公爵家の娘で、レギン王女の護衛を務める。18歳。ティグルに想いを告げ、ミラをまじえた三人の関係を築く。

Character / Lord Marksman and Michelia

エレオノーラ＝ヴィルターリア

ライトメリッツ公国を治める戦姫で、愛称はエレン。18歳。『銀閃の風姫』の異名を持ち、長剣の竜具、銀閃アリファールを振るう。ミラとは険悪な間柄で有名。

ソフィーヤ＝オベルタス

ジスタート王国のポリーシャを治める戦姫で『光華の耀姫』の異名を持つ。22歳。愛称はソフィー。国王に命じられて各地を視察する。

シャルル（ファーロン）

ブリューヌ王国を興した始祖。約三百年前の人物だが、ガヌロンのほどこした術法によって現代によみがえる。戦に敗れたあと、姿を消す。

ロラン

ブリューヌ王国西方国境を守るナヴァール騎士団の団長で『黒騎士』の異名を持つ。29歳。客将としてアスヴァールに滞在している。

プロローグ

秋の終わりの太陽は白く、小さく、かすんで消えてしまいそうなほどに頼りなかった。

弱々しい陽光が降りそそぐ地上を、『光華の耀姫（ブレスヴェート）』の異名を持つ戦姫ソフィーことソフィーヤ＝オベルタスは深刻な表情で見つめている。

彼女の視界に広がっているのは荒れ果てたジャガイモ畑だ。夏の半ば過ぎに植えつけを行ったもので、まもなく収穫するはずだったが、地表に出ているジャガイモはことごとく小さく、ねじくれて、一見して腐っているとわかった。葉や茎も奇妙に黒く変色している。

「ひどいありさまね……」

ジャガイモ畑に座りこみ、ソフィーは端整（たんせい）な唇の間から白いため息をこぼした。冷たい風が吹いて、腰まで届く淡い金色の髪を揺らす。緑を基調としたドレスの上に厚地の外套（がいとう）を羽織（はお）っているため、身体は寒さに耐えられるが、頬や耳は赤くなっていた。

このような悲惨な光景を、ソフィーはジスタート王国の各地で目にしていた。ジスタートにとって重要な食物であるジャガイモが、この秋はどこでも驚異的な不作だという。

不作はジャガイモに留まらず、小麦に豆やそばの実さえも、昨年の三割ほども収穫できていない。大半が何らかの病にかかって枯れてしまったのだ。公国を治める戦姫たちや、領地を持つ諸侯らは顔を青ざめさせて、飢饉対策に奔走している。

　ソフィーもむろん例外ではなく、配下の者たちに指示を出しつつ、国王に嘆願した。国王は承諾したあと、各地を視察してより正確な情報を集めるよう、ソフィーに命じたのである。

「――ソフィーヤ様」

　不意に、ソフィーのそばにひとりの娘が現れた。『虚影の幻姫』の異名を持つ戦姫ミリッツァ＝グリンカだ。彼女の持つ大鎌の竜具には、空間を一瞬で跳躍できる力があるのだが、その力でもってソフィーを手伝うようにと国王から命じられていた。

「東もだめでした……」

　暗い顔で、ミリッツァは首を横に振る。彼女はここから東へ二十ベルスタ（約二十キロメートル）ばかり行ったところにある村を見てきたのだ。その村は広大な畑を持ち、この時期には大量のジャガイモを収穫していたのだが、今年はごくわずかしかとれなかったそうだ。

「ご苦労様、ミリッツァ。あなたが手伝ってくれて助かるわ」

「お気遣いありがとうございます。ですが、わたしにとっても他人事ではありませんから」

　ミリッツァの治めるオステローデ公国も同様の被害に遭っており、彼女は国王だけでなく、先代の虚影の幻姫であるヴァレンティナに助けを求めていた。

　ヴァレンティナは王族のひとりと結婚して王宮に暮らしつつ、ミリッツァを弟子扱いして可愛がっている。ここで充分な働きを示してこそ国王の心証もよくなり、またヴァレンティナも動きやすくなるであろう。

「今度はどこへ向かいましょうか」

ミリッツァに聞かれたソフィーは、すぐには答えず、愁いを帯びた顔で太陽を見上げた。

——もうひと月以上も陽射しは弱く、風は冷たい。

はたして、これはただの冷害なのだろうか。

そのはずだ。約三百年に及ぶジスタートの歴史を紐解け(ひもと)ば、王国全体をすさまじい寒波が襲った話はいくつも出てくる。まれなことではあっても、ありえないことではない。

しかし、ソフィーはそんな当たり前の考えを受けいれることに奇妙な抵抗を感じていた。ただの天災ではないと、意識の奥底でささやく声がする。

視線をミリッツァに戻して、ソフィーは微笑んだ。

「ミラのところへ行きましょうか」

『凍漣(ミーチェリア)の雪姫』の異名を持つ戦姫ミラことリュドミラ＝ルリエの治めるオルミュッツには、二人のいるこの地から北西へ歩いて六、七日ほどでたどりつく。ミリッツァの竜具の力を使えば一瞬だが、情報を集めながら向かいたい。

二人は、ソフィーがここまで乗ってきた馬のもとへ向かって歩きだした。

「ブリューヌやムオジネルはどうなっているかしら」

ぽつりとつぶやくソフィーに、隣を歩くミリッツァは小首をかしげてみせる。

「お隣でも冷害が起きているかもしれないと？」

「その可能性について考えた方がいいわ。最悪の場合、戦になるかもしれない」

「冬に、ですか？」

ミリッツァの表情に驚きと困惑がいりまじった。

冬の戦は困難を極める。まず寒さと戦わねばならないからだ。兵に厚着をさせ、燃料を多く用意することができなければ、兵が凍え死ぬか逃げだして戦闘どころではなくなる。冬に戦をするというのは、よほど勝算があるか、その必要に迫られているかのどちらかなのだ。

「自国に食糧がなければ、他国から奪う。そう考える者が現れるかもしれないわ」

ブリューヌ王国やムオジネル王国が冷害に襲われていないのなら、問題はない。こちらから食糧を求めるだけだ。足下はおおいに見られるだろうが、この際やむを得ない。

だが、もしも、彼らも自分たちと同様に冷害に襲われていたら、わずかな食糧を巡って血を流すことになるのではないか。

──考えすぎであってほしいわ。

不意に、ソフィーは身体を震わせる。冷たい大気が外套のわずかな隙間から侵入してきたからか、それとも自分の想像に寒気を感じたためかはわからなかった。

その日の夕方、ソフィーとミリッツァは小さな集落に立ち寄って空き家を借りた。野営をするには、いささか風が冷たすぎる。屋根と壁がほしかった。

地面に藁を敷いただけの粗末な寝床に、それぞれ竜具を抱えて横になる。

ミラや、エレンことエレオノーラ＝ヴィルターリアには及ばないものの、ソフィーは決して弱くはない。ミリッツァも数々の戦で経験を積んでいる。不審な気配が近づけば、二人ともすぐに目を覚ますことができた。よこしまな考えを抱く者がいたとしても、痛い目を見るのはその者たちであろう。

ソフィーはほどなく眠りについた。

そして、夢を見た。

広大な空間に、彼女は立っている。石造りの建物の中のようだった。薄暗かったが、闇に目が慣れるように、少しずつ周囲の光景が鮮明になっていく。

視界に飛びこんできたものに、ソフィーは息を呑んだ。

無数の死体が転がっている。前にも、後ろにも、右にも左にも。

男も、女も、子供も、老人も、誰もが死んでいた。たったいま死んだばかりのような死体もあれば、腐り果てて肉が崩れているものもある。血にまみれているものもあれば、眠っているだけのように見えるものもあった。

――何なの、これは……。

愕然としながらも、ソフィーは床一面を覆う数十、数百の死体から目を離せない。視線を巡らせていくうちに、彼女はさらなる驚きに襲われた。死体の中に知っている者たちを見つけたのだ。家族、友人たち、自分の治めるポリーシャ公国の官僚や騎士たち、戦姫たち、そしてティグルことティグルヴルムド＝ヴォルン……。

──そんな。ありえない。

ふと視線を感じて、ソフィーは顔をあげた。

いつのまにか、正面の奥に巨大なものがたたずんでいる。

それは、うずくまっている黒い竜と、その背に腰を下ろしている美しい娘の像だった。大きさは二十アルシン（約二十メートル）ほどもあるだろうか。娘の像は素肌に長い布をまとい、腰まで届く髪をなびかせている。

ソフィーの頭にまず浮かんだのは、ジスタートの象徴であるジルニトラだ。だが、彼女が知るジルニトラの像にこのようなものはない。

──でも、竜と娘という組みあわせはどこかで聞いたような……。

一呼吸分の間を置いて、以前にティグルから聞いた夢の話を思いだす。

──これがティル＝ナ＝ファ。

それは他の神々と異なり、畏怖（いふ）をこめてささやかれる名だった。

ジスタートとブリューヌで信仰されている、夜と闇と死を司る女神。

ソフィーは目を見開いて、その場に立ちつくした。目の前にそびえているものは、ただの像ではない。何ものかが、あるいは女神が、この像を通して自分を見ている。気を抜けば、倒れて意識を失ってしまいそうだ。

だが、ここで何もできずに倒れてしまうのは、あまりに無様だ。像の前まで歩いていけば、わかることがあるかもしれない。

懸命に自身を鼓舞（こぶ）すると、ソフィーは像に向かって一歩、踏みだす。

そこで、目が覚めた。

刹那（せつな）の暗転のあと、ソフィーの視界に映ったのは暗がりに包まれた木造の壁だ。集落で借りた空き家の中だった。自分は外套にくるまり、己の竜具である黄金の錫杖（しゃくじょう）『光華（ザート）』を抱えて横になっている。隣に感じる気配は、同じように眠っているミリッツァのものだ。

呆然と、ソフィーは壁を見つめた。否、目が壁に向いているだけで、たったいままで見ていた夢のことを彼女は考えている。

——現実としか思えなかった。

自分の周囲の死体も、女神の像も、細部まで明瞭であまりに生々しかった。

身体を起こし、不快そうに顔をしかめて服に触れる。肌着が汗で濡れていた。面倒だが、このまま寝直したら体調を崩すかもしれない。

「——ソフィーヤ様？」

声がして、ミリッツァがもぞもぞと起きあがる。

「ごめんなさい。起こしてしまったかしら」

申し訳なさそうに言ったソフィーに、ミリッツァは「いえ」と、答えた。暗がりの中、ためらうような気配を挟んで、遠慮がちに言葉を続ける。

「その、ソフィーヤ様のせいではなく、いやな……奇妙な夢を見て、目が覚めたところで」

ソフィーはおもわず年少の戦姫を見つめた。彼女には悪いが、詳しく話を聞くべきだ。

「火を起こすわ。汗をかいてるなら、あなたも肌着を替えなさい。身体を冷やしてはだめよ」

抱きかかえているザートの柄を、ソフィーは軽く撫でる。錫杖の、環になっている部分が淡い光を帯びた。その明かりを頼りに彼女は自分の荷袋を引き寄せ、火口箱と薪を用意して火を起こす。薪はこの集落の住人から買ったものだ。

ゆらめく炎を見て、ソフィーはようやく安堵を覚える。自分もすばやく着替えたが、上半身裸になったとき、夜気の冷たさにおもわず身体が震えた。

荷袋から水の入った革袋と陶杯、蜂蜜の入った小瓶を取りだす。陶杯に水を入れて火であたため、ほんの少しだけ蜂蜜を溶かした。ミリッツァに半分飲ませて、残りを一気に飲み干す。

「ミリッツァ、あなたが見た夢について聞かせてもらえるかしら」

ソフィーの口調から、気分転換の談笑などではないとわかったのだろう、ミリッツァもまた真剣な表情でうなずいた。

はたして彼女の見た夢は、ソフィーが見たものとほとんど同じだった。無数の死体が転がっていたところも、黒い竜の背に乗った娘の像と対峙したところも。ただし、ミリッツァの周囲にあった死体は、戦姫たちやティグル、そしてオステローデの官僚や騎士たちだったという。

——近しいひとたちの死体ということかしら。

思案しつつ、ソフィーは自分も同じ夢を見たことを彼女に話した。

「以前にミラから聞いたのだけど、ティグルも、黒い竜に乗った娘の像が出てくる夢を見たことがあるらしいの。ただ、たくさんの死体が出てきたという内容ではなかったと思うわ」

「気になるお話ですね」

ミリッツァの顔は緊張と不安に強張(こわば)っている。

「ええ。予定を変えて、朝になったらミラのところへ行きましょう。お願いできる？」

ミリッツァの竜技を使って、オルミュッツの公宮まで跳躍しようというのだ。ミリッツァは小首をかしげた。

「馬たちはどうしましょうか。わたしの力では、ソフィーヤ様だけで限界です」

「そうね。この集落のひとたちにお駄賃(だちん)をはずんで、わたくしの名が通るような大きな町まで連れていってもらいましょうか」

ソフィーが戦姫として命じれば、たいていの者は喜んで従うだろう。しかし、彼女はそうした真似(まね)を嫌った。必要とあれば権威や権力も使うが、いまはそのときではない。

「そうと決まれば寝直しましょうか」

明るい声でミリッツァに笑いかけると、ソフィーはすぐに外套にくるまって横になる。ミリッツァは困惑した顔で訊いてきた。

「その、夢のことは……？」

「あなたとわたくしが同じ夢を見たというのがわかっただけで充分よ。それ以上のことは、二人で考えてもろくな結論が出るとは思えないわ」

たしかにその通りだ。火を消して、ミリッツァも再び横になる。

だが、彼女はなかなか眠れなかった。夢の凄惨な光景が、まぶたの裏にちらつくのだ。顔をしかめながら何度か寝返りをうつと、ソフィーが彼女の名を呼んだ。

「手をつないで寝ましょうか」

「ソフィーヤ様、わたしは年下ですけど、子供というわけでは……」

不満そうに反対するミリッツァに、ソフィーは闇の中でくすりと笑った。

「わたくしがそうしたいの。だめ？」

ずるいと、ミリッツァは口の中でつぶやく。以前にミラから聞いたことを思いだした。ソフィーは相手の年齢にかまわず甘えることができると。

ミリッツァはおずおずと手を伸ばす。ソフィーの手はあたたかかった。

翌朝、二人はパンと干し肉、沸かした湯だけの簡単な食事をすませると、集落の長に数枚の銀貨を渡して馬と荷物を預けた。長は、馬を町まで届けることを約束した。

そうして集落を出ると、ミリッツァは竜技を使う。

「――虚空回廊(ヴォルドール)」

次の瞬間、二人の戦姫はオルミュッツの公都の前に立っていた。目の前には城壁と、堅牢さを感じさせる城門がそびえている。

「竜技もすごいけれど、ここまで正確な位置に跳躍するあなたの腕前もたいしたものね」

感心するソフィーに、ミリッツァは相好(そうごう)を崩して恐縮した。

二人はさっそく公宮を訪ねる。応対に出たのはミラではなく、彼女の腹心である初老の騎士ガルイーニンだった。ミラも、彼女の母であるスヴェトラーナも多忙であり、すぐに会うことはできないという。

予想していたことだった。本来はソフィーたちから先触れを出して、おたがいの都合のいい日時に約束をとりつけてから訪問するものである。

「それでは、ミラの手が空くまで休ませてもらえるかしら。部屋はひとつでいいわ」

「かしこまりました。ただちにご用意いたします」

二人は客室に通される。暖炉の火は入れたばかりのようだが、四半刻もすれば部屋の中は暖かくなるだろう。ソファに並んで腰を下ろすと、そろって息をつく。

「ひさしぶりなのだから、もっと楽しい話題で来たかったわね」

ソフィーとミリッツァが最後にミラと会ったのは、夏の終わりごろだ。

彼女たちはブリューヌの内乱においてレギン王女に協力しており、ソフィーとミリッツァが状況の報告のためにジスタートへ帰還したあとも、ミラはジスタートの代表としてブリューヌに残った。彼女がオルミュッツに帰還を果たしたのは秋のはじめごろと聞いている。

「楽しい話題もないわけではないですよ。リュドミラ姉様がどう思うかはわかりませんが」

ミリッツァが楽しそうな笑みを浮かべる。彼女が考えていることを察して、ソフィーは苦笑した。とがめなかったのは、自分も気になっていることだったからだ。

そうして半刻ばかり過ぎたころ、ミラが姿を見せた。

「ごめんなさい。なかなか手が空かなくて……」

「いえ、早いですよ。一刻は待つと思っていましたから」

ミリッツァがそう答える。ソフィーはミラの顔をじっと見つめて、気遣わしげに言った。

「疲れているみたいね。忙しくても、寝る時間はしっかりとらなくてはだめよ」

ミラの肌はやや荒れ、化粧でごまかしているが、目のまわりにうっすらと隈ができている。

それをソフィーは見逃さなかった。ミラは肩をすくめると、小さなテーブルを挟んでソフィーたちの向かい側にあるソファに腰を下ろす。

「だいじょうぶよ。休めるときには休んでるから」

侍女が入ってきた。焼き菓子を盛った皿と、紅茶を淹れる道具一式を置いて退出する。ミラは慣れた手つきで人数分の紅茶を淹れはじめた。

「あなたの紅茶をいただくのもひさしぶりね」

ミラが用意した葡萄のジャムを紅茶に溶かして、ソフィーは香りと味をゆっくり楽しむ。半分ほど飲んだところで、話を切りだした。

「いま、わたくしとミリッツァが何をしているか、知ってる？」

「あなたが王都へ自ら足を運んで、陛下に飢饉対策をお願いしたというのは聞いてるわ」

「そのあと、ソフィーヤ様とわたしは各地を視察するよう陛下のご命令を受けたんです」

ミリッツァが、これまでに見てきたものを詳しく説明する。ミラは顔をしかめた。

「そう、ジスタート全土がひどいことになっているのね……」

「このオルミユッツは？」

「毎日のように頭を抱えたくなる報告が届くわ。食糧の不足、値段の高騰、一部の大商人による買い占め、集団での盗みや略奪といった事件の増加……。お母様が、自分が戦姫だったころでもこれほどひどいことは起きなかったと言っていたぐらいよ」

統治者にとって、天候によってもたらされる飢饉ほど恐ろしいものはない。惨状から目を背けることも、絶望的な報告に耳をふさぐことも許されず、すべての責任を負って対策を立てねばならないからだ。

「他の国はどうかしら。ミラは何か知ってる？」

「ムオジネルもそうらしいと聞いたことはあるわ。茶葉の値段が急にあがってね、いろいろと話を聞いてみたの。茶葉にかぎらず何もかもが不作で、質も驚くほど落ちたと」

ソフィーの顔を深刻さの影がよぎる。ミリッツァに話した、戦になるかもしれないという想像が現実味を帯びてきた。時期と状況を考えれば、ムオジネルが軽率な行動に出ることはないと思うが、決めつけるのは危険だ。動きをさぐる必要がある。

「ところで、あなたに聞きたいことがあるのだけど……」

ソフィーは話題を変えた。昨夜、自分たちが見た夢について話し、羊皮紙と筆を用意して、すばやく絵を描いてみせる。

「黒い竜と、娘の像……」

わずかに紅茶が残った白磁の杯を手に持ったまま、ミラが表情を硬くした。

「私も昨夜……正確には今朝になるかしら、同じ夢を見たわ。私の場合は、ティグルやあなたたちの他に、オルミュッツの者たちが倒れていたけど」

ソフィーとミリッツァは無言で視線をかわす。ここに来て正解だった。

「ミラ、この竜と娘は、ティグルが見たというティル＝ナ＝ファで合っているかしら」

「同じね。私が夢で見たのもこの像よ。それから、ザクスタンにあった古い時代の神殿で私たちが見たティル＝ナ＝ファの像も」

「そういえば、鉱山の地下深くに神殿があったと、あなたから聞いたことがあったわね」

失念していたことに気づいて、ソフィーはため息をついた。ミラが首をひねる。

「ただ、ティグルが見た夢は、私たちが見たものと違うわ。凍りついた建物の中にいて、先へ先へと進んでいったら、奥にこの像が待ちかまえていたそうよ」

「そして、ティグルは女神の言葉を聞いた……」

確認するように言ってから、ソフィーは頭を振った。

「ティグルの夢とわたくしたちの夢とは、わけた方がよさそうね。いまは、わたくしたちの夢について考えましょう。あの恐ろしい光景は何を意味しているのか」

「考えたくないことですが、予知夢というものでは……」

ミリッツァの声は暗く、硬い。

「ないとは言いきれないわね。ティル＝ナ＝ファは死を司る女神だから」

ミラはそう言葉を返してから、「でも」と続けた。

「あの女神は、これまでに何度もティグルに力を貸してくれている。必ずしも私たちに敵対的な存在というわけじゃない。──ソフィーはどう思う？」

「神託や啓示の可能性があると思ってるわ。わたくしたちは巫女ではないけれど」

「啓示？」

眉をひそめるミラに、ソフィーは淡い金色の髪を揺らして説明する。

「女神はわたくしたちに警告してくれているのかもしれない。何ものかがそうした事態を引き起こそうとしていると。心当たりはあるでしょう。あなたの宿敵であるズメイや、魔物の疑いがあるドレカヴァク、異国の神アーケンに仕えていると名のっていた者たち……」

ソファに寄りかかって、ソフィーは考えこむように視線を宙にさまよわせる。ごく短い時間で決断すると、彼女は緑柱石の色の瞳に真剣な輝きを湛えてミラを見つめた。

「ミラ、悪いけど、ブリューヌへ行ってくれないかしら」

白磁の杯をテーブルに置いて、ミラはソフィーの視線を受けとめる。

「ティグルから話を聞いてこいということ？」

「それもあるけど、ブリューヌの状況をじかに見てきてほしいの。冷気を操るあなたなら、この季節にヴォージュ山脈を越えることも難しくはないでしょう」

「わたしの竜技なら、すぐにブリューヌへ行けますが」

ミリッツァの申し出に、ソフィーは首を横に振った。

「あなたには他に頼みたいことがあるわ。それに、ミラには多くのものを見てきてほしいの」

「私、けっこう忙しいのよ？」

ミラが憮然とした顔で苦情を述べる。もっとも、それはソフィーの頼みを聞きいれた上での愚痴のようなものだった。彼女が頼みごとをしてきた理由を、ミラは正確にわかっている。いまの戦姫たちの中で、先代の戦姫に己の代理を任せることができるのはミラだけだ。

「まったく……。やっと帰ってきて三ヵ月過ぎたかどうかだというのにね」

「それを言うならわたくしだって同じようなものよ。あなたより早くジスタートに帰ってきたとはいえ、陛下への報告に今度のことへの対処、各地の視察と、自分の公宮に落ち着く暇なんて全然なかったもの」

　ともにおおげさにため息をついて、笑いあう。ミラは表情を緩めた。

「わかったわ。行ってくる」

「ありがとう。わたくしはミリッツァといっしょにムオジネルへ行ってくるわ」

「ミリッツァに頼みたいというのはそのことね。二人とも気をつけて」

　ミラは納得する。ムオジネルはブリューヌと異なり、ジスタートと友好的な関係ではない。いざというときに逃げられるよう、ミリッツァの力はそちらにこそ必要だろう。

「それじゃ、話がまとまったところで本題に移りましょうか」

　意味ありげな微笑を浮かべて、ソフィーは身を乗りだした。率直にミラに尋ねる。

「ティグルとはどうなの？」

「どう、って……？」

　首をかしげるミラに、ソフィーは容赦なく具体的な質問をぶつけた。

「わたくしたちがジスタートへ帰ったあとで、何か進展はあった？　ブリューヌ行きをあっさり引き受けてくれたあたり、仲がうまくいってないということはなさそうだけど」

「リュドミラ姉様、わたしも気になっています」

ミリッツァも興味の色を両眼に湛えて聞いてくる。ミラは狼狽して顔を赤く染めた。

「いや、その……こ、これまで通りよ、これまで通り。話すようなことはなかったわ」

必死に言い張るミラの目は泳ぎ、声音は安定せず、落ち着きは失われている。疑ってほしいと言っているようなものだ。ソフィーはにっこりと笑って祝福の言葉を紡いだ。

「おめでとう、ミラ」

「へっ」と、ミラはすっとんきょうな声をあげる。

「お、おめでとう、って、何が？　何のこと？」

「そんなの言わなくてもわかるでしょう」

笑顔を微塵も崩さずにソフィーが応じると、ミラは恥ずかしそうにうつむいた。

「や、やっぱり、こういうのは、表情や態度から何となくわかっちゃうのかしら。何も変わらないなんていう話もあるけど、私の場合は間違いなく変わったわ。心というか、意識が。あ、言っておくけど、私からとか、ティグルからとかじゃなくて、おたがいに合意の上で……」

早口でのろけはじめたミラに、ソフィーは目を丸くする。

「驚いたわ。本当に結ばれたのね、あなたたち」

一呼吸分ほどの間を置いて、ミラが声にならない悲鳴をあげた。ソフィーがかまをかけたことにようやく気づいたのだ。

「大願成就、おめでとうございます、リュドミラ姉様」

ミリッツァが薄笑いを浮かべて拍手をした。言葉と表情が合っていない。

「ぜひ、聞かせていただけませんか。とても大事なことだと思いますので」

「わたくしたちが帰ったあとにブリューヌで起きたことについても、聞かせてちょうだい。リーザやエレン、オルガも気になっているでしょうし」

ミラが憮然とした顔でソフィーを睨む。ブリューヌでの出来事もと言われれば、ここで二人を追いだすわけにもいかない。

「まず、エレオノーラたちには絶対に話さないと約束しなさい。当然、ヴァレンティナにも。私とティグルの立場を考えれば、そうすべきなのはわかるでしょう」

「わたしが黙っていても、ティナ姉様なら遠からず気づくと思いますが」

ヴァレンティナには、醜聞沙汰収集家とでもいうべき一面がある。ジスタートの貴族諸侯の秘密や不祥事、失敗談を嗅ぎつけて、調べあげるのだ。

性質が悪いのは、よほど深刻で重大なものでなければ公表したり、告発したりせず、相手をからかうためだけにそれらの情報を使うことであろう。ソフィーもミラも、これまでに何度も苦々しい思いをさせられたことがあった。

「ルサルカとの一件以来、ティナ姉様は不思議な弓を持つティグルヴルムド卿にずっと注目しています。リュドミラ姉様との仲についてはほぼ気づいていますし、『手ごろな弱味を握って遊べないものかしら』と言っていたこともありました」

「だからといって、こちらからわざわざ教える必要はないでしょ。もしもヴァレンティナに何か聞かれたら、私に直接聞けと答えてあげなさい」

「わかりました。そのようにします」と、ミリッツァ。

「もちろん誰にも話さないわ。ラジガストの名にかけて」

ソフィーもそう答える。ラジガストは、ジスタートとブリューヌで信仰されている神々の一柱で、名誉の神だ。重要な約束事をかわす際に、この神の名はしばしば用いられた。

ミラは疑わしげな目で二人を見たあと、人数分の紅茶を淹れ直す。

長い話になりそうだった。


今年の春からブリューヌ王国に吹き荒れていた戦乱の嵐は、夏の終わりごろにようやくおさまった。一連の戦いは、「ガヌロンの乱」と呼ばれている。

マクシミリアン＝ベンヌッサ＝ガヌロン公爵は、ブリューヌを代表する大貴族だった。しかし彼は庶子の王子バシュラルを使嗾して、レギン王女——当時はレグナスと名のっていたが——の殺害を試みた。またガヌロン自身も王都ニースを強襲し、ファーロン王を幽閉した。

レギンがバシュラルを打ち倒すと、ガヌロンは王都から逃げ去った。だが、彼は驚くべきことにファーロン王と手を結び、レギンに戦いを挑んできたのだ。

そのファーロン王は、ファーロン王ではなかった。ガヌロンがある力を用いて、ブリューヌの始祖シャルルの魂をファーロン王の肉体に移し、よみがえらせたのだ。

ガヌロンとシャルルは自分たちに従う諸侯や騎士を率いて王宮を襲撃し、一時はレギンを追い詰めたものの、ティグルをはじめ多くの者にその刃を阻まれ、退けられた。ガヌロンはティグルによって滅ぼされ、シャルルは敗北を悟って姿を消した。

シャルルの存在と、ガヌロンが魔物であったことは公には伏せられ、本物の王はすでに殺害され、ガヌロンが偽者を用意した、ということになった。これまでのガヌロンとファーロン王の関係を考えてもうなずける話であり、この発表はごく自然に受けいれられた。

シャルルには逃げられ、王国の宝剣デュランダルも奪われたままではあったが、「ガヌロンの乱」は幕を下ろした。

その後、ブリューヌに攻めてきたムオジネル軍も、テナルディエ公爵によって撃退されたことが伝えられ、ようやく平和を取り戻したブリューヌは、新たな統治者となったレギンのもとで復興にとりかかったのである。

ミラとしては複雑な心情だった。

戦姫としての立場からいえば、貸しをつくった相手であるレギンが勝ったのだから、満足できる結果だ。これから少しずつ貸しを返してもらえばいい。

一方、私人としてのミラは大きな悩みを抱えていた。想い人であるティグルを、ベルジュラック公爵家のリュディことリュディエーヌと共有することになったからだ。

原因は、言ってしまえばティグルが戦場で活躍しすぎたことにある。未来を担う若き英雄と目されてしまい、二人の仲を公に認められる可能性がほとんどなくなってしまったのだ。

加えて、リュディだけでなくレギン王女までが、ティグルに想いを寄せているとわかった。もしもレギンが想いを告げてきたら、ティグルに断ることはできない。断るなら、生まれ育ったアルサスを去る覚悟がいる。

そのような状況で、リュディがミラに話を持ちかけてきたのだ。レギンからティグルを守るために、二人で共有しようと。

迷い、悩んだ末に、ミラはこの提案を受けいれた。自分の力だけでレギンに対抗することは不可能であったし、ティグルをアルサスから切り離すわけにはいかない。この先、リュディ以上の味方が現れるとは思えず、彼女の想いを知ったあとでも、嫌いにはなれなかった。

もっとも、このような関係がどこまで続くのかという不安はある。それに、レギンもいずれ気づいて何か手を打ってくるかもしれない。相手は一国の統治者なのだ。

ようやく身も心も結ばれたというのに、二人の進む先はなお前途多難だった。

1　予兆

父たちと夕食をすませたあと、ティグルヴルムド＝ヴォルンは、自分の部屋で家宝の弓の手入れをしていた。

人智を超越した一張りであるこの黒弓は、手入れなどせずともそのしなやかさと強靱さをいささかも損なうことはない。だが、昨年の春に父から与えられて以来、この弓は家宝であるという以上に、ティグルにとってかけがえのない相棒であった。

何より、酷使しているという自覚がある。この黒弓と、いったいどれほどの激戦をくぐり抜けてきただろう。手入れは、せめてものねぎらいのようなものだった。

なめした鹿の毛皮で丁寧に磨いた弓幹を、燭台の火にかざして観察する。満足して黒弓を壁に立てかけると、次は三つの鏃を床に並べた。

黒い鏃が二つと、白い鏃がひとつ。黒い鏃はそれぞれアスヴァール王国とザクスタン王国で手に入れたもので、白い鏃は、よみがえった始祖シャルルから譲られたものだ。

アスヴァールの王女ギネヴィアから譲り受けた鏃を見つめる。彼女の話によると、この鏃は約三百年前、魔弾の王を名のる旅の狩人が、ブルガスという町で円卓の騎士のひとりに渡したものだという。「いつかこの町を救う弓の使い手がいたら渡してほしい」と言って。

　ザクスタンで手に入れた鏃に視線を移す。こちらはランメルスベルク鉱山の地下につくられたティル＝ナ＝ファの神殿にあった。レーヴェレンス家のヴァルトラウテが、ティグルのものだと思って拾っておいたのだ。

　この二つは、いずれもすさまじい破壊力を秘めている。しかも、射放ったあと、ひとりでに戻ってくるのだ。ただし戻ってくるのは鏃だけなので、新たに矢幹を用意する必要があるが。

　白い鏃については、まだ使ったことがないのでどのような力を備えているのか不明だが、非常に強力なものであることはわかっている。

　王宮でミラと戦ったシャルルは、ラヴィアスによる一撃をこの鏃で受けとめた。

　また、自分と弓矢の勝負をしたとき、シャルルがこの鏃を用いて射放った矢は、ティグルの矢を粉々に打ち砕いた。黒い鏃に劣らない力を持つのはあきらかだ。

　鏃を順番に磨きながら、ティグルは何とはなしに独りごちる。

「魔弾の王か……」

　その言葉を最初に聞いたのは昨年の春、ムオジネルのオルトゥという地で、魔物ルサルカと戦ったときだった。黒弓の力を見たミリッツァが、古い伝承を話してくれたのだ。

「ある男が、射れば必ず命中する弓を女神から授かり、あらゆる敵を射倒して、ついには王となった。その男は魔弾の王と呼ばれた」と。

　その次は昨年の夏、ジスタートのライトメリッツ公国で、魔物レーシーと戦ったときだ。

レーシーが滅んだあとに現れた魔物ズメイは、「魔弾の王よ」と、ティグルに言った。

それから数多の戦いと、ティル＝ナ＝ファとの邂逅(かいこう)を経て、ティグルは魔弾の王についていくつかのことを知った。

いま、魔弾の王とは何かと問われたら、ティグルは次のように答えるだろう。

「おそらく、ティル＝ナ＝ファと同じように、ひとの味方にも敵にもなりうるもの」

ティル＝ナ＝ファという女神は、一柱であって一柱ではない。三柱の女神がひとつになったものだ。それゆえにティル＝ナ＝ファを三面女神と呼ぶ者もいる。

そして、この女神は三つある己の意志を統一していない。人間に協力的な女神もいれば、敵意を向けている女神もいる。黒弓を通じてティル＝ナ＝ファから力を借りる魔弾の王は、その影響を受けずにはすまないというのが、ティグルの推測だ。

その推測を裏づけるものがある。先日、ザクスタンの王子アトリーズから手紙が届いた。彼はランメルスベルク鉱山の過去の記録を調べて、ティグルに関係がありそうな二つのことを知らせてくれたのだ。

「約二百年前、ランメルスベルクを占拠した邪教徒の集団を、当時の国王が討伐した。とくに戦果を挙げたのは、王と親しい黒い弓を持つ異国の狩人だった。また、約百五十年前、邪教徒の集団がランメルスベルクを奪ったが、彼らには黒い弓を持つ異国の弓使いが味方しており、国王の軍は多大な損害を強いられたそうだ。五十年の開きがある以上、同一人物ではないだろうが、共通する点は多い。私なりに考えてもみたが、思いつきを述べては邪魔になるだろう。このことがあなたの役に立ったなら、嬉しい」

自身も多忙であろうに、調べものに時間を割いてくれた王子にティグルは深く感謝し、その日のうちに礼の手紙をしたためて、遠路はるばるアトリーズの手紙を持ってきてくれたザクスタン人の騎士に渡したものだった。

――だが、人間に敵意を向けているティル＝ナ＝ファを、俺は否定することができない。

王都ニースの王宮でガヌロンと戦ったとき、ティグルは二柱の女神の力を借りた。「魔を滅ぼせ」とささやく女神と、「ひとを滅ぼせ」とささやく女神の。どちらが欠けていても、ガヌロンに勝つことはできなかっただろう。

――神々が与えてくださる力に正邪はなく、それを定めるのは人間、か……。

リュベロン山の山頂の神殿で会った神殿長の言葉だ。いまなら少しはわかる。女神の力をこれからも借りようとするなら、自分が確固たる意志を持っていなければならない。

結論を出したところで、手を止めていたことに気づく。黒い鏃をじっと見つめた。

――これまでは、魔物と戦うのに頼もしい武器だとしか思っていなかったが。

魔弾の王が自分の想像通りの存在であった場合、これらの鏃は、魔物と戦うためのものではないということになる。では、いったい何のためにつくられたのか。見当もつかない。

白い鏃を自分に渡したシャルルは何か知っているようだったが、彼がいまどこにいるのかはわからない。自分で手がかりをさがして考えるしかなかった。

「でも、この先も頼りにさせてもらうよ」

苦笑まじりに、鏃に語りかけた。

ちょうど磨き終えたところで、扉が外から叩かれる。侍女のティッタの声が聞こえた。

「ティグル様、葡萄酒をお持ちしました」

ティグルは立ちあがって扉を開ける。盆に青銅杯を二つ載せたティッタが立っていた。栗色の髪を頭の左右で結び、黒い長袖の服と足下まであるスカートの上に、白いエプロンをつけている。ティグルよりひとつ年下の彼女の顔には、かすかな期待と不安が浮かんでいた。

「ありがとう、ティッタ」

ティグルは彼女を部屋の中に招き入れて青銅杯を受けとると、並んでベッドに腰を下ろす。ティッタがこの屋敷で侍女として働くようになったのは十一のときだが、そのときにはもう、この距離感が二人にとって当たり前のものとなっていた。

青銅杯を満たしている葡萄酒は湯で割ったもので、湯気が立ちのぼっている。一口飲むと、口の中いっぱいに熱と香りが広がった。喉を抜けていった葡萄酒が身体を内側からあたためてくれる。秋の終わりの夜ということもあって、ため息がこぼれた。

「うまいな」

ティッタに笑いかけようとして、ティグルは顔にかすかな戸惑いを浮かべる。彼女は両手で持っている自分の青銅杯に口をつけようともせず、こちらをじっと見つめていた。

「ティグル様は」と、ティッタが思い詰めた声で聞いてくる。

「明日、出立なさるんですか？」

それは質問ではなく反対であり、留まってほしいという懇願だった。彼女の気持ちを嬉しく思いながら、ティグルは穏やかな笑みを浮かべてうなずく。

「ああ。夜明けを待って出る」

「一年以上も旅をして、やっとアルサスに帰ってきてくださったのに……。ウルス様やバートランさんだって、ティグル様の顔を見てどれほど安心されたか」

ティッタは口をとがらせた。葡萄酒に口をつけながら、ティグルによりかかってくる。不機嫌そうな顔は、他の感情を押し隠すためのものであり、甘えでもあった。

反省していることを示すように、ティグルは首をすくめる。

「俺も、こんなことになるとは思わなくてな。なかなか予定通りにはいかないもんだ」

夏の終わりにガヌロン公爵を滅ぼしたあと、ティグルは側仕えのラフィナックとともにアルサスへ帰り着いた。

ミラと、彼女の腹心であるガルイーニンとは途中で別れた。アルサスを通ってオルミュッツへ向かうのは、かなりの遠回りになるからだ。ミラに自分の故郷を見てほしいという思いはあったが、オルミュッツの人々は、一日も早い戦姫の帰還を待っているに違いなかった。

「落ち着いたらすぐにオルミュッツへ行くよ」

別れ際、そう言ったティグルに、ミラは冗談めかした顔で「そのときはリュディも連れてくるように」と、笑ってみせた。

アルサスの中心であるセレスタの町の門をくぐったティグルとラフィナックは、父と領民らの出迎えを受け、再会を喜び、また死者を悼んだ。

このときの父はルテティア軍との戦いで負った傷がまだ癒えていなかったが、笑顔でティグルの肩を抱き、ラフィナックにねぎらいの言葉をかけた。

秋の間、ティグルは父の代わりにアルサス中を駆けまわって、アルサス以外のことを頭から追いだす勢いで復興に取り組んだ。秋は収穫の季節であると同時に、冬に備えるべき季節でもある。やるべきことは文字通り山積みだった。

しかも、この秋は目眩を覚えるほどの不作だった。小麦も、ジャガイモも、冷害に強いカラスムギさえもほとんど収穫できなかったのだ。森や山に入っても、手に入る木の実や山菜はわずかで、飢えた獣に襲われる心配をしなくてはならなかった。

アルサスの窮地を救ったのは、ティグルだった。ティグルはニースを発つ際、王宮から受けとった多額の報奨金で大量の食糧を買いつけていたのだ。

不作を予想していたわけではもちろんなく、少しでも楽に冬を越せるようにという考えからだったが、領民たちはティグルにおおいに感謝した。このことは、ルテティア軍侵攻の原因が

自分にあるのではないかと思っていたティグルの気分をいくらか楽にした。

そんなふうに故郷で秋を過ごし、冬を迎えようとしていたティグルだったが、今朝、リュディからの使いを名のる者が屋敷を訪ねてきた。

応対に出たウルスとティグルに、使いの者は次のように告げた。

「いま、リュディエーヌ様は兵を率いてルテティアの地におられます。彼の地にはびこる賊を討伐するにあたり、ぜひともティグルヴルムド卿の力を借りたいと」

そして彼は、リュディ自らがしたためたという一通の手紙をティグルに差しだした。

すぐに返答をいただきたいと急かす使いの者に答えたのは、ウルスだった。

「一晩休んでいかれよ、使者殿。何やら急ぎの用らしいが、私も息子に任せていることがいくつかある。ルテティアまで行くとなれば準備もいる。ましてこの時期はな」

言葉の内容よりも、ウルスのまとう穏やかな雰囲気に諭されて、使いの者は一礼した。ウルスは側仕えのバートランを呼んで、使いの者を客室へ案内させると、ティグルを見た。

「その手紙に詳しい話が書いてあるのだろう。おまえの仕事は私とバートランに任せて、どうするのか考えろ。決めたら、夜に報告に来い」

「父上……」

戸惑うティグルに、ウルスは優しい微笑を浮かべてうなずいた。

その後、ティグルは自分の部屋でリュディからの手紙に目を通した。冒頭の一文が「愛しい愛しい旦那様。あなたの可憐な新妻が困っています。助けにきてくださいませ」だったことには面食らったが、そこから先はいたってまともで真剣だった。

　ティグルは何度も手紙を読んで考え続け、日が暮れるころに結論を出した。

　旅の準備をし、夕食をすませて武器の手入れをはじめ、終わったころにティッタが葡萄酒を持ってきたのである。おそらく、バートランあたりから話を聞いたのだろう。

　葡萄酒を飲みながら、ティグルは自分によりかかっているティッタの肩を優しく抱いた。

「ティッタ、俺は必ず帰ってきただろう。四年前にオルミュッツに行ったときも、昨年の春に戦に行ったときも。それからまたオルミュッツに行ったときだって」

　ティッタはティグルを一瞥すると、自分の手の中の青銅杯に視線を落とす。

「でも、今度はとても危険な気がするんです。絶対に行かせちゃいけないって。どうしてこんなに不安になるのか、あたしもよくわからないんですが……」

　ティグルはぎくりとした。心のうちを読まれたのかと思った。

　ティッタは巫女の娘だ。巫女として生きるのではなく、ヴォルン家で侍女として働くことを望んだために、いまの彼女があるのだが、その血筋ゆえか、直感や閃きによってものごとの正解にたどりつくことが何度かあった。

「……危険が待ち受けているだろうことは否定できないが」

　残りの葡萄酒を飲み干すと、ティグルは空の青銅杯を手近なテーブルに置く。ティッタの手に自分の手を重ねた。顔をあげた彼女に笑いかける。

「これまで通り、俺はアルサスに帰ってくるよ。約束する」

すると、ティッタは怒ったような表情でティグルを睨みつけた。

「約束ですよ。絶対に、無事に、帰ってきてくださいね」

ティグルがうなずいて手を離すと、彼女は葡萄酒を一気に呷る。勢いよく立ちあがって、ティグルに一礼した。盆に二つの青銅杯を載せて退出する。

遠ざかっていく彼女の足音を聞きながら、ティグルはくすんだ赤い髪をかきまわした。

無事に。ごく短いその言葉に、ティッタの想いのすべてがつまっていた。

「難題だが、応えないとな」

決意を固めた表情でつぶやいて、ティグルは立ちあがる。部屋を出た。


ティグルが父の部屋を訪ねると、ウルスは椅子に座って何枚かの書類に目を通していた。羊皮紙が古びているので、仕事のものではなさそうだ。

燭台の火に照らされたウルスの髪には白いものがまばらに交じっており、顔には疲労がにじんでいる。ルテティア軍との戦いで負った傷は完全に癒え、後遺症なども残っていないが、不作への対処や冬への備え、近隣の諸侯への対応などが彼を消耗させていた。

胸中にためらいが生まれる。自分はアルサスに留まるべきではないか。父を支え、父の代わりに領内を駆けまわることこそが、己の為(な)すべきことではないか。

椅子を勧められて、ティグルは父と向かいあうように座る。

「決めたか？」

そう訊いてくるウルスの表情はあたたかく、ティグルの葛藤(かっとう)を穏やかに消し去った。

「行きます」

父の視線を受けとめて、はっきりとティグルは答える。

──リュディからの手紙を、父上はあの場で開けるように言わなかった。

自分で考えて決めろと、そう言ってくれた。だから、自分の言葉で説明せねばならない。

「リュディエーヌ殿の手紙によれば、王女殿下はルテティアを三つに分割し、中心都市であるアルテシウムを含む中央を殿下が、東部をベルジュラック家が、西部をテナルディエ家が、それぞれ管理することにして、代官や諸侯を派遣したそうです」

これについては、ティグルも噂を耳にしていた。

王宮の戦いでティグルがガヌロンを討ちとったあと、ガヌロン家は正式に断絶となった。彼の領地だったルテティアについては、その広大さから統治を任せられる者がおらず、レギンが暫定的に分割したという。

「ですが、統治は上手くいっていません。『一角獣士隊(リコルネーメン)』と名のる集団が、王家に従う町や村を襲っているからです。彼らはガヌロンに従っていた者たちの残党や、王家に従うことを拒んで脱走した騎士や兵士たちで構成されているのだとか」

「一角獣（リコルヌ）か……」

ウルスが苦い表情になる。ガヌロン家の軍旗に描かれていた一角獣を思いだしたのだろう。

「派遣された代官や諸侯では彼らにかなわず、殿下はリュディエーヌ殿に一角獣士隊の討伐を命じられました。それで、彼女は私に手紙を送ってきたのです」

リュディエーヌ＝ベルジュラックは、春から夏の終わりにかけて名を高めた者のひとりだ。

彼女はレギン王女が危機に陥（おちい）っていたとき、親しい諸侯や騎士団に声をかけて「ベルジュラック遊撃隊（ファルタス）」を組織してバシュラル王子に立ち向かい、ブリューヌ北部を転戦した。

ガヌロンとシャルルが王都を攻め、レギンを王宮に追い詰めたときも、ティグルらとともに駆けつけ、間一髪のところでレギンの命を救っている。

「公爵家の令嬢とはとても思えぬ」という、彼女への評価は、半分は呆れまじりだとしても、もう半分は純粋な称賛だった。

「ガヌロンとの戦いのあと、リュディエーヌ殿は王都に留まり、王女殿下の護衛という本来の役目に戻りました。その彼女にこのような命令を与えたということは、殿下は事態をかなり重く見ているのだと思います。リュディエーヌ殿も同じ考えでしょう」

「ルテティアがそんな状況になっていたとはな……」

ウルスが唸る。ティグルも同感だった。アルサスのような辺境には、遠方の地の情報がほとんど入ってこない。まして、今年は不作のために旅人や隊商の往来が激減している。

しばし考えこんだあと、ウルスは真剣な顔で息子を見据えた。

「大切な女性の力になるために、ルテティアに行きたいというわけか」

その言葉に、ティグルはおもわず頬を赤らめる。

ミラとリュディの二人を恋人にしていることは、すでに父に話してあった。

はじめて話を聞いたとき、さすがにウルスは呆れた顔をしたものだったが、「三人ともが納得しているなら、私がとやかく言うことではないだろう」と言い、「不誠実な真似だけはするなよ」と付け加えた。父の度量の広さに、ティグルは頭を下げることしかできなかった。

「リュディの力になりたいのはもちろんですが、それだけではありません」

気を取り直して、ティグルは父に答える。

「先の戦でともに戦った者たちの中には、ルテティアの近くに領地を持つ諸侯もいます。その点からも、一角獣士隊とやらを放っておくことはできません」

父の親友であり、自分にとっては恩人でもあるマスハス＝ローダントなどがそうだ。一角獣士隊が勢力を拡大したら、彼らに害が及ぶかもしれなかった。

「それから、この機会に行ってみたいところがあるんです」

一旦言葉を切って、ティグルは呼吸を整える。

「父上は、『シャルルの聖窟宮(サングロエル)』と呼ばれている場所をご存じですか？」

ウルスは記憶をさぐるように少し眉をひそめたあと、首を横に振った。

「私もつい最近知りました。アルテシウムの地下にあり、どうもティル＝ナ＝ファに関係があるようなんです」

ウルスが目を瞠(みは)り、室内が緊迫した空気に包まれる。

「ティル＝ナ＝ファか……」

ティグルが聖窟宮の存在について知ったのは、アルサスへ帰る旅の途中でのことだ。ガヌロンの手記の写本(しゃほん)を読み直していたら、その記述を見つけた。

『地下のあれはシャルルの聖窟宮という名になった』

『アルテシウムはずいぶん大きくなった。聖窟宮への通路をどうするべきか』

『聖窟宮をおさえているかぎり、ティル＝ナ＝ファについて後(おく)れをとることはない』

ガヌロンの手記の写本とティグルが呼んでいるのは、ドミニクという女性が譲ってくれた羊皮紙の束である。彼女はティル＝ナ＝ファの信徒であり、ガヌロンの謀略によって、ガヌロン家の人間として生きることを強いられた哀れな女性だった。

ドミニクにはマクシミリアンという弟がいた。実の弟ではなく、彼女と同じようにどこから連れてこられて、ガヌロン家の人間に仕立てあげられた男だったが、彼はガヌロンの手記を発見して、その内容を可能なかぎり羊皮紙の束に書き写し、ドミニクに託したのだ。

　聖窟宮の記述について、ティグルが長く気づかなかったのは、文字がかなり乱れていて判別できず、読むのを諦めていた箇所だったからだ。

　ところが写本全体を何度か読んでみて、マクシミリアンの文字の癖が少しわかると、読めないと思っていた単語がいくつかわかるようになった。

　そうして聖窟宮の存在を知ったティグルは、いつかアルサスが落ち着いたらアルテシウムに行ってみようと考えていたのである。自分の部屋でティッタと話したとき、彼女の言葉にひるんだのはこのためだった。

　ウルスが腕組みをして何やら考えこむ。親子の間に沈黙が横たわった。

　ティグルは緊張に身を硬くしながら、父の言葉を待つ。そうして十を数えるほどの時間が過ぎたころ、ウルスは深いため息を吐きだした。

「ティグルよ、おまえがティル＝ナ＝ファと出会ったのは、運命だと思うか？」

「いえ」

　首を横に振る。父の問いかけに驚きはしたが、迷うようなことはなかった。これまでに何度か考えたことだったからだ。

「私がはじめてティル＝ナ＝ファの力を感じとったのは、昨年の春のことです。魔物と遭遇しなければ、ミラやミリッツァがそこにいなければ、何より、アルサスを発つ日に父上から家宝の弓を受けとらなければ、女神に関わることはなかったでしょう」

楽しそうな笑みを浮かべて、ティグルは「そして」と、続ける。

「父上があの黒弓を渡してくれたのは、私が弓を上手く扱えるからです。もしも私が剣や槍を得意として、弓に触れたこともなかったのなら、先祖のご加護を願ったからといっても、私に黒弓を渡すことはなかったのではありませんか」

ウルスはうなずいた。ブリューヌでは、弓は臆病者の武器として蔑まれている。家宝だからといって戦場に持っていけば、奇異の目で見られることは間違いなかった。

「私が弓を使い続けていた最大の理由は、意地です」

むろん、それだけではない。弓以外に取り柄がなかったとか、アルサスの山野では弓がもっとも便利な道具だったとか、弓を教えてくれた猟師や狩人たちへの尊敬の証であるとか、挙げていけばきりがないぐらいには理由がある。

だが、馬鹿にされ、笑われながらもついに弓を手放さなかったのは、そういった有形無形の圧力に負けまいとする意地だった。

「この意地が運命によるものだとは、認めたくありません」

「……そうだな」

ウルスの口元に微笑が浮かぶ。室内に張り詰めていた空気が緩んだ。

「すまなかった、ティグル。いま一度、おまえの思いを確認しておきたくてな」

夜と闇と死の女神に進んで関わろうというのだ。ウルスの懸念はもっともだった。

真剣な顔をして、父は続ける。

「ティグル。もしも黒弓を捨てれば助かるというときは、迷わず捨てろ。家宝であるとか、そういうことは気にしなくていい」

ティグルは目を丸くした。家宝を捨てろとは、おもいきりがよいにもほどがある。だが、最初の驚きから立ち直ると、頭の中に新たな道が生まれたように思えた。

「ありがとうございます。心に留めておきます」

礼を言ってから、ティグルは不思議そうな顔で父を見た。

「それにしても、父上はあまりティル＝ナ＝ファを嫌ってないんですね」

「他の神々と同じように信仰できるかというと難しいが」

ウルスは苦笑する。そして、懐かしそうな目をした。

「おまえぐらいの年齢のころは、嫌っていた。だが、リュベロン山にある神殿の神殿長に、それほど忌み嫌うものではないと教わってな。考えをあらためた」

「父上もあのひとに会ったのですか」

新たな驚きに、ティグルはおもわず身を乗りだす。ウルスはやや意外そうな顔をした。

「聞いていなかったのか。あの神殿長に会ったと言っていたから、てっきり聞いたものとばかり思っていたが。では、ディアーナの話もしなかったのか？」

ディアーナはティグルの母だ。身体が弱く、ティグルが九歳のときに病で亡くなった。

母はニースの生まれで、母方の祖父は王宮に仕える庭師だった。むろんそのことは知っていたが、山頂の神殿の神殿長と知りあいだとは考えもしなかった。

ティグルが首を横に振ると、ウルスは表情を緩めた。

「王都にいたころのディアーナは、野や山を歩きまわるのが好きでな。だが、王都の外へはあまり出られなかったから、王宮の庭園を歩きまわったり、あの神殿へ行ったりしていた」

「母上から聞きました。父上とは王宮の庭園のひとつで出会ったと」

ティグルが言うと、ウルスは照れくささをごまかすように髪をかきまわした。

「王都にも王宮にも不慣れな私を、ディアーナはいろいろなところへ連れていってくれた。帰るときには、疲れたディアーナを私が背負ってな。両手で抱きかかえたときもあったか」

思い出話を楽しむ父に、ティグルはぎこちない笑みを浮かべる。さすがにそれは母も恥ずかしかったのではないだろうか。

話している間に他のことが思いだされたのか、ウルスはディアーナとの思い出話をいくつか語って聞かせた。彼女をはじめて馬に乗せたときのことや、花の名前や種類について教わったこと、ウルスが王宮で迷ったときに道案内をしてもらったことなどを。

「ディアーナは言っていた。『ティグルには、自分にとって大切なものをちゃんとわかって、それを守れる子になってほしい』と」

「大切なもの……」

自分の決意をたしかめるようにつぶやいたティグルへ、ウルスは穏やかに笑いかける。

「おまえはもう大切なものを見つけている。それらを守ろうとする気概もある。喜ばしいことだが、私としては、おまえ自身も大切にしてほしい」

「わかっています」

ティグルは強くうなずいた。説得力がないにもほどがあるが、本心だ。命を賭しても守りたいという思いと、大切な人々とともに生きたいという思いは並び立つはずだった。

「ところで、父上にひとつ相談したいことが……」

「俺とミラ、リュディのことです。ウルスは不思議そうな顔をしつつ、促した。

「俺とミラ、リュディのことです。父上は、不誠実な真似をするなと言ってくれました。もちろんそのつもりではありますが、父上の考えを聞かせてもらえないでしょうか」

ウルスは「ふむ」と、小さく唸る。

「私がこれから言うことはあくまで助言であって、こうしろというものではない。おまえがその二人とどのような時間を過ごしてきたのか、私は知らないのだからな。よいな？」

念を押されて、ティグルはうなずいた。いくらかの期待と緊張を抱えて、耳を傾ける。

「リュドミラ殿と婚約し、リュディエーヌ殿とは正式な関係を結ばない」

「……理由を聞かせてもらってもいいでしょうか」

実のところ、意外だった。父はヴォルン家の当主であり、アルサスの領主の立場で考えるだろうから、リュディと婚約すると言うのではないかと思っていたのだ。

「以前におまえから聞いたことだが、戦姫という立場は、言ってしまえば非常に不安定なものなのだろう。いつ戦姫でなくなるのかは、戦姫自身にすらわからないと」

　ティグルがうなずくのを確認して、ウルスは続ける。

「リュドミラ殿がいずれ戦姫でなくなったら、その立場は弱いものとなるだろう。リュドミラ殿に戦姫としての経験や実績があり、築いてきた人脈があるとしても、新たに戦姫となる者がそれを重視するとはかぎらぬ。疎(うと)んじる可能性すらある」

　充分にあり得る話だった。ミラが戦姫になってまもないころ、彼女と、彼女の母であり、先代の凍漣の雪姫(ミーチェリア)であるスヴェトラーナをくらべる者がいたことをティグルは思いだす。

　二人の間にはたしかな母娘の絆があり、自分が不在の間の公国を任せるほど、ミラは母を信頼している。だが、次代の凍漣の雪姫とミラの関係がそのようなものになるとはかぎらない。

「そうなってしまったとき、彼女が正式な妻であれば、ヴォルン家が手を差しのべることもできる。しかし、ただの恋人では難しい」

　ティグルは大きくうなずく。かつて、ミラの腹心である初老の騎士ガルイーニンにも似たような話をされたことがあった。

「リュディエーヌ殿はおまえと婚約しようがしまいが、ベルジュラック家の者だ。家から追いだされでもしないかぎりはな。であれば、苦しい状況に陥ったときも、ヴォルン家からベルジュラック家にという形で助けることができる」

　そこまで言ってから、ウルスは苦笑を浮かべた。

「助言、だったな。おまえのために付け加えるなら、ベルジュラック家と縁戚関係になったら面倒なことになるという予感がある。真っ先に浮かぶのは、生まれた子供をどちらの家の子にするかという問題だ」

　ティグルは呻いた。ベルジュラック公爵夫人グラシアの人柄を考えると否定できない。

　苦しげな顔になるティグルに、ウルスは笑いかけた。

「あくまで私ならこう考えるというものだ。それに、私は家柄や血筋にあまり興味を持てなくてな。貴族諸侯らしくないと、マスハスにもよくからかわれている。その点は踏まえておけ」

　ウルスは立ちあがり、ティグルの肩に手を置く。

「気をつけてな」

　それが、息子を送りだす父親の言葉だった。


　父の部屋を出たティグルはまっすぐ自分の部屋には戻らず、父の寝室へ向かった。

　控えめに扉を叩き、小声で呼びかける。扉がわずかに開いて、小柄な老人が顔を覗かせた。

　ウルスの側仕えであるバートランだ。

「どうしました、若」

　声をひそめて聞くバートランに、ティグルもささやくような声で答える。

「ディアンに会いに来た。もう寝てるだろうが……」

　バートランは相好(そうごう)を崩して、ティグルを寝室に招き入れた。

　奥にはベッドが二つ並んでいる。手前のベッドでは、三歳ぐらいの幼児がすこやかな寝息をたてていた。ティグルの腹違いの弟であるディアンだ。

　アルサスに帰ってきてティグルが驚いたことのひとつは、ディアンの成長だった。この幼児はティグルを見るなり、猛然と走ってきたのだ。弟を抱きあげて喜ばせながら、子供の成長は速いとつくづく思ったものだ。

　ディアンのそばに立って、ティグルは彼の顔を覗きこむ。

――ディアン、兄さんは少しの間、出かけてくる。父上とみんなを頼むぞ。

　起こさぬようにと声に出さなかったのに、ディアンはまるで兄に応えるように、左手を持ちあげる。ティグルは笑みを浮かべて、ほんの一瞬、弟の手を軽く握った。

　寝室を出て、ディアンのお守り役としてここにいるバートランに礼を言う。側仕えの老人は複雑な表情をティグルに向けた。

「若は、またどこかに行かれるので？」

　彼はティグルが生まれる前からウルスの側仕えを務めており、ティグルの成長をそばで見守ってきた。それゆえに漠然とながら察したのだろう。

「ルテティアだ。早く帰るつもりだが、いつになるかはわからない」

幼いころから面倒を見てもらっていたこの老人に嘘はつけない。ティグルは正直に答えた。

「わしを連れていってくださるわけにはいきませんか」

「だめだ」

ことさらに厳しい表情をつくって、ティグルは首を横に振る。バートランの顔つきは、冗談などではなく、本気だとわかるものだった。もしも承諾したら、すぐさま支度を調えてついてくるだろう。疲れと寒さで身体が痛んでも笑ってごまかすに違いない。

心苦しいが、情にほだされるわけにはいかなかった。

「……わかりました」

落胆の表情こそ隠さなかったが、バートランは引き下がる。寝室の扉が閉まった。

歩きだそうとしたティグルだったが、その直前で思い直して、小声で扉に呼びかける。

「父上とディアンを頼む。おまえにしか頼めないんだ」

返事はない。だが、ティグルは今度こそ自分の部屋に歩きだした。


夜が明ける直前に、ティグルは目を覚ました。

屋敷の裏手にある母の墓に出立を告げ、祈りを捧げてから厩舎(きゅうしゃ)に向かう。

ところが、厩舎には先客がいた。

「若、今日は寝坊しなかったんですな」

突きでた前歯を見せながら笑っているのは、旅装姿のラフィナックだ。ティグルは呆気にとられた顔で立ちつくした。自分が今日、アルサスを発つことを彼には言っていないのに。

「バートラン老が、自分の代わりに若に同行しろと言ってきましてね。昨日の夜遅くに」

隠すつもりはないようで、ラフィナックはすぐに種明かしをする。昨夜、バートランがあっさり引き下がったわけを知って、ティグルはくすんだ赤い髪をかきまわした。

「ラフィナック、おまえの立場も以前とはだいぶ変わっただろう?」

夏の終わりに、ティグルとともにアルサスに帰ってきたラフィナックは、旅の出来事をウルスとバートランに報告した。ティグルに従って数多の戦場をくぐり抜け、近隣諸国をその目で見てきた彼の話に、ウルスたちはおおいに感心した。

その後、彼はバートランがやっていた仕事をいくつか任されるようになった。未来のアルサスを支える貴重な人材として認められたのだ。

いささか現金な話だが、結婚の話もいくつか出た。いまの彼は、ティグルに付き従うより、セレスタの町に留まることを望まれるはずだった。

「私の立場なんぞはバートラン老が何とでもするでしょう。むしろ、あのご老人の怒りを買いながらこの町に留まる方がはるかに危険ですな」

　のんきな態度で、ラフィナックは言い返す。

「それに、他の誰かを若の無茶につきあわせるのは、いくら何でも可哀想ですよ」

　ティグルは反論できなかった。人間同士の戦だけでなく、魔物や怪物を相手とする常軌を逸した戦いに、いったい何度、この年長の従者を巻きこんできただろうか。

　腕組みをして、ため息をつく。

「今回も何かと危険だぞ。俺が立ち向かう相手は、おそらくティル＝ナ＝ファになる」

「それを見ればわかりますよ」

　ラフィナックの視線が、ティグルの左手にある黒弓に向けられる。その表情は冷静で、ひるむ気配は微塵もない。ティグルは降参した。

　厩舎の奥に視線を転じれば、二頭の馬に鞍を載せてある。

「仕事が速いな」

「お褒めにあずかり光栄でございます」

　二人はそれぞれ馬を出す。城門まで歩きながら、ティグルはラフィナックに聞いた。

「ところで、結婚の話はどうなったんだ」

「人気者はつらいとだけ答えておきます。身に覚えがおありでしょう」

　ティグルはおもわず顔をしかめたが、好奇心も刺激された。自分のような例はまずないだろうから、複数の話が衝突してもつれあっているというところか。

「ルテティアにつくまでの間、退屈はしなさそうだな」

城門に着くと、リュディの使いの者が己の馬とともに待っていた。

門を守る兵たちは、すでにウルスから話を聞いている。いくらか寂しそうな笑顔で、「お気をつけて」と送りだしてくれた。

東の空が白みはじめる。徐々に闇がはらわれていく空の下で、三人は馬を走らせた。

†

ルテティアの南東にあるイヴェットという町を、リュディは拠点にしている。

使いの者の話によれば、それほど大きな町ではないものの、しっかりした城壁を持ち、北と南東、南西に街道が延びて、ほどほどに栄えているという。

ティグルたちはアルサスを発って七日後の昼に、この町に到着した。

使いの者に先導させながら、町の様子をそれとなく観察する。人通りはまばらだが、人々の顔は明るい。城壁のそばに集まって談笑している職人たちがいれば、水場で世間話に花を咲かせている主婦たちがいる。駆けまわっている子供たちの姿もあった。

「平和そうだな」

ティグルがおもわずそうつぶやいたのは、ここに着くまでに立ち寄った集落や、一夜の宿を借りた村で、悲惨な光景をいくつも見てきたからだった。

目にする畑はどれも枯れており、何もかもを諦めたように道端に座りこんでいる者が何人もいた。声をかければ深刻な話ばかりを聞かされたし、食糧を狙ってくる者もいたのだ。

ティグルの言葉に、使いの者が嬉しそうに反応する。

「リュディエーヌさまが力を尽くした結果です」

ほどなく、ティグルたちは総指揮官用の居館に着いた。二階建ての立派な屋敷だ。この町の有力者から借りたのだという。

ティグルとラフィナックはすぐに応接室に通される。そこにはリュディが待っていた。

「ティグルヴルムド卿、ラフィナック殿、よく来てくれました」

リュディは長い銀色の髪を頭の後ろで結び、白と黒を組みあわせて随所に金を用いた軍衣をまとっている。右脚は黒い薄地の布に、左脚は橙色の布地に包まれていた。

礼儀正しい動作で挨拶をしてきたリュディに、ティグルは軽い戸惑いを覚えた。彼女らしからぬ落ち着いた振る舞いだ。だが、よく見れば彼女の両眼には明るさと活力の輝きがみなぎっている。からかわれたらしい。

「なに、『金貨一万枚の女』に轡（くつわ）を並べてほしいと言われて断る男などいないだろう」

ティグルもせいぜい気取って応じる。隣でラフィナックが肩を震わせた。リュディは目を丸くしてから、楽しそうに笑う。彼女の瞳は右が碧、左が紅と色が異なっているのだが、ブリューヌやジスタートではこのような瞳を異彩虹瞳と呼んでいた。

「具体的な話をはじめる前に、私が信頼している部下たちを紹介します」

リュディがそう言うと、扉が開いて五人の男が入ってきた。いずれも鍛えられた身体つきをしており、武装こそしていないものの、騎士か、でなければ訓練を積んだ兵士だとわかる。

「みなさん、私の戦友にして、あのガヌロンを討ちとった英雄であるティグルヴルムド卿が来てくれました。客将である彼の言葉は、私の言葉も同然と思うように」

男たちが尊敬と驚愕の眼差しをティグルに向ける。ティグルは気恥ずかしさをこらえて、彼らのひとりひとりと挨拶をし、握手をかわした。名前と生まれから、ベルジュラック家の者はひとりだけで、他の四人はこの町で生まれ育った兵士だとわかる。

ティグルは感心した。この町にどれぐらいの兵がいるのかはわからないが、リュディは彼らをほぼ掌握しているようだ。

「では、お二人は今日はゆっくり休んで、旅の疲れを癒やしてください」

「疲れてないとは言わないが、まだ余裕はある。さっそくだが、詳しい話を聞かせてくれ」

この町を、短い旅の中で見てきた村や集落のようにしてはならない。飢饉と冬の寒さに備えるためにも、目の前の事態は早期に解決しなければならなかった。

「わかりました。では、そうさせてもらいましょう」

部下たちが敬礼をして、応接室から去る。

ほどなく侍女が三つの銀杯と、チーズを盛った皿を運んできた。銀杯の中身は水で薄めた林檎酒(サガルド)だという。

「チーズはこの林檎酒に合うものを選びました。ぜひ召しあがってください」

リュディが得意げに胸を張る。ティグルたちは、まず林檎酒に口をつけた。

甘みと酒精が水で薄められていて、飲みやすい以上の感想はない。しかし、そのあとにチーズをかじると印象が変わった。匂いが強く、味も濃厚なチーズのあとでは、この林檎酒はちょうどいい。自信たっぷりに勧めてくるだけのことはあった。

「さすがだな。いいチーズといい林檎酒だ」

銀杯の中身が半分ぐらいになったところで、三人は本題に入る。

「実は、あなたに宛てた手紙には書かなかったこともあるんです」

そう前置きをして、リュディは話しはじめた。

ルテティアを分割して管理すると決めたレギン、テナルディエ公爵、ベルジュラック公爵夫人は、ルテティアの領民に寛大な処置をとるよう厳命して、諸侯や代官らを派遣した。

「テナルディエ公も？」

ティグルは意外だという顔をした。テナルディエ公爵が苛烈(かれつ)な気性の持ち主であることは、よく知られている。彼がその方針に従ったというのは、何か理由があるのだろうか。

「私たちがガヌロンやシャルルと戦っている間に、テナルディエ公はムオジネル軍を迎え撃っていたでしょう。それほど余裕はないんです。それに、ルテティアは彼の領地であるネメタクムから遠く、多数の兵を送りこむわけにもいきませんから」

テナルディエは現実的な男でもある。妥協したというわけだ。

だが、派遣された者たちの何割かは命令に背き、残忍な支配者として振る舞った。

ある者はルテティアの民から財貨や食糧、家畜を奪い、娘をさらった。またある者は村や町の住人で反抗的な態度を見せた者を一角獣士隊と決めつけて、容赦なく痛めつけた。

「お母様は、勝者の驕りに加えて、手柄をたてたいという焦りがあったのだろうと、そう言ってました。私もここに来て何人かに会いましたが、その通りだと思います。それに、脱走したルテティアの騎士や兵士をかくまっている町や村もたしかにあるんです」

敵である一角獣士隊の者もひとくくりにはできず、ガヌロンやその取り巻きに忠実で、残酷かつ非道な者もいれば、ガヌロンを恐れて従っていただけの者もいた。ルテティアの民にかくまわれていたのは後者だったわけだが、よそから来た者たちにはその判別が困難だった。

また、今年はルテティアも他の地域と同様に目を覆わんばかりの不作だったが、諸侯や代官たちはむやみに税をとりたてようとした。このこともルテティアの民の反感を買った。

王都にいるレギンがこうした状況を知ったのは、秋の半ばをだいぶ過ぎたころだ。

彼女はベルジュラック公爵夫人やテナルディエ公に使者を出して王都に呼ぶ一方で、自分が派遣した諸侯や代官たちの解任を決め、リュディにひとまずの対処を頼んだ。

そして、リュディは一千五百の兵を率いてニースを発ち、この町を拠点としたのである。

話を聞き終えて、ティグルは難しい顔になった。

リュディがこれらのことを手紙に書かなかったのは、万が一にも手紙が他の者の手に渡ることを警戒したのだろう。それはよいのだが、簡単にかたづく問題ではなさそうだ。

「俺は何をすればいいんだ？」

「こうして来てくれただけで大助かりです。明日までには、この町のすべての兵が、あなたが来てくれたことを知るでしょう。何日かすれば敵も知るはずです」

リュディの言葉に、ラフィナックが納得したようにうなずく。

「先の戦の英雄が来たとなれば、味方の士気は上がり、敵の士気は下がるというわけですな」

「ええ。それに、こちらが本気で叛乱勢力……一角獣士隊を討つつもりだという意思表示にもなります。代官や諸侯たちの暴虐に怒り、一角獣士隊に加わったり、協力したりしているルテティアの民はかなりいるようなんですが、考えを変える者が出るかもしれません」

「この町にも、一角獣士隊に協力している者はいるのか？」

不快な問いかけを承知の上で、ティグルは訊いた。

「可能性はあります」

リュディはあっさりとうなずいたが、すぐに笑顔をつくった。

「とはいえ、過度に警戒する必要はありませんよ。いくつか手を打って兵たちの信頼を得ましたし、さきほど紹介した部下たちがしっかり目を光らせてくれていますから」

「どんな手を打ったんだ?」

自信たっぷりな彼女の言葉に興味が湧いて、ティグルは尋ねる。

「まず、兵たちに対しては稽古をつけたり、叱ったりしました」

怪訝な顔をするティグルに、リュディは胸を張って説明した。

イヴェットに到着してすぐに、彼女はすべての兵を集め、試合形式での剣の訓練をさせて、勝った回数の多い十人に自ら稽古をつけた。一切手加減せず、全勝した。同時に、能力は高いものの、とくに素行の悪い者たちを十人選んで、厳しく罰した。

その後、リュディは訓練において優秀な結果を出した者たちから二人、また、素行の悪さゆえに罰した者たちの中から二人を選んで直属の部下とした。

次いで、非道を働いていた代官に協力して甘い汁を吸っていた有力者たちに、城壁や城門の補修といった、重要だが地味な仕事を命じた。ただ罰して追放することもできたが、汚名返上の機会を与えたのだ。その上で、下心を捨てていないとわかった者は遠ざけた。

この処置で、多くの者がリュディに忠誠を誓った。

「規律を守らせ、従わせるにもまず機会を与える。ミラから教わったんですけどね。私なりにこの状況に合わせてやってみたら、上手くいきました」

公爵家の令嬢という立場や、先の戦での勇名に頼ることなく、リュディはこの部隊の総指揮官にふさわしい人間であることを示してみせたのである。

「あと、この町の女性を集めて、ちょっとした祝宴を催しました」

「祝宴？」

「お母様にお願いして、家にあるチーズの塊をたくさん送ってもらったんです。そのチーズを葡萄酒といっしょに大鍋で煮込んで、パンにつけて、みんなで食べました。有力者の奥方にはチーズをお土産として持たせて……」

「すごいことをしたな」

ティグルは素直に感心した。この状況で貴重な食糧を惜しげもなく振る舞うとは、さすが公爵家というところか。ところが、リュディは少し困ったように笑った。

「ただ、お母様には厳しい条件を出されてしまって。これだけのことをして、叛乱勢力の討伐に時間がかかるようなら、家から追いだすと」

アルサスを発つ前日に父とかわした会話を、ティグルは思いだした。彼女の母のグラシアが本気で娘を家から追いだすとも思えないが、厳しい罰を与える可能性はある。

「リュディのためにも、一日でも早く平和を取り戻そうか」

そう言って、ティグルは彼女をなぐさめた。

「この町にいる兵の数は？」

「私が率いてきた一千五百に、町を守る約五百の兵を足して、約二千です。騎士や騎兵は百ほどで、他はすべて歩兵ですね」

少ない。おそらく食糧や馬糧を充分に確保できなかったのだろうが、騎士や騎兵が百騎しかいないのは致命的だ。偵察もままならず、敵にいいようにかき回されてしまう。

「一角獣士隊だったか、彼らの数はどれぐらいなんだ？」

「私の前に派遣されていた諸侯や代官が調べたところでは、二千から三千だろうと。彼らは数十から数百の集団でルテティアの各地に現れるので、正確な数をつかみづらいんです」

「相手の指揮官や、どこを拠点にしているのかは？」

リュディは申し訳なさそうに首を横に振る。

「いまのところ、わかっていません。情報を集めようにも、協力的な村や町は、まだ多くないんです。王都から派遣されてきた軍というだけで警戒されてしまって。それに、敵の潜んでいそうな村や町には兵を出せなくて……」

「少数なら敵に襲われ、多数なら敵に動きを読まれるか……」

「ええ。初期に派遣された代官や諸侯たちの動きは、ほとんど筒抜けだったようです」

ティグルとラフィナックはそれぞれ唸った。リュディがルテティアの地図を用意する。

「中央や西部を管理している代官や諸侯らにも使者を送って話を聞いてみたのですが、私とたいして変わらないようです。敵はこちらよりも地形に精通し、拠点を複数用意しており、攻めかかればすぐに逃げて捕まえきれないと」

　いいようにやられてしまうわけだ。ティグルはくすんだ赤い髪をかきまわす。

「旅人を装って情報を集めてみるのはどうだろう」

　リュディは首をかしげた。

「怪しまれませんか？　現在のルテティアが危険であることは広く知られていると思います」

「だが、ルテティアが実り豊かな地だということも知られている。とくに小麦と林檎については俺でさえ話に聞いたことがあるぐらいだ。自分の村に食糧がなく、ここならきっと食糧があると思ってやってきたというふうに演じれば、上手くいくんじゃないか」

　ティグルとて自信があるわけではない。だが、いまのままでは目をつぶって敵と戦うようなものだ。多少の危険を冒してでも、一角獣士隊についての情報を集める必要がある。

「敵に協力的な村に行こうとは、俺も思わない。俺たちからも一角獣士隊からも距離を置いている村はないか？　ひとまず俺とラフィナックの二人で訪ねてみる」

「待ってください。私も行きます」

　当たり前のようにリュディは言い、ティグルを苦笑させ、ラフィナックを呆れさせた。

「君は総指揮官だろう。軽々しく動くべきじゃないと思うが」

「いいえ、総指揮官だからこそ、現状を打開するための動きには加わるべきです」

　楽しそうに聞いたティグルに、リュディは満面の笑みで答える。

「それに、この町の様子は見たでしょう？　数日ぐらいなら離れても問題ありません」

「わかった。三人で行こう」

ティグルは早々に説得を諦めた。リュディがいれば心強いのはたしかだ。それに、ここで断れば彼女は単独で動きかねない。

「いつ、ここを出る？」

「いますぐにでもと言いたいところですが、日が暮れたころにしましょう。どの村に行くのかを決めなければなりませんし、準備も必要ですから。部下たちに事情を話して、私たちが居館にいるように装ってもらいます」

「念入りだな」

感心するティグルに、リュディは肩をすくめた。

「この町のひとたちは信用しています。ですが、敵が住人のふりをして入りこんでいる可能性はありますから。お二人には部屋を用意しますから、夕方まで休んでください」

ティグルは、「ありがとう」と礼を言ったあと、新たな話題を切りだす。

「ところで、もし知っていたら教えてほしいんだが、『シャルルの聖窟宮』というのを聞いたことはないか？」

「はじめて聞く名前ですね。シャルルに由来（ゆらい）のある洞窟？　それとも宮殿ですか？」

首をかしげて考えこむ彼女に、ティグルはガヌロンの手記の写本の記述について話した。

「俺がルテティアに来たのは、もちろん君に協力するためだ。一角獣士隊を討つまではここに留まる。だが、この件がかたづいたらアルテシウムに向かう」

「アルテシウムは、ここからだと馬で四、五日ほどですね。北へ延びている街道をしばらくまっすぐ進んで、途中で北西に曲がるんです。徒歩だともう二、三日かかります」

そう説明してから、リュディは色の異なる瞳を輝かせる。当然のように言った。

「私も同行します。ベルジュラック家の名は何かと有用ですよ」

「君はここにいる兵たちを統率しなきゃならないだろう」

「そこは状況次第ですが、何とかします。だいたいティル＝ナ＝ファが関わるとなれば、ブリューヌもベルジュラック家も無関係ではありません」

何が何でもいっしょに来るつもりである。ティグルはラフィナックに視線で意見を求めた。年長の従者はすました顔で応じた。

「若、私は強い者の味方です」

「いい判断です、ラフィナック殿」

リュディが嬉しそうに手を叩く。ティグルは嘆息したが、彼女に話すと決めたときに、この反応は予想していた。黙っていて、あとで機嫌を損ねるよりはいい。

「わかった。いっしょに行こうとはまだ言えないが、この件については、戦いが終わってからあらためて話そう。それでいいか」

ティグルの言葉に、リュディは笑顔でうなずいたのだった。

落日の光がイヴェットの町を囲む城壁の西側を朱色に、東側を漆黒に染めている。

ティグルとリュディ、ラフィナックは予定通りに町を出た。

「まずは、東にあるジシー村へ行きましょう。馬なら二日ほどでつきます」

そう告げるリュディは腰に長剣を吊るし、さらに一振りの剣を背負っている。背中の剣は、敵将であったバシュラルが振るっていたオートクレールの刀身を加工して鍛え直したものだ。彼女は『誓約の剣』と名づけた。

リュディが先頭に立って馬を走らせ、ティグルとラフィナックが続く。

予定通り、二日目の夕方に、三人はジシー村にたどりついた。

一夜の宿を求めると、村長は小さな銅貨十枚と引き換えに空き家を貸してくれた。厩舎などはないので、馬は空き家の外につなぐ。村人たちが交替で見張りに来るのは少し窮屈な気分だったが、ルテティアが危険であることはわかっているし、一晩のことと割り切った。

そして夜が更けたころ、村に異変が起きたのである。

†

夜の闇を従えて、月が高く昇っている。

真夜中とあって、ジシー村は暗がりと静寂に包まれていたが、突如として投げ放たれた松明の炎が暗がりを払い、響きわたった蛮声が静寂を破った。刃の煌めきと猛々しい足音がそれに続く。村のそこかしこから悲鳴があがった。

野盗が群れをなして、村を襲ったものと思われた。彼らは村を囲む柵や納屋に火を放ち、家々に押し入って財貨や食糧、衣服を奪った。男や老人は殺害し、女は犯し、子供は縛りあげて一ヵ所にまとめた。

村人の多くは混乱して逃げ惑うばかりで、抵抗しようとする者はほとんどいない。いても、勢いに呑まれて斬り伏せられ、叩き潰される。阿鼻叫喚の中で、村は蹂躙されつつあった。

三人の野盗が、小さな家から若い娘を引きずりだす。ひとりが娘の服を剥ぎ取って覆いかぶさった。その瞬間、どこからか飛んできた矢が野盗のこめかみに突き刺さる。野盗は死体となって娘にのしかかり、そのまま動かなくなった。

さらに二本、矢が飛んできて、残った二人の喉を貫く。野盗たちはかすれた呻き声を漏らして倒れた。呆然とする娘の視界に、こちらへ駆けてくるひとつの影が映る。

影の正体は、ティグルだった。左手に黒弓を持ち、腰に矢筒を下げている。

「だいじょうぶか」

野盗の死体を押しのけて、ティグルが娘を助け起こす。身体を支えて立たせると、西の方角を指で示した。

「あっちにみんながいる。がんばって逃げるんだ」

娘はぼんやりとした顔でうなずくと、ふらふらと走っていく。ティグルは弓に新たな矢をつがえながら、周囲に視線を巡らせた。野盗を見つけるや、矢を射放つ。矢は吸いこまれるように飛んでいき、野盗の頭部に突き立った。恐るべき速さであり、正確さだった。

「リュディとラフィナックはどこにいるんだろう」

まいったなという顔で、ティグルはつぶやく。

外が騒がしくなったとき、ティグルたちはすぐに飛び起きた。どうやら野盗が夜襲を仕掛けてきたらしいと知って、まとまって行動するつもりだったのだが、暗がりの中で逃げ惑う村人たちにぶつかって、はぐれてしまったのだ。

二人にかぎってめったなことはないだろうが、なるべく早く合流したい。

「いや、先に野盗たちの首領をさがして討った方がいいか……？」

そんなことを考えたとき、こちらへ駆けてくる足音が聞こえた。反射的に身がまえたティグルだったが、足音の主が誰なのかわかって、弓を下ろす。

「ここにいたんですか、ティグル」

現れたのはリュディだった。すでに何人か斬り伏せたらしく、左手に持っている長剣は血に濡れている。誓約の剣は腰の後ろに下げていた。

「無事だったか、リュディ」

ティグルは安堵の笑みを浮かべたが、すぐに表情を引き締める。

「ラフィナックを見なかったか？」

「ついさきほど。負傷した村人を、他の村人と協力して運んでいました」

「無事だったんだな。よし、俺たちは敵の首領をさがして討ちとろう」

戦意を帯びたティグルの言葉に、リュディは長剣である方向を示した。

「あのあたりに行ってみましょうか。騒いでいる声がいくつか聞こえました」

ティグルはうなずき、彼女とともに走りだす。リュディが言った。

「この連中はおそらく野盗ではありません。装備がよすぎます」

「……まさか、こいつらは一角獣士隊なのか」

「あとで調べましょう。彼らは、一角獣を描いた布を身体のどこかにつけていますから」

両眼に怒りをにじませて、リュディが吐き捨てる。

燃えあがる家を背景に、複数の人影が見えた。武装しているので村人ではない。

ティグルは足を止めると、二本の矢を弓につがえる。リュディは足を緩めず、まっすぐ人影の群れに飛びこんでいった。

「何だ、てめえは！」

色めきたった男たちはリュディに視線を向けており、飛んでくる矢に気づかない。二人が矢を受けて倒れると、他の男たちはうろたえた。その隙を見逃すリュディではない。風が唸り、白刃が輝き、血飛沫が舞う。剣と甲冑で武装していた二人の男が相次いで崩れ落ちた。

ひときわ大柄な男が、両刃の斧を振りあげてリュディに襲いかかる。だが、彼女が反応するより先に、ティグルの射放った矢が男の左頬に突き立った。

間髪を容れず、リュディが長剣を振るう。

喉を斬り裂かれた男は、斧を握りしめたまま、仰向けに倒れた。周囲の男たちが驚愕の呻き声を漏らす。彼らの反応を見ると、この両刃の斧の男こそが指揮官だったようだ。

リュディは剣を振って血を払うと、鋭い目を男たちに向けた。

「騎士の一部隊がすぐそこまで来ています！　逃げられるとは思わないでください！」

秋の終わりの夜気よりも冷たい声音に、男たちは青ざめる。騎士の一部隊というのははったりだが、指揮官を討ちとられたという衝撃が、彼らから冷静さと強気を奪った。

リュディが地面を蹴る。男たちの腕や喉など、甲冑で守られていないところを狙って斬りつけた。仲間がやられたのを見て、残った者たちの戦意が吹き飛ぶ。

男たちは散り散りになって逃げだした。リュディは猛然と彼らを追ったが、追いつく前に足を止める。暗がりから三つの人影が飛びだしてきたのだ。

――新手か！

ティグルはすかさず矢を射放って、ひとりを仕留めた。リュディも別の影を斬り伏せる。

残ったひとつの影が、リュディに襲いかかった。槍を両手で持っている。

風が、二つの悲鳴を同時にあげた。敵の繰りだした刺突はリュディの頬と銀髪をかすめ、リュディの斬撃はわずかに相手に届かず、空を切る。

長剣で牽制しながら、リュディは相手と距離をとった。不安定な体勢だったとはいえ、槍をかわしきれなかったことは彼女に衝撃を与えている。

ティグルも驚きとともに、リュディに突きかかった影を見つめた。

大柄な男で、長い金髪が顔の左半分を隠している。腰に剣を吊し、鎧はつけておらず、外套を羽織っていた。リュディに対して少しずつ間合いを詰めていくその動きは、訓練を受けた者のそれだ。おそらく騎士だろう。

騎士が姿勢を低くして前に出る。リュディの顔を狙って、立て続けに刺突を放った。リュディはそれを避け、あるいは長剣で受け流しながら、斬撃の届く間合いに踏みこもうとする。しかし、騎士は手を休めずに巧みに動きまわって、距離を縮めることを許さない。

防戦一方のリュディを見て、ティグルが動いた。敵の側面から矢を射放とうとする。それを察知した騎士は、弧を描くような動きでティグルの弓から逃れると、リュディに仕掛けた。彼女の足下を狙って槍を薙ぎ払う。

リュディがとった行動は、騎士の意表を突くものだった。彼女は左足をあげて、迫る槍先を踏みつけたのだ。ひとつ間違えれば靴ごと足を切り裂かれるか、転倒して致命的な隙を見せていただろうに、その行動には一切の迷いがなかった。

間を置かず、リュディが右足で槍の柄を踏みつけ、騎士に斬りかかる。騎士はとっさに槍を離して大きくのけぞった。斬撃は、騎士の額をかすめるに留まる。

危なげなく着地したリュディは、敢然と距離を詰めた。騎士は間合いをはかりつつ、腰の剣を抜く。だが、リュディは剣をまじえて二合目で、自分の長剣を相手の剣に重ね、絡ませるようにひねった。ともに地面に叩き落として、自分は腰の後ろに下げた誓約の剣を抜き放つ。

直感で危険を悟ったのか、騎士はなりふりかまわない行動に出た。地面を転がってリュディから離れつつ、死体のひとつに手を伸ばす。死体の手にある手斧をもぎとって、投げつけた。

リュディは手斧を弾き返したが、そのわずかな間に騎士は大きく後退する。

ティグルは騎士に狙いを定めたが、暗がりの奥に複数の気配を感じて、狙いを変えた。

矢を放つのと同時に、暗がりからリュディに向かっていくつかの石が飛んでくる。リュディは誓約の剣で身を守りながら、後ろへさがった。彼女を傷つけた投石はひとつもなかったが、その間に騎士は身をひるがえす。

暗がりの中へと消える直前、騎士が首だけを動かしてティグルを見た。殺意のこもった視線を叩きつけると、ティグルが反応する前に暗闇に溶けこむ。一瞬よりも短かった。

――あの男は、仲間を逃がすために俺たちを足止めしていたのか。

ティグルとリュディは暗闇を警戒していたが、気配が遠ざかっていくのを感じとって、視線をかわす。追撃を諦めた。

こちらへ歩いてきたリュディの顔には汗が浮かび、髪が数本張りついている。

「悔(くや)しいですね。見事に逃げられました」

「強敵だったな」

自分たちが討ちとった斧使いは、言うなれば部隊長というところで、騎士こそが野盗たちの指揮官だったのだろう。あの強さは訓練と実戦の双方で鍛えられたものだ。

「あの男は隻眼……左目を失っているようでしたが、そうとは思えないほど槍の扱いは見事でした。長引いていたら、追い詰められたかもしれません」

「だから、槍を踏みつけたのか」

「負傷さえしなければ、あなたが助けてくれると思いましたから」

全幅の信頼を寄せた笑みを見せられて、ティグルはため息をついた。無謀な真似は避けてほしいが、それを口にすれば間違いなく自分にはね返ってくる。「怪我がなくてよかったよ」と言うのがせいぜいだった。

風が吹いて、ティグルの視界の端で何かが揺れる。

見ると、野盗の死体の肩に巻かれている布の端だった。ティグルは視線を外しかけたが、ふと気になり、その布をあらためて観察する。表情を厳しいものに変えた。

その布には、額に角を生やした馬……一角獣の頭部が描かれていた。この野盗たちは一角獣士隊だったのだ。

一角獣士隊の兵たちが逃げて戦いが終わったあと、ティグルとリュディ、ラフィナックは村人たちとともに負傷者の手当てと消火活動に駆けまわった。

そうして夜が明けたころ、三人は村長の家に招かれた。

村長は痩せてひょろりとした男で、年齢は四十前後というところだろう。顔には疲労の色が濃く、服は泥と汗とで汚れている。小さな目が、こちらをさぐるような光を放っていた。

「村の者たちを助けてくれたこと、感謝する」

水を満たした陶杯をティグルたちに出して、村長は深々と頭を下げた。

「正直にいうと、おまえさんがたを疑っていた。最近、巷をにぎわせている連中が、旅人のふりをしてやって来たんじゃないかとな。だが、おまえさんがたはやつらを打ち倒し、怪我人の手当てや火消しまで手伝ってくれた……」

わずかに身を乗りだして、村長は続ける。

「おまえさんがたは何者だ？　賊もどきではないようだが、ただの旅人でもなかろう」

「ただの旅人ですよ。昨夜は上手く不意を突けたというだけです」

ティグルの返答に納得しかねたらしい村長は、新たな問いかけをぶつけてきた。

「どこから来たのかね」

「オードの端にある小さな村です。今年はうちの村も含めて不作でして。ここなら食糧があるかもしれないと……」

オードはマスハス＝ローダントの領地だ。ルテティアからそれほど遠くはない。勝手に領地の名を使うのはよくないが、彼なら事情を説明すれば許してくれるだろう。

「食糧か。残念だが、このあたりも不作だ。私たちが冬を越す分さえ満足にない。その上、賊もどきの集団や、王都から来たという連中がむやみに暴れている。帰った方がいい」

「その賊もどきについて、詳しく教えてもらうことはできませんか？　どうも野盗の集団というわけではないようですが」

「なんでも、元騎士や脱走兵、罪人、素行の悪い神官なんかが寄り集まって、あっちこっちの村を襲っているらしい。指揮をとっているのは、領主さま……いや、王女様に刃を向けた謀反人(むほんにん)に仕えていた、騎士だそうだ」

領主を謀反人と言い換えて、村長は苛立(いらだ)ちまじりのため息をつく。

「だから、王都からの軍にいい顔をしている村や町だけを狙っているって話だったが、どうも違うらしいな。王都からの軍は役に立たんし……」

「私たちも手ぶらで村に帰ることはできないので、もう少し旅を続けるつもりなんですが……

やつらはどのあたりを根城（ねじろ）にしているんでしょうか」

そう訊いたのはラフィナックだ。村長は首をひねった。

「連中の根城はいくつもあるって言われてるな。たしかにおまえさんがたは強いが、いつまでもこの地でうろうろしてたら、遠からず痛い目に遭うぞ」

「ご忠告ありがとうございます」

これ以上、話を聞くことはできないだろうと判断して、ティグルは陶杯の水を一気に飲む。ふと隣を見ると、リュディが憮然（ぶぜん）としていた。役に立たないと言われたのが気に障（さわ）ったのだろうか。彼女が口を滑らせる前にここを出るべきだ。

「それでは、私たちは失礼させていただきます」

村長に会釈（えしゃく）をして、ティグルは立ちあがる。リュディとラフィナックも続いた。

戸口まで歩いたところで、「そういえば」とティグルは村長を振り返る。

「捕まえた賊もどきはどうするつもりですか？」

逃げ遅れたり、負傷したりした一角獣士隊の兵を、村人たちが何人か捕まえていたはずだ。彼らから何か話を聞きだせるかもしれない。

しかし、村長は厳しい表情で答えた。

「やつらの口と両手足を縛って、近くの森に放りだした」

獣の餌にするつもりらしいと悟って、ティグルはわずかに眉をひそめたが、とがめることはしなかった。昨夜の襲撃によって多くの者が傷を負い、あるいは命を落としたのだ。

――食糧に余裕があれば、何らかの重労働を課して許すという道もあっただろうが……。

そうでない以上、村人たちに彼らを生かしておく理由はない。

馬に乗って村を出る際、何人かが見送りに来た。ティグルたちが助けた者たちだ。

「助けてもらったのに礼らしい礼もできないで、悪いな」

ひとりの男が前に進みでて、申し訳なさそうに頭を下げる。

「大変なときはおたがいさまだ。今度、会うことがあったら助けてくれ」

気にしなくていいという思いをこめて、ティグルはそう言った。リュディとラフィナックが同意を示すようにうなずく。男は「そうさせてもらう」と、返したあと、わずかなためらいを先立たせてからおもいきったように聞いてきた。

「もしかして、あんたたちは王都から来た軍……なのか？　前に聞いたことがある。星だって狙えそうなぐらい弓の上手い狩人がいるって」

「村長にも聞かれたが、俺たちはオードから来た旅人だよ」

馬首を巡らし、彼らに背を向けて、ティグルたちは歩きだす。

村からだいぶ離れたころ、リュディがくすりと笑ってティグルの脇腹を肘でつついた。

「星を狙えそうなぐらい、ですって。名のってあげればよかったじゃないですか」

「いい土産話ができました。若の勇名がルテティアの小さな村にまで轟いていると聞けば、ウルス様もバートラン老も喜ぶでしょう」

ラフィナックもからかってくる。照れくささから、ティグルは強引に話題を変えた。

「それより、これからのことなんだが」

「これからって、次の村へ行くのでは？」

不思議そうな顔をするラフィナックに、ティグルは首を横に振る。

「いや、イヴェットの町に戻った方がいいと思う」

「それは私も考えてました」

リュディが真剣な顔で同意を示した。

「あの村は私たちに協力していなかった。それにもかかわらず、襲われました。一角獣士隊が方針を変えて、自分たちに協力的でない村や町まで襲うことにした可能性があります。襲われることを恐れて、彼らに従う村や町が増える前に、手を打たないと」

「手を打つといっても、どうするんです？　私たちに協力的じゃない町や村に、敵に従うなと言ったって聞きゃあしないでしょう。やつらの拠点についてはわからないままですし」

ラフィナックの指摘に、リュディは言葉に詰まる。彼女はティグルに助けを求めた。

「何か考えはありませんか？」

ティグルはすぐに答えず、青く透き通った、冬の迫る空を見上げる。

敵が方針を変えたとすれば、それはなぜか。彼らは何を考え、何を求めているのか。

リュディを振り返って、ティグルは確認するように尋ねる。

「君は、敵の拠点をさがしだそうとしているんだよな」

「はい。いくつもあるといっても、本拠地に相当するものはひとつだけのはずです。一日も早くそれを見つけだして……」

息巻く彼女をなだめるように、ティグルは穏やかに言った。

「少し考えを変えてみないか。こちらからさがすんじゃなくて、やつらを誘いだすんだ」

敵の総指揮官がガヌロンに仕えていた騎士だとすれば、地の利は彼らにある。拠点を複数用意しており、すぐに逃げるという話にも納得できる。

相手の得意な舞台で戦うべきではない。こちらに有利な場所へ引きずりださなければ。

考えついた策を説明すると、リュディは目を輝かせて大きくうなずいた。

「いい手です。急いでイヴェットに帰りましょう」

もう勝利を得たかのような明るさで、彼女が馬を進ませる。ティグルとラフィナックは顔を見合わせたあと、手綱(たづな)を操ってリュディに続いた。

†

イヴェットに帰り着いたティグルたちは、さっそく居館の会議室に五人の部下を集めて、予定の変更を告げた。

　彼らの反応はさまざまで、「上手くいけば、敵にかなりの打撃を与えられますな」と賛成する者もいれば、「最初の予定通り、敵の拠点をひとつずつ確実に潰していくべきでは」と異論を唱える者もいたが、最後には全員がリュディの考えを受けいれた。

「それから、合い言葉を決めたいと思います」

　部下たちを見回して、リュディが言った。

「この町から遠くないジシー村が襲われたことを考えると、敵が町の中に入りこんでいる可能性は大きくなりました。たとえば、ベルジュラック家の者を装って、この居館に侵入を試みる者もいるかもしれません」

　もっともな話だった。部下たちがうなずくのを確認して、リュディは続ける。

「とはいえ、あまり馴染みのない言葉を使っても、上手くいかないでしょう。『リュディエーヌは』『金貨十万枚』にしようと思います」

　ティグルはおもわず苦笑を浮かべた。金貨十万枚。異名より一桁多い。

　部下たちはというと、一様に呆気にとられた顔でリュディを見る。そして短い空白のあと、ひとりが堪えきれないといったふうに吹きだし、他の者たちが続いた。

「承知しました。我々なら間違えることもないでしょう」

　さっそく準備にとりかかるといって、彼らは会議室から退出する。

「十万枚とは、ずいぶん控えめじゃないか」

ティグルがからかうと、リュディは得意そうな表情で応じた。

「褒めてくれるなら、言葉よりも行動で示してくださいね」

彼女が何を求めているのかを察して、ティグルはとっさに言葉に詰まる。その隙に、リュディは軽やかな足取りで会議室から出ていってしまった。

「策もできたことですし、ちょうどいいんじゃないですか。こちらに着いてから、二人きりの時間なんてつくってなかったでしょう」

ラフィナックが薄笑いを浮かべる。ティグルは苦笑まじりに年長の従者を軽く睨むと、彼を置いて会議室をあとにした。自分の部屋へ向かう。

――リュディを大切に想う気持ちに偽りはない。

だが、彼女のことを考えるとき、おたがいに少年と少女だったときのさまざまな出来事が思いだされて、奇妙な気分になるのもたしかだった。いつもではなく、ときどきではあるが。

いま抱えているいくつもの問題がかたづき、二人きりの時間が増えたとして、愛を語らうようになるだろうか。あのころのように二人で馬を走らせ、森や山へ行って遊びまわるのではないか。少なくとも、そういった光景の方が容易に想像できる。

――リュディはどうなんだろうか。俺と同じか、それとも……。

自分の部屋が見えた。扉の前にリュディが立っている。

何か話でもあるのかと思って、ティグルは彼女の前まで歩いていった。

「どうしたんだ？」

「運試しです」と、笑顔でリュディは答えた。

「あなたが戻ってきたときに二人きりでいられるかどうか、試しました」

言い終えるや、リュディは両手をティグルの首へとまわす。爪先で立って、すばやく唇を重ねた。ティグルは軽い驚きを覚えながらも、彼女を優しく抱きしめる。すると、リュディは唇の間から舌を差しこんできた。おたがいの舌先が触れあう。

彼女の大胆さに目を丸くしていると、リュディは小さく唇を吸って、ティグルから離れた。色の異なる瞳はかすかに潤み、頬は上気している。濡れた唇が艶めかしかった。

「誰かが通りかかったら恥ずかしいから、ここまでにしておきましょうか」

白銀の髪をなびかせてリュディは背を向け、足早に歩き去る。

彼女の後ろ姿を見送りながら、ティグルはくすんだ赤い髪をかきまわした。自分は思っていた以上に子供だったかもしれない。

夕食をすませてから一刻後に、ティグルは自分の部屋を出た。

リュディの寝室へ向かう。皆が寝静まったころに行くべきかどうか迷ったが、いまなら見張りの兵に見咎(みとが)められても、内密の話をするためと言い逃れられる。自分たちの関係が公(おおやけ)のものでない以上、必要な措置(そち)だと自身に言い聞かせた。

見張りの兵たちには何人か会ったが、ティグルに声をかけてくる者はいなかった。ひとりで廊下を歩いていても気にしないていどには信用されているらしい。

歩きながら、頭の中に二人の娘の顔が浮かぶ。ミラとリュディだ。

ふと、ミラと結ばれた夜を思いだす。まだ夜明けが訪れる前、二人はベッドの中でそっと抱きあっていた。ティグルの胸に顔を埋めて、ミラが言った。

「リュディのこと、たくさん愛してあげて」

とっさに言葉を返せずにいるティグルに、彼女はくすりと笑って続けた。

「そうしたら、私のことをもっとたくさん愛して、ってお願いできるから」

ティグルは笑みをこぼして、ミラを抱きしめる。青い髪を、手で優しく梳いた。

「約束するよ。二人ともたくさん愛する」

自分たちの関係はいびつなものだ。不安定だから、三人で支えなければ、すぐだめになる。

ミラの笑顔はティグルを奮起させてくれる。そして、リュディの笑顔は苦境を忘れさせてくれる。どちらかでも失うことは耐えがたい。二人もそう思ってくれていると、思いたい。

――だが、ミラを抱いたから、リュディも抱くというわけじゃない。

ミラとは関係なく、リュディを抱きたい。

想いを行動で示してくれた彼女に、行動で想いを伝えたい。

リュディの寝室に着く。扉を叩いてティグルが名のると、中から慌ただしい音が聞こえた。たっぷり三十を数えるほどの時間が過ぎたあと、ようやく扉が開く。

「お、お待たせしました、ティグル」

姿を見せたリュディの顔は紅潮し、銀色の髪はやや乱れていた。薄地の夜着の上に、厚地の長衣を羽織っている。白く浮かびあがる胸元が、奇妙に艶めかしく見えた。

彼女の部屋に足を踏みいれたティグルは、室内をぐるりと見回す。

大人が六、七人は余裕をもってくつろげそうな広い部屋だ。床にはムオジネル産の絨毯が敷かれ、机と椅子、燭台、長椅子、ソファ、ベッドなどが適切に配置されている。ベッドのそばの壁には、誓約の剣と長剣が並んで立てかけられていた。

部屋の隅には何着もの服が丸めて押しやられ、そのそばには何冊もの書物が乱雑に積みあげられている。何枚もの羊皮紙と地図が、その上に重ねられていた。

「か、かたづけようとしていたんですけどね、なかなか難しく……」

ごまかすように笑うリュディに、ティグルは表情を緩めた。愛を語らう場としてはふさわしくないかもしれないが、彼女らしい。緊張がほぐれる。

「手伝おうか」

ティグルは服やら書物やらが押しやられているところまで歩いていき、書物の上に載っている羊皮紙と地図を手にとった。地図はこの町の周辺を描いたもので、羊皮紙は町の様子や兵の状態、武器の数や食糧の備蓄についてまとめたものだ。

――散らかすのも無理はないか。

不利な状況から戦いをはじめて、リュディは勝利を得なくてはならないのだ。部屋をかたづけておく暇などなく、いざやろうとしたら、よけいに散らかしてしまったのだろう。書物の山が崩れないように、ティグルはそっと羊皮紙と地図の束を戻す。リュディを振り返った。

「本格的なかたづけは今度にして、簡単な整理だけしようか。リュディは服を頼む」

「あ、はい」と、リュディはうなずき、手早く服をたたみはじめる。その間にティグルは羊皮紙と地図、書物を机のそばに運び、わかりやすいように置いた。

それをすませて、ティグルはベッドに腰を下ろす。彼女を抱きたいという当初の気持ちはだいぶ薄れてしまったが、愛おしく思う気持ちはあらためて自覚できたので、いまはこれでいいのではないかという気分になっていた。

リュディがティグルの隣に座る。

「ありがとうございます……」

「俺も自分の部屋はよく散らかす。それで、侍女によく叱られるんだけどな」

ティグルはなぐさめるつもりでそう言ったのだが、リュディは不満そうに口をとがらせた。

「もっと立派な私を見せたかったです。みっともないところばかり見られてますし」

気にしないと言いかけて、ティグルは言葉を呑みこむ。それは気遣いにしかならない。

「この町に来てから、君の立派なところはたくさん見たし、聞かせてもらったよ。奥方たちを集めて祝宴を開くなんて、俺には思いつかない」

リュディが視線だけを動かして、こちらを見る。わずかながら機嫌が直ったようだ。だが、彼女はすぐに表情を引き締めて、ひとつ咳払いをした。

「ところで、あなたがこの町に来てから、忙しくて訊いていなかったんですが……」

どうも真面目な話をするつもりらしいと感じとって、ティグルも気分を切り替える。

「ミラとはその後、どうですか？」

「どうと言われても……。夏の終わりに別れてから、ミラとは会ってないからな」

予想外の答えだったのか、リュディが目を見開いた。身を乗りだしてティグルに迫る。

「ど、どういうことですか？　あなたたちはそろって王都を後にしたじゃないですか」

「途中まではいっしょだったぞ。だが、オルミュッツへ帰るのにアルサスを通ったら遠回りになるだろう。ミラは一年近く公国を空けていたし……」

そして、秋の間はアルサス中を駆けまわっていたとティグルが説明すると、リュディは肩を落としてうなだれ、深いため息をついた。彼女が何に落胆しているのかがわからず、ティグルは黙って見守る。十を数えるほどの時間が過ぎたころ、リュディは顔をあげた。

「秋の間……いえ、王都の城壁の前であなたたちを見送ってから、あれこれ想像してました。

もしかしたら、ミラはあなたとずっといっしょにいるんじゃないかと。彼女の真面目な性格はわかってますが、何らかの事情で、そうなっているかもしれないと」

昨年のことを思いだすと、ないとは言いきれなかった。ミラが戦姫としての務めに忠実であったなら、自分につきあってザクスタンへ向かうことはなかったし、ブリューヌの内乱において協力してくれることもなかったのだ。

前を見ながら、リュディは独り言のような口調で言った。

「春に、ナヴァール城砦であなたと再会したとき、私がどれだけ浮かれてたと思います？」

ティグルの返事を待たずに、彼女は続ける。

「お別れをした十四歳のときよりもあなたは背が伸びて、たくましくなっていて、でも私の好きなところは変わっていなかった。弓も捨てていなかった。しかも、孤立無援だった私に無条件で協力すると言ってくれた。いっしょに遊んでいたころのように。夢かと思いました」

ティグルは口を挟まなかったが、自分も似たようなものかもしれないと思った。リュディに感じていた好ましさは、そのままだった。だから、つきあう気になったのだ。

「最初のうちは、昔と同じ関係に戻れたというだけで満足していました。それに、やるべきこともあった。あなたにいいところを見せたいという思いもありました。だから、あなたとミラが想いあう仲だということに気づかなかった……」

リュディが苦味を含んだ微笑を浮かべる。

「冷静だったら気づいたかもしれません。あなたとの関係を表向き否定するミラの言葉に、疑いを持ったかもしれない。でも、私は舞いあがってました。もしかしたら、あなたと恋人同士になれるかもと。あなたたちの関係に気づかないまま、私はミラと仲良くなった」

リュディの視線が壁から床へ、そして天井へと移る。自分の心境の変化を確認するように。

「ミラにはいいところがたくさんありますが、私がとくに好きなのは自制心ですね。戦姫という立場にあり、竜具（ヴィラルト）のような武器を持ちながら、ミラは決してそれを乱用しない。彼女とは立場も何もかも超えて、いつまでも友人でありたいと思いました」

共感を覚えて、ついうなずいてしまう。リュディが憮然とする気配が伝わってきた。

「あなたたちがそういう関係であることをもっと早く知っていれば、私も考えを変えたかもしれません。でも、気づいたときには、私は自分の想いをおさえきれなくなっていて、ミラのことも大切な友人だと思うようになっていて、どうすればいいのかわからなくなりました」

「それで、自分とも結ばれてみないかと言ったのか」

初夏のころ、ティグルとミラ、リュディは『ベルジュラック遊撃隊』から離れ、レギン王女の軍をさがして馬を走らせていた。そして、森の中で襲いかかってきたガヌロンをかろうじて退けたあと、リュディがティグルにその話を持ちかけてきたのだ。

「いま考えると、自分でも何を言っているのかと思ってしまいますね……」

苦笑をこぼして、リュディは肩をすくめる。

「あなたたちの結びつきの強さを見て、その仲を祝福しながら、私はどうしてもあなたを諦めることができなかった。諦めなければ終わりじゃない。そう自分に言い聞かせて」

リュディの母のグラシアを思いだす。彼女の好きな言葉だ。

自分の立場が危うくなることを覚悟の上で、レギンの想いをグラシアが娘に教えたのは、娘への愛情というより、その姿勢を評価してのことだったのかもしれない。

リュディが真剣な顔でティグルを見上げた。碧と紅の瞳に強い感情が輝いている。

「ティグルは、私を愛してくれていますか？」

うなずくと、リュディはティグルの左手をそっとつかんだ。自分の胸へと持っていき、夜着の上から押し当てる。かすかに伝わってくるぬくもりに身体が熱くなるのを感じた。

「あなたとひとつになりたい。私のすべてを捧げたい。その想いに偽りはありません。でも、このような状況をつくりだした私が言えることではないのでしょうが、私への同情や妥協でそうなりたいとは思いません」

リュディが壁へと視線を転じる。そこには誓約の剣が立てかけられていた。

「王都にいた秋の間、バシュラルについていろいろと調べました」

急な話題の変化にティグルは戸惑ったが、すぐに納得する。誓約の剣は、バシュラルが振るっていたオートクレールからつくりだしたものだった。

それに、レギンもバシュラルのことを兄として気にかけていた。リュディが彼について調べようと思うのは不思議なことではない。

「バシュラルのお母様は、南の海の向こうにあるイフリキア王国の貴人だったそうです。彼の国で政変が起きて、我が国へ逃げてきたのを、当時まだ王子であったファーロン陛下がひそかに匿ったのだとか。そのときに彼女はバシュラルを身籠もり、陛下のもとを去りました」

　眉をひそめ、一瞬ためらう様子を見せたが、リュディは気を取り直して言葉を続けた。

「伝聞でしか知らない私がこのようなことを言うべきではないのでしょうが、陛下は、バシュラルのお母様を王都に留めるべきだったと思います」

　小さく息を吐いて、リュディはティグルに視線を戻した。瞳に覚悟を満たして。

「あなたが正式にミラと婚約をした場合、私は公宮のすぐ近くに家をかまえるなどして、あなたたちのそばにいます。必要ならば、ベルジュラックの名さえ捨ててみせます。もちろん、私があなたと正式に結ばれた場合は、ミラが望むだけのことをします」

　ティグルは驚きに目を見開く。考え違いを悟り、自分の甘さを思い知らされた気がした。

　自分はアルサスを愛し、ミラもオルミュッツを愛している。だから、それらを手放さない前提で考えていた。それが当たり前だった。

　だが、リュディは違った。彼女がベルジュラックの名に誇りを抱き、生まれ育った地を愛していることを、ティグルは知っている。捨てるなどと、簡単に口にできるはずがない。

　それでもリュディは言ってのけた。リュディとミラとで共有するという提案は、ただレギンの想いからティグルを守るというだけではない。それだけの覚悟があるものだと伝えてきた。同時に、いまならまだ捨てることができるのだとも。

——たしかに、俺の態度は消極的だったな。

二人を大切にするという想いを、より明確に示すべきだった。

「思えば、君のそういうところを好きになったんだったな」

碧と紅の瞳を受けとめ、まっすぐ見つめ返す。

リュディが目を閉じた。彼女の肩を抱き寄せて、唇を重ねる。

ティグルの唇を吸いながら、リュディが身体を預けてきた。二人は抱きしめあいながら、おたがいの唇をむさぼる。吐息に、舌の絡まりあう音が混じった。

体内で湧きあがる熱をおさえるように、どちらからともなく離れる。リュディの目に緊張と興奮と微量の不安が揺れているのを、ティグルは見てとった。

安心させるように、リュディの額や頬、耳たぶに、優しい口づけを繰り返す。リュディは幸せそうに頬を緩ませながら、羽織っていた長衣をゆっくりと脱いだ。次いで、薄地の夜着に手をかける。胸元まで引きあげたところでティグルの視線に気づいた。

「そ、そんなにじっと見つめないでください……」

頬を赤くして恥ずかしがる彼女が可愛らしく思えて、しばらく観察していたくなったが、ティグルは笑ってうなずいた。自分も服を脱ぐ。リュディを見ると、夜着こそ脱いだが、腰を覆う最後の一枚だけは、まだ身につけていた。豊かな胸も腕で隠している。

　彼女に身体を密着させ、顔を近づけて、ティグルはそっとささやいた。

「好きだよ、リュディ」

「ミラよりも？」

「同じぐらい」

　その返答に、リュディは微笑を浮かべる。それこそがティグルにとって最上の愛の言葉であることを、彼女はわかっていた。

「君とミラのすべてを愛して、受けいれてみせる。二人とも放さない」

　リュディの右腕に手を添えて、優しく下ろす。やわらかそうな乳房と、その中央にある薄紅色の突起が露わになり、ティグルは彼女を押し倒したいという衝動を懸命におさえた。

　はにかみながら、リュディが口を開く。

「その目つきで思いだしました。十四歳のころ、いっしょに川で水浴びをしていたときに、私の裸を覗き見ようとしたでしょう」

「そう、だったか……？」

　唐突な言葉に、ついティグルは考えこむ。言われてみると、たしかにそのころは水浴びをするとき、緊張していた。ただ、気になりはしても、覗こうとしたことはなかったはずだ。

「えいっ」と、冗談めかしたかけ声とともに、リュディがティグルの肩に手をかけた。不意を突かれて、ティグルはあっさり押し倒される。リュディが覆いかぶさってきた。

「か、覚悟はいいですね……？」

熱に浮かされているかのような彼女にくらべて、ティグルにはいくらか余裕がある。リュディの背中と腰に手をまわして抱きよせると、彼女の乳房がティグルの胸の上で変形した。

「とうにできてる」

二人は再び唇を重ねる。

長い夜を、二人は過ごした。

何度も体勢を変えて愛をたしかめあい、いまは、ベッドに脚を組んで座ったティグルの上に、リュディがまたがっている。決して離れないというかのように二人は抱きしめあい、リュディは想い人の腰に脚を絡ませていた。

それ以外の言葉を忘れてしまったかのように、おたがいの名前だけを何度も呼び、その合間に口づけをする。顔だけでなく、首筋にも、肩にも、胸にも。

相手の身体に古い小さな傷跡を見つけて、交互に舌を這わせる。恋人の身体のことを、ひとつでも覚えこもうとするかのように。はじめて見る、官能に満ちた恋人の顔。はじめて聞く、恋人の喘ぎ声。それらは二人をこの上なく昂揚させた。

いつまでも。彼女の肌のぬくもりを全身で感じながら、ティグルは強く思う。

自分たちの未来に何が待ち受けていようとも、ミラと、リュディと、いっしょだ。

誰にも、何者にも渡さない。あらためて、そう決意した。

†

もの音ひとつしない、静かな世界だった。

ティグルは、白くひび割れた地面にひとりで立っている。空は灰色で、太陽もなければ一片の雲も浮かんでいない。

足下を見ると、粉々に砕け散った貝殻が散乱している。自分は海辺にいるのだろうかと思ったが、見渡しても白い砂の大地が広がっているばかりで海はない。

視線を転じると、枯れた木々が立ち並んでいる。

——何なんだ、ここは。

どこを見ても、強烈な不安がこみあげてくる。自分ひとりしか地上にいないかのような錯覚を抱きそうになる。じっとしていられなくなって、歩きだした。

だが、どれほど歩いても風景は変わらない。灰色の空と白い大地、遠くには枯れた木々。どこまで続くんだろうと思ったとき、前方に黒っぽいものがいくつか転がっているのが見えた。早足で、ティグルはそこまで歩いていく。ここがどこなのか、わかるかもしれない。

しかし、それが何かわかって、ティグルは絶句した。

それらはすべて、黒く汚れた死体だったのだ。ミラやリュディ、父、弟、ラフィナック、アルサスの領民たちに親しい戦姫たちが、亡骸となって白い大地に倒れていた。

ティグルはその場に膝をついて、ミラの亡骸に触れる。たしかな感触がてのひらに伝わるよりも早く、亡骸は音もなく崩れ去った。まるで砂でできていたかのように。

「死を」

脳裏に、何ものかの言葉が響く。おもわず周囲を見回すが、風景には何の変化もない。

「あらゆるものに死を」

なぜだ。ティグルは叫んだ。なぜ死を望む。

俺は、まだ死にたくない。まだ死ぬつもりはない。

「あらゆるものに死を」

ティグルの叫びなど聞こえていないかのように、何ものかは同じ言葉を繰り返した。その声は次第に大きくなり、反響して、ティグルの意識を埋めつくし、押し流そうとする。頭の中で無数の水晶が絶え間なく砕け散っているかのようだった。

意識がもうろうとしてティグルはうずくまったが、気を失うことだけはすまいと、歯を食いしばって耐える。地面に指をたて、白い土塊を握りしめた。

再び叫ぶ。なぜ、死を望む。

それまでとは違う言葉が返ってきた。

急に声が消え、身体が軽くなる。視界に暗がりが広がった。

徐々に目が闇に慣れてきて、天井だとわかる。身体が冷たい夜気と、ぬくもりのある肌を同時に感じとった。すぐ隣でもぞもぞと何かが動く。

「……ティグル？」

訝しげな声は、リュディのものだ。ティグルはようやく、直前まで見ていたものが夢だと理解した。現実だと錯覚するほどに鮮明で、何もかもがはっきりしていた。

ここはリュディの寝室だ。外はまだ夜の闇に包まれている。自分と彼女は、ともに一糸まとわぬ姿でベッドに横になっていた。長椅子には脱ぎ捨てた二人の服があるはずだ。

「おかしな夢を見たんだ」

リュディを安心させようとして出した声は、かすれていた。

――死か……。

顔をしかめる。衝撃が大きかったにもかかわらず、早くも夢で見た光景がおぼろげになりつつあった。しかし、あの奇妙な声は、最後のものを除いて明確に思いだすことができる。

いまのティグルにとって、死という言葉から連想するのは故郷のアルサスだ。父が数日で憔悴してやつれてしまうほどのすさまじい不作だった。小麦も葡萄も、実っているのはごくわずかで、ほとんどが実をつけずに崩れ去った。山や森に入っても、川を見ても同様だった。

――ティル＝ナ＝ファなのか？

自分が奇妙な夢を見た原因は。女神が、自分に何かを知らせようとしているのだろうか。

「どんな夢だったのか、聞かせてくれませんか」

身体を密着させて、リュディがティグルの顔を覗きこんでくる。話さなければ、寝かせてももらえそうにない。

「もうほとんど忘れかけてるが、楽しい夢じゃなかったぞ」

それだけは間違いない。夢を見ていたときの不安と絶望感は、まだ心にへばりついている。

「なおさら、ひとに話してしまう方がいいですよ」

明るい声でせがむリュディにうなずき、ティグルは彼女の髪をもてあそびながら、夢の内容を話した。とはいえ、覚えているのはひとりで歩き続けていたこと、多数の死体か何かを見てひどく驚いた気がすること、恐ろしい声が響き続けていたということぐらいだ。

「なるほど」

話を聞き終えたリュディは、にわかに深刻な顔で聞いてきた。

「その、何か問題があったのでしょうか……」

眠る前の行為について言っているのだと理解するのに、ティグルは二呼吸分の時間が必要だった。慌てて首を横に振って、「そんなことはない」と答える。

「あの、何だ、つまり……あれには何の問題もなかった」

「そうですか？」と、リュディは疑わしげな視線を向けてきた。

「なんだか、ティグルはずいぶん慣れているようでしたけど……」

「神々に誓って言うが、ミラと君以外の女性と関係を持ったことはない」

嘘ではない。ただ、ミラとは別れるまでの間に何度も身体を重ねている。長く募らせてきた想いをぶつけあうのに、一度や二度ですむはずがなかった。

「そういうことですか」

ティグルの返答から言葉にしなかった部分を読みとって、リュディはうなずく。

「お二人の関係を考えれば、当然でしょうね。こちらはティグルの可愛い寝顔を見ることができたので、ひとまずはよしとしておきましょうか」

そう言って、リュディは新たな質問をぶつけてきた。

「では、他に、そんな不気味な夢を見る心当たりはありませんか?」

「……いろいろなことが重なったのかもしれない」

渋面(じゅうめん)をつくって、ティグルは答えた。

「前にも言ったが、俺がルテティアに来た理由のひとつはティル=ナ=ファだ。それに、アルサスだけじゃなくてブリューヌ全体が不作だというのも、ここに来て知った。それで緊張していたのが、君と結ばれて気が緩んだのかもしれない」

推測に過ぎないが、こうして話してみると、そうではないかという気になってきた。

「眠れそうですか?」

リュディに聞かれて、ティグルは天井を見上げる。眠気は完全になくなっていた。

「もう少しして落ち着いたら眠くなるよ。起こしてすまなかったな、リュディ」

謝ると、リュディがベッドの中でもぞもぞと動いた。ティグルの頭を両手で抱えこむ。豊かで形のよい双丘に、ティグルは顔を埋める格好となった。甘い匂いが鼻をつく。

「だいじょうぶ」

戸惑うティグルの頭を、リュディが優しく撫でた。あたたかな声に、焦りが消える。彼女から離れようとしていたティグルだったが、目を閉じて、肩の力を抜いた。

――不思議と落ち着くな……。

やがて、リュディがそっと手を離す。ティグルが頭をあげると、目が合った。

「ありがとう……。その、だいぶ落ち着いた」

気恥ずかしさから彼女を直視できず、目をそらしながら礼を述べる。

「妻の務めですから」と、冗談めかしてリュディは微笑んだ。

「小さいころ、眠れないときにお母様がよくやってくれたんです」

なるほどと納得できたのは、自分にも覚えがあったからだ。子供のころに怖い夢を見て目を覚ましたとき、再び眠れるまで母に抱きしめてもらったことが何度かあった。

「おやすみ、リュディ」

感謝をこめて、ティグルはリュディにそっと口づけをする。

子供のころ、眠るときに、母が額か頬に口づけをしてくれたのだ。怖い夢を見ないようにするおまじないだと言って。

「はい、おやすみなさい」

明るく答えたあと、リュディはティグルの胸に顔を埋める。自分の顔を隠すように。

ティグルは目を閉じる。リュディの身体から感じられる微熱が心地よい。命のぬくもりだ。

穏やかな眠りに誘われながら、ティグルは大切なものを守る決意を新たにした。

2　一角獣士隊（リコルネーメン）

ルテティアの中心都市アルテシウムから東へ三日ほど歩くと、森がある。

その森の中に、朽ち果てた小さな神殿があった。捨てられてからいったいどれほどの年月が過ぎたのだろうか、風雨にさらされ続けた建物は泥のような色をしており、壁や柱にはいくつもの亀裂が走っている。刻まれていただろう装飾は、原形を留めぬほどにすり減っていた。

誰も訪れなくなってひさしいと思われるその神殿に、複数の人間がいた。

数は十人。最低限の掃除をすませた部屋の中で、燭台に明かりを灯し、長大なテーブルを囲んでいる。男もいれば女もおり、老人もいれば若者もいた。服装もさまざまで、革の胴着をつけた騎士らしい男もいれば、旅装姿の娘もいる。

そして、皆が一角獣を描いた布を身体のどこかに巻きつけていた。壁の一角にも、やはり一角獣を描いた軍旗らしきものが飾られている。

この神殿は、一角獣士隊（リコルネーメン）の拠点のひとつだった。

「残念な知らせがあります。南東にあるジシー村を襲った部隊が撃退されました」

漆黒の神官衣をまとった女が淡々と報告する。二十代半ばだろう美しい女だが、その顔からは何の感情もうかがえない。艶（つや）やかな黒髪を腰のあたりまで伸ばしており、身体は神官衣の上からでもよくわかるほど見事な曲線を描いていた。

「ジシー村……」と、老人が首をかしげる。

「イヴェットの町の近くにある村のことなら、王都の軍には与しておらぬはずだが」

「その通りです。指揮官を務めていたジャンが討たれたため、間違えたのか、故意だったのかはわからないままですが」

「指揮官がやられるとは、無様にもほどがある。メリュジーヌ殿、損害はどのていどだ？」

ひとりの男が不機嫌そうに尋ねる。

「五十人の部隊でしたが、生き延びた者は十二人。皆、負傷しています。総指揮官殿が手勢を率いて救援に駆けつけなければ、全滅していたかもしれません」

女神官――メリュジーヌの言葉に、八人がひとりの男に注目する。

年齢は二十六、七というところか。大柄な体躯の持ち主で、長い金髪が顔の左半分を隠している。男に左目がないことを、ここにいる者たちは皆、知っていた。

彼の名はミシェル。かつてガヌロン公爵に仕えていた騎士だ。

夏の終わりの戦でガヌロンとシャルルが敗れたあと、ミシェルは降伏して捕虜となった。しかし、彼は王宮を抜けだし、ルテティアに戻って一角獣士隊を組織したのである。

「総指揮官殿、敵はどれだけいたのですか？　食い詰め者の参入が増えて、兵の質が下がっているのはたしかですが、それでも四十人近くがやられるなど……」

「二人だ。たった二人」

ミシェルの返答に、室内はざわめいた。驚きに顔を見合わせる者もいる。

「村の者たちが必死に抵抗したというわけではなさそうですね……」

旅装姿の娘が力の欠けた声でつぶやく。ミシェルはうなずいた。

「ひとりは剣の腕に優れた異彩虹瞳の娘で、もうひとりは凄腕の狩人だ。リュディエーヌ＝ベルジュラックと、ティグルヴルムド＝ヴォルンと見て間違いない」

複数の呻き声が大気をかすかに揺らす。一角獣士隊の者たちにとって、この二人は倒さなければならない敵であると同時に、恐怖の対象だった。

「ヴォルンはアルサスとやらいう僻地にいるはずだが、ベルジュラックが呼びよせたのか？」

「ニースから増援が来るということではないか。ヴォルンは王女の信頼が厚いという話だ」

「それよりジシー村だ。ベルジュラックがいたということは、王都の軍に協力したのか？」

「――落ち着け」

ミシェルが冷静に呼びかける。一同は気を取り直して彼に注目した。

「ルテティアの南端にいる部隊から、とくに変わった報告はないのだろう？」

メリュジーヌがうなずくのを確認すると、ミシェルはテーブルを囲む者たちを見回した。

「私が救援に向かったとき、ジシー村の周辺に王都の軍の姿はなかった。推測だが、ベルジュラックとヴォルンはあの村に恭順を呼びかけに行ったのだろう。兵を率いていけば反発を招くと考え、二人だけで出向いたのだ。イヴェットから近いので、危険も少ないと考えてな」

「そこへ、ジャンの部隊が村を襲って、返り討ちにあったというわけですか」

ひとりの男が憮然とした顔になる。ミシェルの説明に、彼らは納得したようだった。

「では、王都からの援軍はないいんですね」

「気を抜いてはならぬ。いまの時点では確認できないというだけだ。とはいえ——」

再び、ミシェルは一同を見回す。

「我々は着実に力をつけている。質の低下を懸念するのはわかるが、味方が増えていく過程ではどうしても起こることだ。向上の余地があると前向きに考えてほしい。そして、ベルジュラックもヴォルンも油断のできない相手だが、恐れる必要はない」

彼の態度は静かで、気持ちを奮いたたせるような陽気さや熱量こそなかったが、このひとなら信頼できると思わせる落ち着いた雰囲気があった。何より、いままで彼の計画や指示に大きな間違いはなく、自分たちは勝ち続けてきたのだ。

「他に、報告することは？」

ミシェルがそう言ったとき、部屋の外から声が聞こえた。メリュジーヌが部屋を出る。十を数えるほどの時間が過ぎるかどうかというところで、彼女は戻ってきた。

「イヴェットの町に潜入している者からの報告です。ベルジュラックが王都に援軍を要請し、それが到着し次第、三つの拠点に大がかりな攻勢をかけると言ったそうです」

「三つの拠点か」

ひとりが冷笑し、何人かが続いた。

一角獣士隊は、三十を超える数の拠点をルテティアに設けている。町の中の空き家を利用したものや、山中の洞窟に手を加えただけのものもあれば、囮に使うためにそれらしく見せかけているだけのものまであるが、とにかく三つていどなら潰されようと痛手ではない。

メリュジーヌが説明を続ける。

「援軍についてですが、複数の諸侯の兵で編制された歩兵が約一万。これに先だって、大量の食糧と燃料を積んだ輜重隊を送る予定だとか」

畏怖と感嘆の声があがる。一角獣士隊の兵は、すべて合わせても三千余りというところだ。まともにぶつかれば、王都の軍にたやすく蹴散らされるだろう。

「最後に、ベルジュラックは合い言葉を決めたとのことです。『リュディエーヌは』『金貨十万枚』というものです」

何人かが気の抜けた顔をした。メリュジーヌだけが眉ひとつ動かさずにたたずんでいる。

「一万という数字は誇張だな。はったりだ」

部下たちをなだめるように、ミシェルが落ち着いた口調で告げた。

「この不作で、一万もの軍を動かせるだけの食糧は用意できぬ。実際は二千から三千というところだろう。だが、手をこまねいて援軍の到着を見ているわけにもいかぬ」

仮に援軍の数が二千だとしても、イヴェットにいる兵たちと合わせれば、合計で約四千。自分たちを上回る。しかも、敵にはリュディとティグルがいる。その威勢を恐れて、王都の軍に味方する村や町も出てくるだろう。いまのうちに手を打たなければならない。

「ミシェル様、いっそ、こちらから仕掛けてはどうでしょうか」

男のひとりが身を乗りだして意見を述べた。

「やつらがイヴェットに運んでくる食糧と燃料を、そっくりいただくんです」

「それはいい。俺たちは安心して冬を越し、やつらは飢えと寒さに苦しむわけだ」

何人かが口々に同意して、ミシェルを見つめる。隻眼の総指揮官は考えこむように、テーブルに視線を落とした。他の者たちは黙って彼の答えを待つ。

やがて、ミシェルは顔をあげた。

「少し修正する」

意味がわからず首をかしげる者たちに、ミシェルは教師のような口調で説明する。

「大量の食糧と燃料というのは、こちらを誘いだすための餌だ。我々が輜重隊を襲ったら、敵は待っていたとばかりに我々の背後に兵を展開させ、包囲してくるだろう」

メリュジーヌを除く八人が目を瞠(みは)った。最初に意見を述べた者が苦しそうに食い下がる。

「し、しかし、必ずしもそうとは……」

「まず間違いない」と、ミシェルは静かに首を横に振った。

「敵が、たとえば秋のはじめにこの地にやってきた諸侯や代官たちであれば、私も同じように考えただろう。だが、ベルジュラックとヴォルンは油断のできない相手だ」

ミシェルの声音は確信に満ちており、他の者たちを納得させるだけの力があった。ひとりが遠慮がちに尋ねる。

「少し修正するとおっしゃったのは……？」

「我々はイヴェットを襲う」

テーブルを囲む者たちに視線を巡らせながら、ミシェルは当然のように答えた。

「少数の部隊を大軍に見せかけ、敵の輜重隊に向かわせる。敵はこの部隊を叩くべく、動かせるだけの兵を動かすだろう。その隙に、我々は手薄になったイヴェットを攻める。いまなら、こちらの方が数が多い。合い言葉もつかんだ。勝機は充分にある」

八人が口々に驚嘆の声をあげる。必ず勇敢に戦ってみせると息巻く者もいた。

「イヴェットはそのまま占領してしまうのですか？」

「食糧と燃料を奪えるだけ奪ったら、逃げる。可能ならその前に火を放つ」

「なるほど。やつらの冬越しを徹底的に妨害するわけですね」

昂揚感と熱気が室内に満ちていく中、ミシェルは皆を見回した。

「いままでに何度か言っていることだが、我々の戦いは、ひとりの偉大な王への呼びかけだ。我々はファーロン王の忠実な兵であり、信頼に足る存在であることを示すために剣を振るっている。いずれ陛下が我々の前に現れたとき、忠誠と勇気は報われるだろう」

ミシェルの右目には熱っぽい輝きがある。このときの彼は騎士というより、神託(しんたく)を授かった神官のようだった。二人ほどがかすかな不審の眼差しをミシェルに向けたものの、口に出しては何も言わない。

会議は終わり、ひとりまたひとりと総指揮官に一礼して去っていく。

部屋にはミシェルとメリュジーヌだけが残った。

「――メリュジーヌ殿」

ミシェルが黒衣の女神官に呼びかける。王のことを口にしていたときの熱は失われ、彼は普段の冷静さを取り戻していた。

「今度も、あなたが手に入れてくれた情報で助かった。あなたには世話になりっぱなしだ」

メリュジーヌは、愛想のない表情を微塵(みじん)も変化させずに言葉を返す。

「私はひとを使って情報を集めただけ。それを活用したのはミシェル卿です」

「謙遜(けんそん)が過ぎるな。一角獣士隊があるのはあなたのおかげだというのに」

ミシェルは本気でそう思っている。実際、彼女の協力なくして、彼が一角獣士隊をつくりあげることはできなかっただろう。

メリュジーヌは、ミシェルの賞賛を聞き流すかのように話題を変えた。

「ミシェル卿は、ファーロン王が本当にこの地に現れると思っているのですか」

「むろん」と、ミシェルは即答する。

「ファーロン陛下は必ずや再起なさる。その決意を胸に抱いたからこそ、恥をしのんで戦場からお逃げになったのだ。メリュジーヌ殿も陛下にお目にかかれば、私の言葉の意味がわかるだろう。あれほど輝きにあふれた太陽のような方は、他に知らぬ」

ミシェルが接したファーロンは、真の意味でのファーロンではない。ガヌロンによってよみがえったシャルルが、その肉体を乗っ取ったものだ。だが、それまで国王に謁見する機会などなかったミシェルは、自分が従っていた男こそがファーロンだと信じている。

彼の右目にあふれているのは憧憬と崇拝であり、危うさをはらんだ忠誠心だった。ファーロンが命じれば、彼はどのようなことでも嬉々として行うであろう。

「ところで、メリュジーヌ殿にお願いしたいことがある」

落ち着きを取り戻すと、ややあらたまった口調でミシェルは言った。

「戦に絶対はなく、ベルジュラックは噂以上に手強い。もしも次の戦で私が倒れるようなことがあれば、一角獣士隊はあなたに任せる。できればファーロン王の下に馳せ参じてほしいが、それがかなわぬときは好きなようにしてくれ」

「弱気なことをおっしゃらぬよう」

メリュジーヌは表情を微塵も動かすことなく、冷たささえ感じる言葉を返す。

ミシェルは表情を緩めた。どのようなときにも感情を表に出さない彼女に、最初のころは戸惑ったものだが、いまは慣れた。むしろ、ありがたいとさえ思っている。

「そうだな。戦う前から言うことではなかった。許してほしい」

「わかってくだされればいいのです。よろしければ、戦に先だって、ミシェル卿に贈りものをさせていただきたいのですが」

「贈りもの？」

怪訝な顔をするミシェルに背を向けて、メリュジーヌは静かな足取りで部屋を出る。すぐに戻ってきた彼女は、一本の槍を両手で持っていた。

ミシェルが言葉を失ったのも無理はない。その槍には、見る者をひるませるほどの尋常ならざる威圧感があった。石突きには七つの宝石が埋めこまれ、漆黒の柄には白銀の弦が巻きつけてある。穂先にも見事な装飾がほどこされ、黄金の輝きを放っていた。

「その槍は、いったい……？」

かろうじて絞りだした声は、驚愕にかすれている。メリュジーヌの声音は変わらなかった。

「グングニルというそうです。ファーロン王のために、ガヌロン公爵が王国の宝剣たるデュランダルに並ぶ槍を求めてつくらせていたと聞いています」

「公爵閣下が……」

かつての主であるガヌロンがそのようなことをしていたとは初耳だったが、彼の国王への忠誠と、ファーロン王の戦士としての技量を考えれば、不思議とは思わなかった。

ミシェルの知るファーロン王は、尋常ならざる技量の持ち主だった。行軍の合間の休憩時などに、剣や槍はもちろん、斧や棍棒でさえも巧みに使って、騎士や兵士たちを驚かせた。「弓も得意だ」と、言っていたが、さすがに場をなごませるための冗談だろう。

メリュジーヌの手から、グングニルを受けとる。実用に耐えぬ芸術品のように見えて、そうではないことが、ミシェルにはすぐにわかった。

柄は硬さとしなやかさを備え、穂先は鋭く、よく磨かれている。分厚い甲冑もたやすく貫けそうで、身体の奥底から自信が湧きあがってくる。

「感謝する、メリュジーヌ殿。陛下の御為につくられた槍を使うのは恐れ多いが、これならばベルジュラックとも渡りあえる。必ずや陛下の敵を討ちとってみせよう」

「ご武運を」

メリュジーヌは一礼すると、今度こそミシェルの前から歩き去る。

ふと、彼女はいったい何者なのだろうと、ミシェルは思った。

彼女は偽名を使っている。メリュジーヌというのは、ブリューヌの昔話や伝説に登場する大蛇か竜の怪物だ。そのような名を娘につける親などいるはずがない。

ミシェルは頭を振った。自分のような者に協力しているのだ。他人には簡単に話せない理由があるのだろう。

彼女は志を同じくする仲間である。それで充分なはずだ。

グングニルに視線を移す。

「陛下……」

国王に深い忠誠心を抱いたときのことを、ミシェルは思いだしていた。


ミシェルが病によって左目を失ったのは、六歳のときだ。

騎士の息子として生まれ、騎士になるべく鍛えていた少年は、最初のうちは強がった。病を治してくれた神官は、死ななかったのは幸運だと言った。だから自分は幸運なのだと。

だが、彼に降りかかった苦難は過酷なものだった。

右目だけになって距離感がつかみづらくなり、狙ったところに剣を振るえなくなった。

近い年齢の騎士見習いたちと稽古(けいこ)をすると、皆、ミシェルの死角となる左から攻めかかってきた。父もだ。そちらからの攻撃に慣れろということだが、まだ年端もいかないミシェルにとっては苦痛以外の何ものでもない。それでも、彼はがむしゃらに自身を鍛えた。

剣よりも、相手と距離をとれる槍に習熟するようになったのは必然といえる。

そうして己の弱点を克服したと思ったころ、ミシェルは父が自分を哀れみ、疎(うと)んじていることに気づいた。「隻眼の騎士に、どれだけの武勲がたてられようか」と、ある日の夜、父が従者に愚痴(ぐち)をこぼしているのを、ミシェルは陰で聞いてしまった。

それでもミシェルは諦めなかった。努力の甲斐あって、二十歳で騎士になることができた。

だが、騎士になってから、ミシェルは父の言葉をたびたび思いだすことになった。

隻眼であることを不安視されて重要な役目を任されず、部隊を与えられることもない。ミシェルにまわってくるのは無難な仕事か、誰かの手伝いだった。

彼の上司であるナヴェルという騎士は、地味な作業でも、ささやかな武勲でも正しく評価する人物だったが、戦場において、ミシェルを重要な任務につけることはしなかった。

騎士になって三年が過ぎるころには、ミシェルも諦めていた。

目のことなど関係なく、いまの境遇こそが自分にふさわしいのだろう。自分は幸運だ。

そう自分に言い聞かせておとなしく過ごし、二十七歳になった彼の前に、国王が現れた。

ファーロンの肉体を乗っ取ったシャルルが。

ルテティアのアルテシウムに突如として出現した国王は、ガヌロン公爵とまるで親友同士のように言葉をかわし、何気ない口調で王都ニースを攻めると宣言した。聞いた者たちの大半は唖然とするか、仰天したが、驚きを通り過ぎるとほとんどの者が従った。ミシェルもだ。

国王と王女が戦うなど驚くべき事態ではあるが、ミシェルのような一介の騎士が詳しい事情を知るはずはなく、教えてもらえるはずもない。ブリューヌ人ならば国王に従うのは当然のことであり、主たるガヌロンの命令でもある。逆らう理由はなかった。

そうして出陣の準備をしていたミシェルは、ガヌロンの屋敷で国王に声をかけられた。

「ほう、隻眼の騎士か」

楽しげなファーロン王の言葉に、ミシェルは戸惑いを覚えずにはいられなかった。同情でも嘲笑でも憐憫でもなく、感心したという顔で国王は自分を見ていた。

「俺の昔の部下にも、おまえみたいなやつがいた。あいつは大雑把ですむからと大鎚と大盾を使っていたが、おまえは何が得意だ？　武芸でなくてもかまわんぞ」

「槍です」と、素直に答えた。国王に問われたからではなく、これほど明るく邪気のない質問をされたのははじめてだったので、考えるより先に言葉が出たのだ。

すると、国王は当然のように、「見せろ」と言ってきた。

国王とともに訓練場へ行き、基本の型を一通り披露すると、「よくできてるじゃないか」と、やはり屈託のない笑顔で賞賛された。国王は言った。

「おまえに三百の兵を預ける。王都に着くまでに使いこなしてみろ」

三百というと少ないように思えるが、このときのルテティア軍はレギン王女の軍やジスタート軍との戦いで大きな損害を出し、戦える者は約二千、領内からかき集めればどうにか約五千になるというありさまだった。三百の兵の指揮官は大役だったのだ。

「必ずや、陛下のご期待に応えてみせます」

そう答えるミシェルの声は、胸を熱くする思いに震えた。

行軍中、ミシェルは国王を見かけると、目で追うようになった。

ファーロン王は気ままに動きまわっては、自分や兵たちに気さくに声をかけてくる。常に明るさと余裕を失わず、ひとを惹きつける力があり、奇抜な策を次々に考える。

いつしかミシェルは、この方に忠誠のすべてを捧げようと決意していた。

その思いは、王宮での戦いに敗れ、主たるガヌロンが討たれ、国王が姿を消したと知らされたときも揺るがなかった。むしろ、いっそう激しく燃えあがった。

自分も王都から脱出しようと決めた。

ただ逃げるのではない。王の軍を、自分の手で用意するために逃げるのだ。

だが、ルテティアに帰り着けば上手くいくという考えは甘かった。

ミシェルは家族や友人、知人を訪ねて協力を求めたのだが、彼らの反応はことごとく冷たかった。ルテティアの民の多くは恐怖からガヌロンに従っていたのであり、そのガヌロンと親しくしていた国王になど関わりたくなかったのだ。

ミシェルは孤立し、途方に暮れた。

そんな彼の前に現れたのが、メリュジーヌだった。

「国王陛下のために軍をつくりたいというあなたのお考え、感銘を受けました。私が親しくしている神官たちに相談してみましょう」

その翌日から、メリュジーヌは何人もの神官をミシェルに引きあわせた。

皆、どこかの町や村の神殿に勤めているという話で、誰もがミシェルの考えに賛同し、資金や情報を提供したり、有力者や脱走した騎士などを紹介したりした。

それなりに戦える者が五十人を超えたところで、ミシェルはレギン王女に協力的な村や町を襲いはじめた。国王によれば、レギンは玉座に座る資格を持たない偽(いつわ)りの王女であり、一度負けたとはいえ、打倒すべき相手である。その力を削るのは当然だった。

戦う目的を決め、相手を定め、指揮官を選び、兵たちに充分な武器と食糧を与えるには、戦場で剣を振るったり、指揮をとったりするのとは異なる能力が要求されるのだが、ミシェルにはそれがあった。あるいは、信仰じみた熱意が、彼の能力を引きだしたのかもしれない。

ミシェルのつくりあげた「王の軍」は、こうして勢力を拡大してきたのである。

†

一角獣士隊の拠点である神殿を出たメリュジーヌは、森の中をひとりで歩いていた。

神殿から充分に離れたところで、足を止める。見上げれば、葉をすっかり落とした木々の向こうに、寒々(さむざむ)しい水色をした空があった。

「――匂いがする」

メリュジーヌの声には、認識しているものを疎んじる響きがかすかにある。

「空が、海が、地が、静かに死んでいく。飛ぶ鳥も、泳ぐ魚も、蠢く獣も」

人間には見えないものを見て、感じとれないものを感じとりながら、詠うというより古いまじないの言葉を紡ぐように、メリュジーヌは続けた。

「天と地の間に満ちつつある。血を流して死ぬ者の匂い。病に冒されて死ぬ者の匂い。凍えて死ぬ者の匂い。飢えて死ぬ者の匂い。男も、女も、老人も、赤子も、決して逃れられず。世界はそのありようを変え、ひとは残らず死を迎える」

メリュジーヌは人間ではない。魔物だ。

ズメイというのが本当の名である。肉体も本来のものではない。二代前の凍漣の雪姫で、ミラの祖母だったヴィクトーリアの亡骸を乗っ取ったのだ。

夜と闇と死の女神ティル＝ナ＝ファを地上に降臨させるために、ズメイをはじめとする魔物たちはさまざまな形で争いを起こし、人間たちに血を流させ、屍の山を築かせてきた。

女神の降臨は、間違いなく近づいている。並外れて鋭い感覚を持つ者や、竜具などの超越した存在に触れている者は、夢などの形で女神の気配を感じとっているだろう。

この秋に大陸全土を襲った不作についても、神の降臨が近づいていることが影響している。

しかし、降臨しようとしているのがティル＝ナ＝ファだけならば、不作だけがこれほど深刻な形で現れることはない。また、他にもさまざまな異変が起きているはずだ。

「不快な匂いが混ざっている」

怒りを含んだ声で、ズメイはつぶやいた。

空の色や、感じとれる匂いが伝えてくるのだ。ティル＝ナ＝ファ以外のものの気配を。

「ティル＝ナ＝ファを押しのけて地上に降臨しようというのか、アーケン」

それは、南の海の向こうにあるキュレネー王国などで信仰されている神の名であった。

アーケンは死を司り、冥府を支配し、その姿は蛇に酷似しているという。

はるかな昔、この神は地上を冥府の一部にしようと考えて、ティル＝ナ＝ファと争った。神々の戦いがどのようなものであったのかはわからないが、結果だけならズメイは知っている。アーケンはティル＝ナ＝ファに封印されたのだ。

だが、アーケンは地上を諦めなかった。最近になって多少の自由を取り戻したのか、メルセゲル、ウヴァート、セルケトという三体の使徒を地上に派遣した。そして、使徒たちはキュレネーなどで儀式を行おうとはせず、海を越えてこの地にやってきた。

理由は簡単で、ティル＝ナ＝ファを降臨させる地が、アーケンを降臨させる地としても適しているからだ。これは偶然などではなく、ガヌロンがまだ滅びていなかったころ、そのような場所を選んで形を整えたのである。ガヌロンはそのことをアーケンの使徒たちに教え、見返りとして、死者をよみがえらせる術法を手に入れた。

使徒たちのうち、セルケトはティグルたちに打ち倒され、ウヴァートはガヌロンに敗れた。残っているのはメルセゲルだけだ。

ズメイはメルセゲルを侮っておらず、警戒しながらその動きをさぐっていた。だが、彼だけでは何をするにも時間を要するだろうと思っていたのもたしかだ。

こうしてアーケンの気配を感じとれるほどに降臨の準備を進めていたのは予想外であり、ズメイとしては、メルセゲルに対する評価をあらためなければならなかった。

「メルセゲルは他の使徒とは別格だ。早急に見つけだして滅ぼすべきだが……」

空を見上げて、ズメイは考えを巡らせる。

ズメイの願いを阻む力を持つものは、メルセゲルだけではない。もうひとりいる。

ティグルヴルムド＝ヴォルン。ティル＝ナ＝ファの力を引きだすことができる黒弓を持ち、数々の魔物を滅ぼしてきた当代の魔弾の王。

当初、ズメイは、女神を地上に降臨させる器として、ティグルを利用するつもりだった。魔物たちにとって、魔弾の王とはそういう存在だからだ。

だが、ズメイは考えを変えた。

魔物たちは、人間に協力的な女神を『人のティル＝ナ＝ファ』、自分たちに協力的な女神を『魔のティル＝ナ＝ファ』、どちらにも与さない女神を『力のティル＝ナ＝ファ』と、呼んでいるのだが、ティグルはガヌロンとの戦いにおいて、人と魔のティル＝ナ＝ファの力を、同時に己の身に宿してみせたのである。このような使い手はズメイも見たことがない。

遠くないうちに、ティグルは黒弓を用いて女神を降臨させることを可能とするだろう。

魔物たちが降臨を希うのは、魔のティル＝ナ＝ファだ。人のティル＝ナ＝ファや、力のティル＝ナ＝ファではない。

ティグルがいずれかの女神を降臨させれば、ズメイの願いは水泡に帰す。

もっとも、ズメイの見るところ、ティグルに女神を降臨させるつもりはなく、こちらの願いを阻もうという考えで動いているようだった。

では、邪魔な敵と見做して排除すればよいのかといえば、簡単にはいかない。

いまのティグルと戦えば、ズメイも無傷ではすまないからだ。そこへメルセゲルが襲いかかってきたら、いちじるしく不利となる。また、女神を降臨させる器としてティグルを使うという考えを、ズメイは完全に捨て去っていなかった。

「ひとの世では、ときに弱者の牙が強者の臓腑をえぐるものだが、どうなるか」

ズメイがミシェルに情報を与えてそそのかしたのには、そのような事情がある。もしも一角獣士隊がティグルの殺害に成功すれば、女神降臨の器を失うものの、邪魔な存在をひとつ取り除ける。器については、ティグルしかいないわけではなく、他の者を据えればよい。

また、一角獣士隊がティグルに敗北して壊滅するとしても、それはそれで血が流れ、屍が積みあげられる。一歩どころか半歩にもならぬだろうが、女神の降臨がさらに近づく。

「――壊滅した場合の手も打っておくか」

不意に、ズメイの姿が音もなくかき消える。

次の瞬間、その姿はまったく別の場所にあった。石造りの建物の中である。一瞬で空間を飛び越えたのだ。

広大な空間で、天井は高い。石柱のような燭台に灯された炎がかろうじて闇を払っている。

ズメイの背後には巨大な像がそびえたち、目の前にはひざまずいて祈りを捧げる娘がいた。漆黒の神官衣をまとったその娘は、気配を感じとって顔をあげる。

「メリュジーヌ様……」

娘は驚きの声をあげたが、すぐに姿勢を正してズメイに頭を垂れた。ズメイが突然姿を見せたこと自体には慣れているようだ。

「ステイシー、報告を」

ズメイが命じると、ステイシーと呼ばれた娘は呼吸を整えて口を開いた。

「五日前に報告したときから、大きく変わったことはございません。村をひとつ、集落を三つ襲い、食糧、武器、財貨を得ましたが、戦士を二人失いました」

「よろしい」と、短く評価してから、ズメイは告げる。

「次は大きな戦になる。戦える者を残らず動かすように」

ステイシーの顔に興奮と歓喜の色が浮かんだ。

「戦いに勝てば、女神の降臨がまた一日早まるのですね」

ズメイはうなずき、背後にそびえる巨大な像を振り返る。黒い竜と、その体躯に背を預けて遠くを見つめている美しい娘の像だ。ティル＝ナ＝ファである。

ここは、ルテティアの中央近くにある町の、大地母神モーシアに捧げられた神殿だ。地上に出ている部分は。

ごく一部の者にのみ存在を知られている地下は、ティル＝ナ＝ファのための神殿であった。

「女神よ、私たちの信仰にご加護を。――夜と闇と死が我らの安らぎとなる日まで」

像に向かってあらためて祈りを捧げるステイシーを、ズメイは冷然と見つめている。

ズメイが彼女の存在を知ったのは、夏の終わりごろだった。

ガヌロンがティグルたちとの戦いで滅んだ直後、ズメイはメルセゲルについての手がかりを求めて、ガヌロンの屋敷を訪れた。

ガヌロンが始祖シャルルをよみがえらせることができたのは、アーケンの使徒たちと一時的に手を組み、彼らの力を借りたからだ。それゆえに、メルセゲルたちについて何らかの情報が残っているかもしれないと考えたのだ。

その目論見は外れたのだが、ズメイは調べものの最中に、ティル＝ナ＝ファの信徒の存在について知った。ガヌロンは百年近く前から、ブリューヌ人でひそかにティル＝ナ＝ファを信仰している者たちをさがしだし、名簿をつくっていたのである。

ブリューヌとジスタートでは、神々の王ペルクナスをはじめとする十柱の神々がおもに信仰されているが、特定の神に強い信仰心を抱くことは珍しくない。

羊飼いたちは家畜の神ヴォーロスに朝晩、祈りを捧げている。商人たちは富の神ダージの像

を店内に飾りたがるし、狩人は山や森に入る前に、風と嵐の女神エリスに祈る。料理人たちはかまどと火の神スヴァルカスを讃える歌をいくつも持っている。

法の番人に属する者たちが用いる筆記具には「名誉の神ラジガストの名にかけて」という一文が刻まれているのがふつうだ。娼館の看板には豊穣と愛欲の女神ヤリーロが描かれている。戦場に立つ騎士や兵たちは、戦神トリグラフの名を叫ぶ。農民らは収穫の際には大地母神モーシアに感謝し、雷が鳴れば雷を操るペルクナスに愚痴る。

だが、夜と闇と死を司り、ペルクナスの妻であり、姉であり、妹であり、生涯の宿敵であるとされるティル＝ナ＝ファにそういった親しみを持つ者はいない。いないはずだった。十の神々から外すべきではないかという議論が何度もかわされてきた女神なのだから。

ところが、何らかの理由でティル＝ナ＝ファを信仰する者たちがいたのである。

ガヌロンが彼らの名簿をつくっていた理由はわからない。自分の手駒として利用する気だったのか、あるいは、シャルルのために役立てようとしたのかもしれない。

ズメイはこの信徒たちを利用することにした。

かつて、ズメイはアジ・ダハーカと名のり、ムオジネルの王族のもとに潜りこんでいたことがある。王族の信頼を得て、戦を起こさせるためだった。

そのときと同じ要領で、失せ物を見つけてやり、病を癒やしてやり、遠方の出来事を教えてやると、ズメイはティル＝ナ＝ファの信徒たちから信頼されるようになった。

ほとんどの者が神官や巫女としてどこかの神殿に勤めていたのは、都合がよかった。ステイシーをまとめ役にして組織化すると、信徒たちの結束はさらに強まった。彼らの多くは、同じ女神を信仰する仲間を求めていたからだ。

現在、ステイシーが統率している信徒は三百人を超え、一角獣士隊の中では重要な位置を占めつつある。正体を明かしてはいないため、一角獣士隊の者たちは、ステイシーたちをただの神官や巫女だと思っていた。

ズメイは、ティル＝ナ＝ファが降臨すれば、人間は安らぎを得られると信徒たちに教えた。女神は世界をつくりかえる、その世界に飢えはなく、病はなく、戦はなく、苦しみはないと。

多くの信徒はその言葉を信じている。

ただ、目の前にいるステイシーは、もたらされるものが死であることに漠然とながら気づいているようだが、彼女はそれを積極的に受けいれているようだった。だから、ズメイも彼女を重用している。このような人間がときどき現れるのを、ズメイは知っていた。

「ステイシー」と、淡々とした口調で命じる。

「ミシェルが死ぬようなことがあれば、おまえが一角獣士隊をまとめよ」

ステイシーは深く頭を下げた。

彼女を見下ろしながら、ズメイは考える。もうひとつ、手を打たなければならぬ。

切り札は自分自身であるべきだった。

†

その谷底はあまりに深すぎて、陽光が届いたことなど一度もなかった。

冷たい暗闇が沈殿しているそこに、巨大な石像が倒れている。

数百年前につくられたのだろうそれは、長い髪を持ち、薄布をまとった娘の姿をしていた。腰から下はなく、両腕もない。頭頂部から胸元までまっすぐ亀裂が走って、美しい顔を縦に割っている。凄惨(せいさん)なありさまだった。

その石像の肩に、小柄な影が腰を下ろしている。黒いローブをまとい、フードを目深(まぶか)にかぶった老人だ。

老人は、魔物であった。名をドレカヴァクという。

かつては占い師としてテナルディエ家に入りこんでいたが、今年の春、ガヌロンが王都を奪うべく動きだすと、単身でガヌロンに挑んだ。しかし、異国の神アーケンの力を借りたガヌロンにはかなわず、一時的な敗北を認めて姿を消したのである。

石像の肩に座っているドレカヴァクは、両目を閉じて、身じろぎひとつしない。まるで、彼自身も石像になったかのようだった。

不意に、ドレカヴァクの正面の空間が歪む。暗闇がねじれ、音もなく裂けて、その奥からひとりの女性が現れた。ズメイだ。

「どこに姿を消したのかと思っていたが、やはりここだったか」

ズメイの声に、ドレカヴァクは答えない。何かに集中しているようだ。

この谷底は数百年前、ティル＝ナ＝ファを降臨させる儀式を行った場所だ。だが、当時の魔弾の王によってズメイたちは敗れ、儀式は失敗した。ドレカヴァクが腰を下ろしている石像の残骸は、女神の肉体になるはずのものだった。

ドレカヴァクの気配がかすかに変わる。集中を解いたのだ。ズメイは呼びかけた。

「また夢を見ていたのか」

「夢ではない」

しわがれた声が響いたかと思うと、ドレカヴァクの額が縦に割れた。亀裂は左右に開かれ、そこからひとつの目が覗く。恐怖を感じさせる血の色の目だ。

「はるかな過去に分かたれた枝の先だ」

ドレカヴァクの額にある第三の目は、いくつかの不思議な力を備えている。そのうちのひとつに、いまと異なる現実を垣間見るというものがあった。

ドレカヴァクによれば、とうに地上にティル＝ナ＝ファを降臨させた現実もあれば、自分たちが魔弾の王によって滅ぼされた現実もあったという。

また、同じティル＝ナ＝ファを降臨させた現実でも、魔弾の王を器にしたものもあれば、巫女としての力を強く備えた娘を器としたものもあったそうだ。

異なる現実などを見て、何の役に立つ。以前、ズメイがそう訊いたことがある。ドレカヴァクの答えは、ほとんど役に立たぬが、稀に興味深いことがわかるというものだった。

「何の干渉もできない異なる現実など、夢も同然だろう」

「おぬしの言う夢に、求めているものがあるとしたらどうかな」

ズメイは動きを止める。忌ま忌ましさを微量に含んだ声でドレカヴァクが続けた。

「アーケンに仕える最後の使徒メルセゲル。確信を得るまでに時間がかかったが、あれはこの現実の存在ではない。喰らおうとするのはよいが、喰われるのはおぬしかもしれんぞ」

ズメイはその場に立ちつくした。一拍の間を置いて、問いかける。

「なぜわかった？」

「どちらのことだ。メルセゲルか、それともおぬしの考えか」

静かに訊いてくるドレカヴァクに、ズメイは答えられなかった。

魔物は、他の魔物や、ひとならざるものたちを喰らうことで力を増す。

ズメイはドレカヴァクを喰らって己を強め、メルセゲルを打ち倒してこれも喰らい、最後にティグルに挑むという考えを持っていた。

この案に固執していたわけではなく、ドレカヴァクと意見が衝突して決裂したら、そうするつもりだったのだが、見抜かれていたという衝撃は小さからざるものだった。

ズメイは地面に腰を下ろす。戦うつもりはないという意思表示だ。

「メルセゲルが他の現実から来たというのならば、この現実にいるはずのメルセゲルは？」

「二百年ばかり前に私が滅ぼした」

何でもないことのように、ドレカヴァクは答えた。彼は石像の肩から動かず、額の目だけがズメイを見下ろしている。

「よみがえったにしては速すぎる。加えて、ずいぶんと力を増している。不審を抱くほどに。私がコシチェイに挑んだのは、どちらかといえばその点をたしかめるためだった」

コシチェイとはガヌロンのことだ。約三百年前、ガヌロンはコシチェイを喰らって不老の身体やさまざまな力を手に入れ、半人半魔となった。彼がティグルに倒されたことで、コシチェイもまた滅びを迎えたのである。

「他の現実へ跳躍するには、時間と空間の双方に干渉しなければならぬ。失敗すればすり潰されて消滅する。メルセゲルはアーケンの力を借りてそれを為し遂げたと思っていたが、全面的に頼ったわけではなさそうだ。もとの現実では『叛刻の使徒』と呼ばれ、死をまき散らし、ひとならざるものたちから恐れられていたようでな」

たばかっているのではあるまいな。ズメイはそう思ったが、ドレカヴァクはそういう気性の持ち主ではなく、そのようなことをする理由もない。必要な話だけをすることにした。

「メルセゲルがいまどこにいるか、わかるか？」

「コシチェイが滅んだあと、ルテティアに現れたが、それきりだ。私に気づかれたことを悟ったのだろう。いまはおたがいに気配をさぐっている状況だ」

「以前、貴様はアーケンの使徒たちを放っておかぬと言ったが、メルセゲルに挑むのか」

ズメイが訊くと、ドレカヴァクの額の目がわずかに動いた。

「答える前に、おぬしの考えを聞かせてもらおう。ティグルヴルムド＝ヴォルンは、おぬしの望むような魔弾の王になったか」

「予想以上の存在になった」

率直に、ズメイは己の見通しの甘さを認めた。

「あれは脅威だ。我々の願いを打ち砕く恐れがある」

「だから滅ぼすと？」

「その方がいい。魔弾の王を打ち倒したことなど、これまでに何度もあったことだ」

言い募るズメイに、ドレカヴァクが訝しげに問いかける。

「肉体に引きずられたか？」

「何が言いたい」

ズメイは首をかしげた。間を置いて、ドレカヴァクが質問を変える。

「なぜ急ぐ？」

「急いでなど――」

「魔弾の王がそれほど厄介ならば、今回は見送る手もあろう」

ズメイの言葉を遮って、ドレカヴァクは続けた。

「我々が真に死ぬことはない。肉体を失って長き眠りについても、いずれ新たな肉体を得て目覚める。ルサルカも、レーシーも、トルバランも、バーバ＝ヤガーも。誰かと入れ替わりで目覚めるものもいようし、コシチェイも戻ってくるやもしれぬ。そして……」

「ティグルヴルムド＝ヴォルンは、あと、五、六十年もすれば生きてはいない」

ドレカヴァクが言おうとしたことを読みとって、ズメイはつぶやいた。

「そうだ。メルセゲルは滅ぼさなければならぬが、魔弾の王は違う。他の女神を降臨させようというわけでもない。たとえ今回、阻まれたとしても、百年を待ち、二百年を待って、次の機会に願いを成就させればよい。いままでのおぬしなら、そう考えたはずではないか」

沈黙が訪れる。両者とも微動だにしない。ふたりを取り巻く大気さえも固まってしまったかのようだった。

どれほどの時間が過ぎたろうか。ズメイが口を開いた。

「かつて、この肉体の持ち主が私に言った。『私たちのことを知らないおまえが、私たちに負け続けるのは当たり前だ』と。私は戦姫について、人間について考えるようになった」

「何がわかった」

「かぎりある命を使い尽くして何かを為そうとする」

己の胸に手をあてて、ズメイは続ける。

「大樹がいずれ朽ちるように、大海がいずれ乾くように、人間は老いて死ぬ。だが、その中で何かを為し遂げようとする。明日が不確かなものであることを知りながら、それでいて明日が来ることを信じながら、明日に挑むかのように」

「それが戦姫であり、人間であると？」

「戦姫はとくにそうであるように思える」

再び、両者の間に沈黙が流れる。だが、今度は短かった。

「興味深い。いままでのおぬしからは出てこなかった考えだ」

ドレカヴァクの額の目が閉じられ、眉の下の両目が開かれる。

「おぬしに提案がある。メルセゲルを牽制（けんせい）してもらいたい。私はその間に、魔弾の王に挑む」

「なぜだ？　貴様が滅ぼしたいのはメルセゲルだろう」

相手の真意をさぐるように、ズメイが訊いた。ティグルがドレカヴァクを滅ぼしてさらに力をつけるようなことにでもなれば、ズメイにとっては最悪の事態だ。

「それとも、魔弾の王を滅ぼす手立てでも思いついたか」

「ひとつ経験を得てみたくなった。あの魔弾の王は得がたい相手だ」

口元にどこか楽しげな笑みを浮かべて、ドレカヴァクは答えた。

「我々は何度でもよみがえる。それゆえに同じ手を打ち続けてきた。だが、たまには手を変えてみるのもよかろう。おぬしのようにな」

「私に利のない提案だ」

ズメイはかすかに身じろぎした。私を喰らってよいと言ったら？」

「魔弾の王と戦ったあとに、私を喰らってよいと言ったら？」

ズメイはかすかに身じろぎした。ドレカヴァクを喰らえば、メルセゲルを滅ぼして喰らい、そして魔弾の王を倒すという目的を進めることができる。

「よいのか？　貴様の手で女神を地上に降臨させることができなくなっても」

「女神を降臨させるには、然るべき時、然るべき地に誰かひとりがいればよい。それがおぬしであってもかまわぬ」

言い終えると同時に、ドレカヴァクの姿が消える。闇に塗りつぶされたかのように。

ズメイはしばらくの間、無言で石像の残骸を見つめていた。

†

冬の風が吹き抜ける空を颯爽と飛ぶ、黒い影がある。鳥にしてはあまりに大きすぎるし、翼の形は蝙蝠のそれに近い。尻尾もあった。

飛竜と呼ばれる、空を飛ぶ能力を備えた竜だ。飛竜は、その背に人間を乗せていた。その人間――ザイアン＝テナルディエは手綱を握りしめて、必死の形相で竜に呼びかけている。

「おい、下りろ！　早く！　死ぬ！　死ぬだろうが！」

いまの空は、寒いなどというものではない。目や口を開けていられないほどつらく、汗や鼻水は瞬時に乾き、凍って、髪や皮膚にこびりつく。しかも、飛竜は休みなく飛んでいるため、凍えそうな突風が絶え間なく吹きつけてくる。悪夢のような状況だった。

飛竜の乗り手たるザイアンは、もちろん寒さに備えていた。厚手の服の上に毛皮の外套を二重に羽織り、耳と頬を覆う帽子をかぶり、襟巻きで首を守り、手袋と靴には毛皮と羊毛をふんだんに使ったあたたかいものを選んだ。着ぶくれして身体が丸くなったほどだ。

だが、それでも空に舞いあがって四半刻も過ぎれば寒くなってくる。疲労もあった。息も苦しい。腰と脚に結んであるベルトが自分を鞍につなぎとめてくれるとはいえ、こんなところで気を失うのは恐怖以外の何ものでもない。

だが、飛竜は乗り手の命令などどこ吹く風とばかりに、気ままに飛び続けている。ザイアンは泣きたくなってきたが、空に吹く風は涙さえも凍りつかせる。歯を食いしばり、呻き声をもらしながら耐えるしかなかった。

そうして一千を数えるほどの時間が過ぎたころ、ようやく気がすんだのか、飛竜が地上に降りる。ザイアンは腰と脚のベルトを外して鞍から飛び降りた。その場に膝をつき、首の襟巻きを乱暴に引っ張って喉を解放する。おもいきり息を吸って、吐きだした。

このまま倒れて眠ってしまいたいと思っているザイアンの耳に、何かを引きずる音が聞こえてくる。顔をあげると、侍女のアルエットが自分を見下ろしていた。

彼女は、縄を結わえつけたソリを引きずっている。ソリといっても、子供が斜面を滑って遊ぶときに使う簡素なつくりのものだ。

「何だ、それは」

「疲れているようですので、これで運ぼうと」

普段通りの愛想のない顔で、アルエットは答えた。

「……おまえが引くのか？」

その光景を想像して、すぐに打ち消す。侍女としての仕事に加えて飛竜の世話をしているアルエットは、同じ年頃の娘にくらべれば体力も腕力もある。それでも、二十歳の男が乗ったソリを引くことは無理だ。十歩と進めず力尽きるに違いない。

「牛か、馬か……」

そこまで言ったあと、アルエットは静かにたたずんでいる飛竜を見る。拷問かとザイアンは半ば本気で思った。残った力を振りしぼって立ちあがる。

「そいつをかたづけて水を持ってこい。あと羊だ……」

かすれ気味の声で吐き捨てた。面倒だが、飛竜を放っておくわけにはいかない。アルエットにすべてを任せることもできない。飛竜が自分を彼女より下に見る。

飛竜を厩舎(きゅうしゃ)に入れ、アルエットに引いてこさせた羊を餌として与える。そこまですませて、ようやくアルエットが差しだした水を飲んだ。ただの水がうまい。

重い毛皮の外套を脱ぎ捨てて、その場に座りこむ。テナルディエ家の嫡男が厩舎の地面に座りこむなどみっともないと思わなくもないが、面倒くささが勝った。入りこんでくる冷気が心地よい。しばらくはこのままでいい。

「畑はいかがでしたか」

アルエットが訊いてきた。先の戦が終わってネメタクムに帰ってきても、彼女の態度はそれまでと変わらず、まるで侍女らしくない。

だが、ザイアンはもう気にしなくなっていた。飛竜の世話もしっかりやっているし、ひとりだけならこういう侍女がいてもいい。そういえば、会話は少し増えたような気がする。

「ひどいものだった」

飛竜を見ながら、ザイアンは仏頂面をつくって舌打ちをした。

テナルディエ家は、領地であるネメタクムに広大な小麦畑と葡萄畑をいくつも抱えている。

『小麦と葡萄のテナルディエ』と呼ばれる所以だ。

ネメタクムの小麦と葡萄は良質であると国の内外を問わず評判で、ザイアンの父であるテナルディエ公爵も、質を保つことに力を注いできた。

だが、今年の秋にかぎっては、これまで培ってきたものがまったく通用しなかった。

連日のように不作の報告を聞かされ、その証拠である枯れ草のような小麦や、小さな豆のような黒ずんだ葡萄を見せられて、豪胆な公爵もさすがに消耗し、やつれた。

そんな父を見て、ザイアンは自分も領内を見てまわると申しでたのである。

ひとまず、領地の北から西にかけて広がっている小麦畑と葡萄畑を見てまわることにして、四日前に飛竜を駆って、屋敷をあとにした。そしてたったいま、帰ってきたのである。

最初のうち、ザイアンはたかをくくっていた。不作といっても例年より少々よくないというていどで、わずかな穀物をひそかに溜めこむ口実にしているのだろうと。いままでに、そうした農民を幾人も見てきたからだ。

その気配を感じたときは、取り巻きを連れて村に行き、彼らの隠した収穫物をさがしだして村人とその家族を痛めつけた。この季節には欠かせない娯楽であり、気晴らしだった。

だが、飛竜を駆って空に舞い、はるか上空から地上を見下ろしたとき、そうした想像は跡形もなく吹き飛んだ。

事前に報告は受けていたが、上空からでもわかるほど畑は荒れていたのだ。何度も飛竜をゆっくりと旋回させながら、ザイアンは己の目を疑った。

「多少なりとも収穫物を隠していたら、罰として飛竜の餌にしてやろうと思っていたが、これでは家捜しするだけ無駄だな……」

畑を管理している村長や集落の長には、「公爵閣下にはありのままを伝えて善処していただくから安心しろ」とだけ言って、ザイアンはそこから飛び去った。

きっとこの一帯だけだと自分に言い聞かせて、帰りに他の畑も見てきたのだが、落胆の度合いが大きくなっただけだった。父のもとに届いている報告に偽りはなく、ネメタクム全体がひどい不作に見舞われている。

——何とかできるのか……？

厩舎の薄暗い天井を見上げて、ザイアンは暗澹たる気分になる。屋敷を発つ前日に、父と、父の腹心であるスティードが話していたことを思いだした。

この秋は、国内の他の地域や、近隣諸国においてもすさまじい不作だという。

ブリューヌと同じぐらいひどいのがジスタートで、アスヴァールとザクスタン、ムオジネルについても、壊滅的でこそないものの、不作と呼べる結果だったそうだ。南の海の向こうにあるイフリキアやキュレネーも、アスヴァールらと同様の状況らしいという話である。

嗅覚の鋭い大商人たちは、秋のはじめにはあらゆる食糧の買い占めに走ったが、いまでは戦々恐々としているという。買い手が国となれば、権力と武力による強奪があり得るからだ。他の国に逃げても同じ状況であれば、より温厚な買い手をさがすしかない。

「他国に食糧を求めることはできないのか」

先日、ザイアンは率直にスティードに聞いた。疲れ果てた顔で対策に奔走している父には、とても聞けなかったからだ。

「少なくとも近隣諸国には余裕がございません。それでも公爵閣下は粘り強くさまざまな伝手をあたっておられます。閣下は遠方の国々にも使いの者を出しましたが、これは時間も手間もかかります。冬の間に結果を出せるかは難しいでしょう」

　スティードは普段、楽観的なことを言わないが、悲観的なこともそれほど口にしない男だ。その彼がこのようなことを言うのだから、事態はザイアンの想像以上に深刻だった。

　ザイアンには対策らしい対策を考えることができない。不安だけがわだかまっている。

——秋のはじめに領地へ帰ってきたときは、平穏だったのにな。

　そのころのザイアンは、得意の絶頂だった。彼自身はシャルルとガヌロンとの戦いにおいて飛竜を駆って活躍し、レギン王女に武勲を讃えられた。

　父もまた、攻めてきたムオジネル軍を撃退して、武威を示した。

『黒騎士』の異名を持つロランはギネヴィア王女に付き従ってアスヴァールへ行き、ティグルは小さな田舎のアルサスに引っこんだ。自分の時代が来たと思った。

　胸が躍る話もあった。レギン王女が、南の海の向こうにあるイフリキアやキュレネーといった国々との交流を考えており、使者団を派遣する計画をたてているというものだ。その際、ザイアンを使者団の一員にしたいと、王女は言ったという。

　父に確認したところ、事実だった。もっとも、父は「いままで交流のなかった国に跡継ぎを行かせる諸侯などおらぬ」と、断るつもりでいるようだが、説得の余地はありそうだった。

　秋の間はネメタクムで身体を休め、冬は王都で過ごし、テナルディエ家の嫡男としての存在を多くの者に刻みつけてやろうと、そう考えていたのである。

だが、その予定は消え去った。身体を休めるどころではなく、王都へ行く気にもならない。

──何か、父上の役に立つことはないものか。

父の政務を手伝えるような能力はない。それに、父の補佐は長く仕えているスティードが誰よりも上手くやれる。自分では邪魔にしかならないだろう。

地道に飛竜で領内を跳びまわり、野盗を牽制することぐらいだろうか。

「この子の餌がなくなったら、困りますね」

不意に、アルエットが言った。我に返ったザイアンは、食事を終えてすっかり気を緩めている飛竜を見つめる。たしかに、餌が不足していると言っても飛竜には通じないだろう。不機嫌になって騒ぐだけならまだしも、暴れるかもしれない。

──ドレカヴァクのやつめ、どこに姿を消した。

口には出さず、悪態をつく。長年、テナルディエ公爵に仕え、ムオジネル攻めにおいて四頭もの竜を用意してみせた不思議な老占い師は、夏ごろに忽然(こつぜん)と姿を消した。

ドレカヴァクが誰にも何も言わず、これほど長い期間いなくなるのははじめてのことだ。テナルディエ公爵はひとを使ってさがさせているが、手がかりすら見つかっていない。

ザイアンはドレカヴァクに親しみを覚えたことなど一度もない。どこか人間離れした雰囲気を持つ薄気味悪い老人で、近寄りたくないとさえ思っていた。

だが、彼の用意した飛竜でザイアンは命を拾った。いまがあるのも飛竜のおかげだ。飛竜がいなかったら、自分の人生はもっと違うものになっていただろう。

──そういえば、ベルジュラックは何と言っていたか……。

レギン王女がまだレグナス王子と名のって、バシュラルと戦っていたときのことだ。遠くアニエスの地から飛竜に乗って空を駆け、どうにかレギンの軍に合流を果たしたザイアンは、リュディから奇妙な話を聞いた。

ガヌロンが、ドレカヴァクのことをとても危険な存在だと伝えてきたというのだ。

あのときはリュディが言った通り、分断工作の一環としか思わなかったし、父も気に留めなかったので、いままで忘れていた。だが、ガヌロンが本当にドレカヴァクを危険視していたとしたら、どうだろうか。王宮を襲ったガヌロンは怪物だったのだ。

──ルテティアに行ってみるか？

ふと、そう考えた。それはただの思いつきのように見えて、あるいは内心の葛藤が吐きだした結論だったのかもしれない。

ネメタクム、いやブリューヌを取り巻く深刻な状況、現状に対する不安、何かをしなければという焦りと何もできない自分への苛立ち、ガヌロンが残した言葉の気味悪さ、それらが渾然となって、ザイアンに行動を促している。

その思いを否定する声も、心の中にはある。いままで通り、遊んでいればいつか誰かが解決してくれるはずだ。暖炉の火に手をかざして退屈な冬を乗り越えれば、あたたかな春がやってくる。屋敷に多くの従者や侍女がいるのは、自分の代わりに働くためではないか。

真面目な声もある。テナルディエ家の嫡男という立場を考えれば、このままここにいるのが正しいのだ。もう武勲は充分にたてた。あとは次代の領主として父のそばにつき、父やスティードのやり方を見て学ぶべきなのだ。

「ルテティアに行く」

口にしてみると、他の選択肢はあっさり消え去った。アルエットがザイアンを見下ろす。

「わかりました。すぐに旅の支度を」

当然のようについてくるつもりらしい。ザイアンは慌てて付け加えた。

「待て。行くのは俺と飛竜だけで、おまえは留守番だ。夏の戦とは違う」

「戦ではないのですか？」

「もう戦は終わった。父上の代わりに様子を見てくるだけだ」

首をかしげるアルエットに当然のような顔で答えたザイアンだが、ルテティアの現状については何も知らない。知っているのは、王家とテナルディエ家、ベルジュラック家で分割して管理しているということぐらいだ。

「これから」と、脱ぎ捨てられた外套を見ながら、アルエットが続ける。

「日を追うごとに寒くなっていきますが」

だいじょうぶなのかと言いたいらしい。ついさきほど、空の寒さに命の危機を感じたばかりのザイアンは反論に詰まった。だが、ここで撤回するのは少々情けない。

「このていどの寒さに俺が屈するわけないだろう。それに、向こうに長くいるつもりはない。用事がすんだらすぐに戻る」

そもそもたいした用事ではない。ガヌロンの屋敷を訪ねて、ドレカヴァクのことについて調べるだけだ。ただ、それだけだと体裁が悪いので、テナルディエ家が管理している一帯についても見てこようとは思っている。次代の領主らしい行動だ。完璧な計画ではないか。

ようやく納得したのか、アルエットは頭を下げた。

「どうぞご無事で」

表情に変化はなく、口調もいつも通りなのに、かすかに落ちこんでいるように見える。彼女の態度を訝しく思いながらも、ザイアンは笑って言った。

「短い間だが、竜の世話から解放してやる。せいぜいありがたがって羽を伸ばすんだな」

アルエットが小首をかしげる。わずかな間のあと、彼女はザイアンを見つめて言った。

「誰かのために空を飛ぶのは、ご立派なことだと思います」

虚を衝かれて、ザイアンは目を丸くする。言われてみれば、秋の間は自分のために空を飛ばなかった。武勲や名誉など、考えもしなかった。

「——勘違いするな」

ほとんど反射的に、ザイアンはアルエットを睨(にら)みつけた。

「いずれ自分が受け継ぐ領地を見てまわるというだけだ。ルテティアだって、今後どうなるのかはわからんのだからな」

それに対するアルエットの反応は、くしゃみだった。真面目に聞いていたのかどうかわからない。ザイアンは立ちあがると、脱ぎ捨てたままの外套を拾いあげて、彼女の肩にかけた。

「ついてこい」

彼女を見ようともせず、厩舎を出る。

ザイアンが向かったのは、馬のための厩舎だった。中に入ると、ちょうど掃除をしていた従者が慌てて道を空ける。「ご苦労」とぞんざいに言って、ザイアンは奥に進んだ。自分の馬が入っている馬房の前で足を止める。振り返ると、外套を羽織ったアルエットの姿があった。

「こいつをおまえにやる」

たたずんでいる馬を指で示して、ザイアンは続ける。

「おそらく来年になるだろうが、俺はブリューヌを代表する使者団の一員として、南の海の先にある国々へ行く。おまえも連れていくから、ひとりで乗りまわせるようになっておけ」

アルエットは黙って馬を見つめていたが、決意を固めるように小さく手を握りしめた。

ザイアンに向き直り、深く頭を下げる。

「やってみます」

「怪我には気をつけろ。俺が帰ってきたとき、ひとりで竜の世話をするのはごめんだからな」

ごく自然に、彼女に軽口を叩いていることにザイアンは気づいていない。慣れていた。

ちなみに、ザイアンはまったく知らないことだったが、イフリキアやキュレネーに使者団を派遣する計画は、王宮においてかなり前向きに進んでいた。食糧を買い求めるためである。冬の間に必要なことを決定し、冬が過ぎて海が穏やかになったら船を出す予定だった。

嫡男を使者団に加えることに反対しているテナルディエ公も、食糧を手に入れるためならと検討するようになっており、ザイアンの台詞は現実のものとなりつつあった。

その日の夜、ザイアンは父に申しでて許可を得ると、翌朝にネメタクムを発った。

3　再会

たっぷり墨を吸った綿のような雲が、空に大きく広がっている。

東の果てはうっすらと白く光って夜明けが近いことを知らせていたが、明るくなるのはもう少し先だろうとミシェルは思った。一角獣士隊(リコルネーメン)の総指揮官である彼にとって、ありがたい状況だ。風の冷たさには顔が強張(こわば)るものの、相手も同じ条件だと思えばいくらか気が楽になる。

ミシェルは兵たちを率いて、イヴェットの町から四百アルシン（約四百メートル）ほども離れた森の中に潜んでいた。朽ち果てた神殿で会議を行った日から八日が過ぎている。

ルテティアの各地に散っていた兵たちの召集は、滞りなくすんだ。ミシェルは集まった三千余の兵のうち、約二千五百を自分が率いて、残りを囮(おとり)に使うと決めた。

数十台もの荷車を連ねた大規模な輜重隊(しちょうたい)がこちらに向かっていることを、偵察隊の報告によって知ったのは昨日の昼過ぎだ。ミシェルは囮の部隊を動かした。

囮の部隊を率いるのは、女神官のステイシーだ。彼女を推薦したのはメリュジーヌで、誰からも異論はなく、ミシェルも信用して任せた。

ステイシーは巧みな偽装によって約五百の兵を倍近くに装(よそお)い、敵に見つからぬように動きながらも、行軍の跡などで決定的な証拠を残した。その甲斐(かい)あって、昨夜のうちにイヴェットから二千近い数の兵が出た。

部下のひとりが夜襲を進言したが、ミシェルは首を縦に振らなかった。

「この町を奪うのであれば、その手もいい。しかし、我々が奪うのは食糧と燃料だ。夜陰にまぎれての行動は難しい。闇と寒さに耐えさせてすまないが、計画通り夜明けを待つ」

そしてまもなく、夜明けが訪れようとしている。

──頃合いだな。

ミシェルは心の中でつぶやくと、そばにいる部下に「すぐに戻る」と言って、その場から離れた。戦をはじめる直前のごくわずかな時間、ひとりになることを彼は好んだ。

──これは陛下のための戦だ。私は陛下の軍を率いているだけに過ぎぬ。

暗闇の中、目を閉じて自分に言い聞かせる。この考え方が彼を用心深くさせ、また謙虚にもさせ、いままで勝利を与えてきた。この戦にもきっと勝てる。

いや、負けるわけにはいかぬ。国王の軍を預かっているからには。相手がリュディエーヌ＝ベルジュラックと、ティグルヴルムド＝ヴォルンであるからには。

気を引き締めて、ミシェルは兵たちのところへ戻る。

部下のひとりがこちらへ歩いてきて、ささやくような声で報告した。

「イヴェットからの報告です。四日前、ヴォルンが町にいるすべての兵に矢をつくらせたと」

ベルジュラック兵になりすましてイヴェットに潜りこんでいる兵からの報告だ。ミシェルは眉をひそめて、部下に訊いた。

「なぜ矢などをつくらせたのだ？」

「ヴォルンの故郷の風習で、矢避け、投石避け、鳥の糞避けのお守りだそうです。一本だけ身につけておけばいいというのと、ベルジュラックが賛成したことで、兵たちは従ったと」

ミシェルは部下から視線を外して考えこむ。

アルサスについてはよく知らないが、辺境ならばいかにもありそうな風習だ。まして、領主の息子でありながら弓を得意とする者を許容するような土地である。

「つくらせた矢は一本だけで、弓を持たせたわけではないのだな」

確認するように尋ねると、部下は黙ってうなずいた。見れば、彼の顔にはかすかな戸惑いが浮かんでいる。一応、報告にはきたものの、有用な情報には思えなかったのだろう。

――あの『黒騎士』ですら認めたというティグルヴルムド＝ヴォルンであればともかく……。

ただの兵が、矢の一本で何ができるというのだ。

ミシェルはブリューヌの騎士として生きてきた男だ。ティグルを侮るつもりはないが、それでも長い年月をかけて培ってきた弓矢への蔑視を拭い去ることはできなかった。

「ご苦労だった。なに、常に役に立つ情報が届くとはかぎらぬ。報告した者にも、引き続き励むようにと伝えてくれ」

ねぎらうように部下の肩を叩くと、彼は安堵の笑みを浮かべて会釈した。歩き去っていく。

気を取り直したミシェルは他の部下たちの前まで歩いていき、静かに呼びかけた。

「この一晩をよく耐えた。おまえたちの手で新たな勝利をつかもう」

部下たちは無言でうなずき、総指揮官の言葉を兵たちに伝えるべく歩き去る。

兵の多くは革鎧か、革の胴着の上に厚手の外套(がいとう)を羽織(はお)り、耳と頬を覆う形の帽子をかぶっていた。手袋をしている者もいる。武器は剣、槍、手斧とさまざまだが、まとまりに欠けているともいえた。念のために、武器はすべて土で汚してある。

ミシェルの持つグングニルも同様だ。国王の武器に対して申し訳なく思いながらも、勝利のためと己に言い聞かせて、ミシェルは土をなすりつけた。

イヴェットの町を囲む城壁は、ややいびつな円形をしている。城門は三つで、北と南西、南東にあった。南西の門から南に向かって延びている街道が王都ニースに至るもので、敵の輜重隊はこの街道を通ってイヴェットを目指している。

それゆえに、ミシェルたちも南西の門の近くに広がる森に潜んだ。

部下たちが戻ってきて、兵たちが隊列を整える。思ったより大きな音が響いて、部下の何人かがびくりと肩を震わせた。ミシェルは落ち着いた口調で彼らに笑いかける。

「このぐらいの音ならイヴェットには届かぬよ」

部下たちはぎこちない笑みを返した。だが、緊張はほぐれたらしい。

一角獣士隊が無言で動きだす。十人の兵が先行して森を抜けた。松明(たいまつ)を用意して火を灯し、イヴェットまで懸命に駆ける。

ほどなく、夜空を背景に黒い影となっている城壁が見えてきた。城門の前までたどりついた十人の兵たちは、息を切らして城壁上のベルジュラック兵たちに訴える。

「大変だ！　奇襲を受けて我が軍は総崩れだ！」

「まもなく味方が逃げてくる！　早く城門を開けてくれ！」

一角獣士隊の兵たちは、ベルジュラック隊の兵士を装って口々に訴える。ベルジュラック兵たちは驚いたように顔を見合わせると、一角獣士隊の兵たちに大声で訊いた。

「合い言葉を言え！　リュディエーヌは？」

「金貨十万枚！」

一角獣士隊の兵が松明を振りまわしながら怒鳴る。

城壁上の兵たちが「待っていろ！」と、叫んだ。軋むような音を響かせて、ゆっくりと城門が開く。一角獣士隊の兵たちは急いで城門の先へと飛びこんだ。

城門の内側には、身体が隠れるほどの大きな盾をかまえた兵たちが十人ほどいた。彼らは顎を動かして、行けと指示を出す。一角獣士隊の兵たちは町の中へと走っていった。

それから数百を数えるほどの時間が過ぎたころ、夜気を吹き散らして一角獣士隊の兵約二千五百が現れる。開かれた城門を見た彼らは、喊声をあげて猛然と突進した。

万が一、城門を閉められたとしても、南西の城壁は他にくらべて低い。鉤爪つきの縄を引っかけて乗り越えることが可能だ。ここから延びた街道が王都に通じていることは、ミシェルにとってまさに僥倖だった。

　軍の中央で指揮をとっていたミシェルは、勝利を半ば確信する。先行した十人は無事に町の中へ入れたようだ。もしもベルジュラック兵たちがこちらの正体に気づいたとしても、城門を閉めるのは間に合わないだろう。

　大地を踏み鳴らして、一角獣士隊が町の中になだれこむ。

　異変が起きたのは、そのときだった。

　先頭を走っていた兵たちが勢いよく転倒する。後続の兵たちも彼らに巻きこまれて、地面に投げだされた。見ると、地面に穴が掘られている。底は浅いが、体勢を崩すには充分であり、一角獣士隊の突進は止まった。

　それを待っていたかのように、頭上からひと抱えもある石や木材が次々と降り注ぐ。兵たちは悲鳴をあげた。見上げれば、城壁上に多数のベルジュラック兵が立って、こちらを見下ろしている。彼らはさらに石や木材を投げ落として、城門の前に積みあげた。

　町の中に突入を果たした一角獣士隊の兵たちは五百ほどだが、いまや彼らは完全に後続と分断されていた。うろたえる彼らの周囲に、ベルジュラック兵が現れる。隊列を組み、槍と大盾をかまえて、正面と左右から襲いかかってきた。

　町の外にいる一角獣士隊の兵は約二千。その中央にいるミシェルは、衝撃に顔を青ざめさせている。

――罠にかけられた……！

どこで失敗したのか。なぜ、気づけなかったのか。憤怒と後悔が交互に押し寄せてくる。叫びたくなるほどに荒れ狂う感情を、しかしミシェルは強烈な自制心によってねじ伏せた。いま必要なのは、少しでも早くここから離れることだ。

――町の中にいる兵たちは、見捨てるしかない。

大気は冷たいままだというのに、顔を幾筋もの汗が流れ落ちる。彼らを見捨てなければ、城門の外にいる約二千の兵を危険にさらすことになる。そう言い聞かせて、後退を命じた。

だが、混乱している一角獣士隊は、命令通りに動かなかった。暗がりも手伝ってあちらこちらで兵同士が衝突する。そこへ、城壁上からベルジュラック兵が石や投擲用の槍を投げつけてきた。樽や木箱を落としてくる者もいる。混乱はおさまらず、拡大する一方だった。

「ミシェル様、お下がりください！」

まわりにいる部下たちが懸命に呼びかける。だが、ミシェルは頬を紅潮させてその場から動こうとしなかった。

「ここで私が下がれば、逃げたと思わせてしまう。そうなれば、立て直すことはできぬ」

それはおそらく事実だったが、部下たちは歯がゆさを隠さない顔でミシェルを見た。ミシェルはかまわずに指揮をとり続けて、ようやく軍を統率する。

だが、後退を命じようとしたとき、彼の前まで駆けてきた伝令が絶望的な報告をした。

「我々の背後に敵が現れました！」

それは、ティグルとリュディに率いられた約一千七百のベルジュラック隊だった。

敵を誘いだそうとティグルが決めたのは、リュディから話を聞いて、敵将が戦慣れしていると思ったからだった。罠を二重に用意すれば引っかけられるのではないかと考えた。まず、輜重隊を用意する。これは相手に気づかせるための見え透いた罠だ。敵将はおそらく堅実にイヴェットを狙ってくるだろう。そうしてくれれば引きずりこめる。

問題は、城壁上を守る兵たちに、敵と味方をどうやって見分けさせるかだった。

城門の前に現れるのが、絶対に敵とはかぎらない。囮の輜重隊か、あるいはティグルたちの率いる本隊が敵の攻撃を受けて逃げてくるという事態が、本当に起きる可能性はある。

そこで四日前、ティグルはイヴェットにいるすべての兵に、一本ずつ矢をつくらせた。故郷の風習であり、お守りになると言って。

むろん、風習というのは真っ赤な嘘だが、鳥の糞避けという冗談に、ほとんどの兵たちは笑って承諾した。不格好でもお守りにはなるというティグルの言葉に加えて、ひとり一本であれば材料を調達するのは難しくなかったということもある。

難色を示す者たちは、リュディが説得した。

「では、代わりに白く塗った石を持って、チーズだと思って肌身離さずつけておくように」

石の方がましだと言った兵は、幸いなことにひとりもいなかった。

「この矢を持っているかどうかを、目印にする」

兵たちが矢をつくったという報告を聞いたあと、ティグルはリュディにそう言った。

「俺たちが率いる兵には、イヴェットの町を出てから説明する。城壁を守る兵、とくに城門のそばに立つ者には信頼できる者を置いて、見分けさせる」

「それでも、矢をつくらせていることが敵に知られれば、怪しまれませんか?」

疑問をぶつけるリュディに、ティグルはうなずいた。

「ないとはいえない。だが、相手は騎士だ、ブリューヌの」

矢を目印にしようと考えたあと、ティグルはリュディに頼んで、一角獣士隊との戦いについて記した報告書をいくつか見せてもらった。

注目したのは、敵が使っていたと思われる飛び道具についての記述だ。投石や、投擲用の槍はあっても、弓矢はまったくといっていいほどなかった。一角獣士隊には、騎士や兵士だけでなく、町や村で暮らしていた者たちもそれなりにいるはずなのに。

ジスタートやアスヴァール、ザクスタンでの戦いを振り返ると、味方にも敵にも弓兵の部隊がいた。一角獣士隊の戦い方は巧みなものだが、やはりブリューヌの戦い方だった。

そこまで話すと、リュディは納得して、ティグルの案を受けいれた。

そうして昨夜、多数の敵を発見したという報告を受けたティグルとリュディは、兵を率いてイヴェットを出た。城壁上には、リュディがベルジュラック家から連れてきた者たちが立つ。矢が目印であることは彼らにだけ伝えられた。

輜重隊のもとへ向かうふうを装っていたベルジュラック隊は、一刻が過ぎたころ、リュディの命令で行軍を止めた。ティグルが兵たちに矢をつくらせた目的を明かし、「もしも敗走することになったら、忘れずに矢を掲げるように」と告げたのは、このときだ。

兵たちは驚いたが、矢を捨てた者はひとりもいなかった。

その後、ティグルとリュディは慎重に偵察を行い、ミシェルの率いる一角獣士隊の本隊の位置を突き止めると、彼らに気づかれぬよう行軍を再開したのである。北に向かって。


暁の迫る薄暗い空の下で、鬨の声が響きわたる。

町の外にいるベルジュラック隊の数は約一千七百、一角獣士隊は約二千であり、数でいえばベルジュラック隊はやや劣る。

だが、一角獣士隊はイヴェットの城壁と敵とに前後を挟まれて、にわかに身動きがとれずにいる。背後を突かれたことで兵たちは浮き足立ち、隊列も乱れていた。

「突撃！」

二本の剣を振りかざして、リュディが叫ぶ。彼女は兵たちの先頭に立って、馬を走らせた。ベルジュラック兵たちが剣や斧を振りあげ、隊列を乱す勢いで彼女に続く。城壁上に次々と焚かれる篝火が、彼らの戦意をかきたてた。

「迎え撃つ！」

一角獣士隊の中央で、ミシェルも負けじと叫んだ。兵たちをかきわけるように、彼は馬を前へ進める。総指揮官の姿を見た一角獣士隊の兵たちは戦意を取り戻して、怒号を響かせた。敵に向き直り、前後左右の味方と隊列を整え、武器をかまえて前進する。

東の空が白みはじめ、日の光がここまで届いた。影のようだった敵の姿が輪郭を得る。両軍の兵たちは正面から激突した。身体ごとぶつかる勢いで武器を振るう。槍が肉を貫き、剣が骨を断つ。誰もが血を流し、血を浴びた。敵と味方が折り重なるように倒れる。

一進一退の攻防が続くかに見えたが、ベルジュラック隊が先に陣容を崩される。ミシェルがグングニルを振るって、果敢に敵陣に躍りこんだのだ。

ズメイが彼に与えたこの槍は、すさまじい破壊力を発揮した。槍とぶつかれば槍ごと相手の手を砕き、盾にぶつかれば盾を貫いて相手の腹をえぐる。ミシェル自身も目を瞠る恐ろしさだったが、この状況ではかぎりなく頼もしい。

「ベルジュラックの兵など恐るるに足らず！　私に続け！　敵を突き崩せ！」

総指揮官の奮戦に、兵たちが喊声で応える。もしもこのままミシェルの前進を許したら、ベルジュラック隊は大きく隊列を乱して、潰走していたかもしれない。

だが、猛進を続けるミシェルの前にひとりの騎影が立ちはだかった。リュディだ。

「また会いましたね」

ジシー村での戦いで、リュディはミシェルと戦っている。その顔は覚えていた。

「いまなら降伏を認めます」

一角獣士隊の兵の大半は、ルテティアの民だ。厳罰に処さねばならない者もいるが、なるべく多く助けたいというのがリュディの本音だった。レギンから治安の回復を命じられた者としての責任感もある。

「降伏？」

ミシェルが隻眼を敵意で輝かせ、口元に歪んだ笑みを浮かべた。

「私が預かっているのは王の軍だ。陛下の名誉を穢(けが)すような真似(まね)はできぬ」

リュディは眉をひそめる。ミシェルの言っていることが理解できなかった。

ミシェルがグングニルをかまえて距離を詰めてくる。奇妙な返答の意味を問いただす余裕などなく、リュディも馬上で二本の剣をかまえた。

気合いの叫びとともに、ミシェルが血濡れた槍を繰りだす。リュディは右手の長剣でそれを受けようとしたが、寸前で危険を悟った。左手の誓約の剣(セルマーヴェ)を振るう。

誓約の剣とグングニルの激突は、強烈な閃光と、周囲の悲鳴を圧する金属音を生んだ。馬が驚いて身体を揺らし、リュディとミシェルはともに体勢を崩す。

リュディは自分の直感が正しかったことを確認し、ミシェルははじめてグングニルを弾き返されたことに驚きながらも、戦意を奮(ふる)いたたせた。

体勢を立て直して、今度はリュディから仕掛ける。長剣を大きく振るってミシェルの反応を誘い、突きだされたグングニルにすばやく誓約の剣を叩きつけた。白い火花が飛散し、ミシェルはよろめく。だが、彼は甲冑の表面を削らせるていどで斬撃をしのいだ。

リュディは相手の左側面へ回りこもうとし、そうはさせじとミシェルが馬を操る。剣を振るい、槍を振るって、二人は激しくせめぎあった。

「その若さで、しかも女でありながら、驚くべき強さだ」

呼吸を整えるべく、同時に距離をとったとき、ミシェルが息を弾ませながら口を開く。

「王宮で陛下と剣をまじえたというのは、事実のようだな」

その言葉で、リュディは彼の言う王が誰のことを指しているのか理解した。リュディが剣をまじえた王など、ひとりしかいない。

「ええ。私ひとりでは太刀(たち)打ちできませんでしたが」

そう言葉を返してから、リュディは二本の剣を握り直す。

「あなたは強い。でも、私はあなたより強い槍使いを知っています」

リュディの脳裏に浮かんだのは青い髪と青い瞳を持つ、凍漣の雪姫だ。彼女と手合わせをしてよかったと、こんなときに思う。ミシェルは強いが、それでも彼女には及ばない。

「こんなことで彼女に笑われたくはありませんからね」

相手に吸いよせられるように、両者は前へ出る。剣と槍が激突した。

このとき、ティグルは軍の中央で全体の指揮をとっている。ここで目立った武勲をたてるべきはリュディであって、自分はそれを支えるべきだと考えたからだ。

ベルジュラック隊は背後からの奇襲で得た勢いをたもって、敵の陣容を削いでいる。一角獣士隊が踏みとどまっているのは、ミシェルの奮戦によるところが大きい。

リュディと敵の指揮官が戦っているという報告を受けたティグルは、すぐに彼女のもとへ向かうべきだと判断した。指揮官を討ちとれば、一気に敵の士気をくじくことができる。

副官を振り返る。リュディが紹介してくれた部下たちのひとりだ。

「この場をお願いします。私は総指揮官殿を助けてきますので」

「リュディエーヌ様をお願いします」

副官は迷う様子もなく承諾する。ティグルはそばに控えていたラフィナックだけをともなって馬の腹を蹴った。味方の兵たちをかきわけるようにして前進する。

味方と敵が入り乱れているところへ馬を進ませたとき、敵兵が殺到してきた。

「若は目立ちますからねえ」

すぐ隣に馬を並べていたラフィナックが進みでる。彼は両手で扱う長柄の槍を持っており、それを右に左に薙ぎ払った。敵兵は一、二歩、退いて、槍先が空を切る。しかし、ラフィナックにとってはそれで充分だった。

ティグルは黒弓に三本の矢をつがえて、まとめて射放つ。矢はそれぞれ敵兵の額や喉に吸いこまれるように突き立ち、瞬く間に彼らの命を奪った。味方と敵の双方がどよめく。敵兵がたじろいだ瞬間を逃さず、ラフィナックが蛮声を張りあげながら前に出た。

ほどなく、リュディの姿が見えた。まだ戦いが終わっていないことに驚き、それほどの強敵なのかと警戒する。黒弓に矢をつがえて馬を進ませながら、相手を観察した。

敵将が持っている武器を見て、おもわず目を瞠る。見間違いかと目を凝らした。

――ズメイが持っていた武器じゃないか。

ザクスタンを旅していたとき、ティグルたちはミラの宿敵であるズメイと遭遇した。ズメイはグングニルという名の槍を振るって戦い、ミラを苦しめたのだ。

「急ぐぞ、ラフィナック！」

年長の従者に叫びながら、ティグルは黒弓をかまえる。ジシー村での戦いとの違いは、二人とも馬上にあるため、両者の間にいくばくかの距離があることだ。

二人が激突し、離れる。その瞬間、ティグルは矢を射放った。ミシェルの腕を狙って飛んだ矢は、しかし槍の一閃（いっせん）で打ち落とされる。ミシェルがわずかに首を動かして、こちらを見た。

「黒い弓……！　貴様か！」

　ミシェルの右目から殺意の輝きが噴きだす。彼は顔といわず腕といわず小さな傷をいくつも負っていたが、ティグルに向かって猛然と馬を走らせた。

「陛下の敵！　主君の仇！　その首を落としてくれる！」

「行かせません！」

　リュディが後ろから斬りかかる。だが、誓約の剣の一撃は、ミシェルの槍に弾き返された。追撃を試みようとするリュディに、左右から一角獣士隊の兵が襲いかかる。

　左の剣で敵の首をはね、右の剣で突きだされる槍を弾き返して、リュディは敵兵をたじろがせた。だが、その短い時間でミシェルはさらに突き進み、グングニルを縦横に振るって強引に道をつくりだす。ティグルに迫った。

　ティグルは黒弓に新たな矢をつがえながら、あえて前進する。

「ラフィナックは下がっていろ」

　自分に続こうとする従者を離れさせて、ミシェルと対峙した。グングニルの破壊力はよく知っている。自分の身だけならともかく、ラフィナックまで黒弓で守ることは難しい。

――それにしても、この男はどうして槍を投げてこないんだ。

　グングニルの恐ろしさは、槍としての強靭さや、甲冑を容易に貫く鋭さだけではない。投擲して狙ったものを吹き飛ばし、しかも瞬時に手元に戻ってくるところだ。だが、ミシェルにグングニルを投げようという気配は見えない。

ともあれ、投擲してこないのならばありがたい。この状況でズメイが姿を見せないあたり、近くに潜んでいるということもなさそうだ。ミシェルに集中できる。

――正面から矢を射放っても、さっきのように叩き落とされるだろうな。

隙を突く必要がある。そして、できれば生かして捕らえたい。

周囲を圧する怒号とともに、ミシェルが馬の腹を蹴った。グングニルを振りあげて、ティグルに向かってくる。ティグルも黒弓に矢をつがえたままの体勢で、馬を走らせた。

両者の距離は瞬く間に詰められ、ティグルの額に汗がにじむ。

「矢を放つ機を逸したか！」

槍の間合いに入った瞬間、ミシェルがグングニルを鋭く繰りだした。ティグルは黒弓の弓幹を持ちあげて、恐るべき一撃を受け流す。弓幹の表面を擦る不快な音が臓腑をきしませ、グングニルの穂先がティグルの左腕をかすめた。ぱっと鮮血が飛び散る。

グングニルが描いた白い軌跡を虚空に残して、両者は相手の脇を通り過ぎた。その瞬間、ティグルは背を丸め、腰をひねり、弓弦を引きながら上体を傾ける。矢を射放った。

矢はまっすぐミシェルの左腕に向かって飛んでいき、肘に突き立つ。ミシェルの口から苦痛の叫びが漏れた。

ティグルは大きく息を吐きだして、上体を起こす。

賭けだった。ジシー村やこの戦場でのリュディとミシェルの戦いを見て、相手は奇策などを使わず、手堅く頭か胸を狙ってくるに違いないと予想したのだ。もしもミシェルが腕や足を狙ってきたら、ティグルはその部分を失っていただろう。

ティグルは新たな矢をつがえて、ミシェルに放つ。ミシェルは右手に握りしめたグングニルで矢を払おうとして、失敗した。手の甲に矢が刺さる。それでも槍は落とさなかった。

「――ティグル！」

リュディが馬を走らせてくる。視線が合い、ティグルがうなずくと、彼女は二本の剣を振るって敵兵を斬り伏せながらミシェルに向かっていった。

だが、両者の距離はそれ以上縮まらなかった。一角獣士隊の兵たちが横から割りこみ、リュディに襲いかかったのだ。

「逃げてください、ミシェル様！」

彼らは剣や槍を持って、リュディを取り囲み、その前進を阻む。一瞬の半分ほどの間、リュディはためらったが、感情を体内に押しこめて剣を振るった。血煙が噴きあがり、一角獣士隊の兵たちが崩れ落ちる。

しかし、そこで予想外の出来事が起こった。倒れた敵兵の振るった槍が、リュディの馬の前脚を叩いたのだ。馬が驚いて竿立ちになり、リュディは体勢を崩す。

ミシェルが馬首（ばしゅ）を巡らし、こちらに背を向ける。部下たちの献身を無駄にしない道を、彼は選んだのだ。猛然と馬を走らせる。

ティグルはすかさず新たな矢を黒弓につがえて射放った。討ちとるのであれば、頭部を狙って一矢で仕留めただろう。だが、ティグルは生かして捕らえようとした。

左肩に矢が突きたち、ミシェルの大柄な身体がぐらりと傾く。しかし、彼は馬足を緩めることなく体勢を立て直した。

――馬を狙うべきだったか。

ミシェルの強靭な精神力に驚きながらも、ティグルは新たな矢を用意する。しかし、そうはさせまいと一角獣士隊の兵たちが向かってきた。ラフィナックが懸命に槍を振るうが、彼らは手斧や石を投げて妨害してくる。その間に、ミシェルは遠ざかっていった。


激痛によって顔を汗で濡らしながら、ミシェルは必死に馬を走らせる。付き従うのはわずか三人の騎士だけだ。敵兵をはねとばし、味方には目もくれず、戦場を離脱した。

とにかく少しでも戦場から遠ざかるべく馬を急がせていると、前方に二つの騎影が見えた。

旅人だろうか。いずれも薄汚れた外套に身を包み、フードを目深にかぶっているので顔は見えない。ひとりは、手に見事な装飾のほどこされた槍を持っている。

「どけ！　さもなくば死ぬぞ！」

ミシェルは怒鳴った。すると、相手も大声で返してきた。

「答えなさい！　レギン王女の味方か否か！」

若い娘の声だったが、その問いかけは一瞬でミシェルを激昂させる。答える必要はなかったが、答えずにはいられなかった。

「王女は私の敵だ！」

ティグルの矢を受けた右手には力が入らず、左肩もあがらない。ミシェルはグングニルを小脇に抱えて、右手を添えた。怒りのためか、激痛は感じなかった。

娘の顔に狙いを定めて、距離をはかる。娘も槍をかまえた。

間合いに入ったと思った瞬間、ミシェルの身体は馬上から離れて宙を舞う。娘の繰りだした槍に、吹き飛ばされたのだ。

ほんの一瞬だったが、フードの奥の娘の顔が見えた。

青い髪と青い瞳をした美しい娘だ。氷原の空を思わせる冷徹な視線が印象的だった。

だが、それもすぐに消え去り、背中から地面に叩きつけられる。口から血があふれた。

目の焦点が定まり、視界に暗い空が広がる。これが最後に見る景色かと思ったそのとき、東から陽光が射しこんで、空がかすかに明るくなった。

――夜明けだ。

ミシェルは穏やかな笑みを浮かべる。いずれは自分たちにも夜明けが訪れるはずだ。

急速に感覚が鈍くなり、身体から力が抜ける。

――申し訳ありません、陛下。ですが、陛下にお目にかかれて、私は幸運でした。

それが、ミシェルの最期の思いだった。


自分に突きかかってきた金髪の騎士を打ち倒すと、彼に付き従っていた三人の騎士が、それぞれ咆哮をあげて襲いかかってきた。

ミラことリュドミラ＝ルリエは、馬上でラヴィアスをかまえて迎え撃つ体勢をとる。すると、彼女の後ろに控えていた初老の騎士が前に出た。すでに剣を抜き放っている。

「ひとりは任せるわ、ガルイーニン」

三人ていどならミラひとりでも打ち倒せるが、腹心の献身は大事にしなければならない。

自分に向かってくる二人の騎士を、ミラはそれぞれ槍の一閃で打ち倒し、落馬させる。ガルイーニンもまた、血飛沫をはねあげながら、一撃で騎士を斬り捨てていた。

騎士たちが死んだのを馬上から確認すると、ミラは金髪の騎士の手から転がり落ちた槍に視線を向ける。見間違いかと思ったが、そうではないと確信して顔を青ざめさせた。

「グングニル……」

ミラにとってこれほど忌まわしい武器はない。もしも破壊することができれば、即座に粉々にしていたに違いなかった。だが、この槍は竜具に劣らない強度を持っている。

――この騎士はズメイの下僕だったのかしら。とにかく回収しておかないと。

そう考えて、馬から下りようとしたときだった。目の前でグングニルがかき消える。

同時に、尋常でない重圧がミラを襲った。ラヴィアスの穂先に埋めこまれた赤い宝玉が輝いて警告を発する。反射的に竜具を薙ぎ払って、ミラは周囲に冷気をまき散らした。

「――持っていかれては困る」

離れたところから声が聞こえた。ミラは槍をかまえてそちらを睨みつける。

十数歩ほど先に、グングニルを手にしたズメイが立っていた。仮面はつけておらず、素顔をさらしている。ミラの祖母であるヴィクトーリアの、若かりしころの顔を。

「まさか……」

ガルイーニンが呻いた。彼は、戦姫であったころのヴィクトーリアを知っている。ズメイの正体についてはもちろんミラから聞いていたが、実際に目にすると衝撃は大きかった。

「ザクスタン以来ね。会いたかったわ」

並の人間ならば臓腑まで凍りつきそうな冷酷さをまとって、彼女はズメイと相対する。祖母の亡骸を乗っ取り、母を傷つけたズメイは、何があろうと許すことのできない存在だった。

「ここでも、ろくでもないことをやろうとしていたみたいね」

「必要なことをやっている」

「おまえには聞きたいことが山のようにあるわ」

「おまえの身体をくれるなら答えてもいいが。この身体より……」

ズメイの言葉はそれ以上、続かなかった。鐙から足を外したミラが馬の鞍を蹴って跳躍し、空中からズメイに襲いかかる。だが、魔物の方にミラと戦う気はないようだった。ラヴィアスから強烈な冷気が放たれる寸前、ズメイの姿は音もなく消える。

ミラは地面に降りたつと、ラヴィアスをかまえて周囲に視線を走らせた。

ズメイの姿はなく、気配も感じられない。十を数えるほどの時間、様子をうかがったが、変わらなかった。本当に逃げたらしい。

ミラは小さく息を吐く。後ろを振り返ると、ガルイーニンが馬上で悄然としていた。ラヴィアスを肩に担いで、彼に笑いかける。

「夜を徹して旅なんてするものではないわね。戦に巻きこまれるなんて」

「……そうですな。ティグルヴルムド卿がいるはずだからと、ちと焦りすぎました」

ガルイーニンもようやく気を取り直し、穏和な笑みを浮かべてミラに応じた。

さらに言葉を続けようとしたミラだったが、新たに三人の騎士がこちらへ向かってくることに気づいて、竜具をかまえる。

だが、彼女はすぐに槍を下ろし、フードを外した。馬を走らせてくる三人に、自分の顔をよく見せるために。ガルイーニンも剣についた血をはらって鞘におさめる。

三人はティグルとリュディ、ラフィナックだった。

ミラたちの前まで来ると、ティグルたちは馬から下りる。ガルイーニンも同じようにした。

「おひさしぶりです、ミラ！」

リュディが走ってきて、飛びついてくる。ミラはどうにか彼女を受けとめた。

「おおげさよ、リュディ」

「本当に驚きました。まさかこんなところであなたと再会するなんて！」

遅れてティグルが歩いてくる。それに気づいたリュディは、今度はティグルの番とでもいうように、大仰（おおぎょう）な身振りでミラから離れた。

ミラはティグルと向かいあう。ティグルが気恥ずかしそうに頬をかいたのは、とっさに気の利いた言葉が浮かばないのだろう。リュディがそばにいるのも、あるのかもしれない。

「ほら、二人ともこうぎゅっとですね」

リュディが真面目な顔で煽（あお）ってくる。ミラは額に手をやってうつむいた。ティグルは意を決したようにミラに歩み寄り、その肩を軽く叩く。

「会いたかったよ」

「私もよ」

ティグルを見つめて、ミラは短く返した。二人とも、いまはこれで充分だった。

イヴェットの町を巡る戦いは、夜明けとともに終わりへと向かっている。

戦場に駆け戻ってきたリュディがミシェルの死を大声で知らせ、あらためて降伏を呼びかけると、まず、町の中で奮戦していた一角獣士隊の兵たちが、抵抗を諦めて降伏した。

ティグルとリュディは少しずつ自軍の兵を後退させ、何度も降伏を促す。ミシェルの死が事実であることが広まると、一角獣士隊の兵はひとり、またひとりと武器を捨てた。明るくなってきた空の下で、地面を埋めつくすかのような大量の死体を見て泣きだす者もいた。

敵軍の様子を見て、ティグルは安堵の息を吐く。戦場の片隅では、まだ武器を捨てずに抵抗している敵の部隊もいるようだが、彼らが諦めるのも時間の問題だろう。

そのとき、ラフィナックがいつになく深刻な顔で馬を寄せてきた。

「若、こいつを」

手に持っている赤黒い布を、ティグルに差しだす。受けとって広げてみると、一角獣が描かれていた。一角獣士隊の兵たちが身につけている証だ。

これがどうかしたのかと言おうとして、裏側に文字らしきものが書かれていることに、ティグルは気づいた。裏返してみると、どこかで見た文字が綴られている。

「どこかで見たような気がしませんか？　どうも引っかかって……」

首をひねりながら、ラフィナックが訊いてきた。ティグルは少し考えて、息を呑む。

――ティル＝ナ＝ファ……？

昨年の秋、ティグルたちはザクスタン王国で人狼(ヴェアヴォルフ)の問題に関わったのだが、そのときに古い時代の文字で書かれたティル＝ナ＝ファの名を目にしたことがあった。

この赤黒い布に書かれているものは、まさしくそれだ。

「ラフィナック、こいつを俺以外の誰かに見せたか？」

年長の従者は首を横に振る。ティグルはよくやったというふうにうなずいた。これが何であるかわかる者など、まずいないだろうが、知る者の存在は少ない方がいい。

――ミラがズメイに遭遇したと言っていたが……。

彼女とガルイーニンには、軍に戻るまでの短い間に話を聞いた。

ズメイはグングニルを回収して姿を消したというが、魔物とティル＝ナ＝ファの信徒は、一角獣士隊にどこまで関わっていたのだろうか。

降伏した兵たちを見る。この中に、いったい何十人、何百人のティル＝ナ＝ファの信徒がいるのか。彼らだけを引き離す方法はないか、リュディたちと相談するべきだろう。

――ともあれ、ミラが来てくれたのはありがたいな。ゆっくり話す暇はないが。

内心でため息をこぼすと、ティグルとラフィナックはリュディのもとへ向かう。

昼になる前に、「イヴェットの戦い」は終わった。

一角獣士隊の兵たちは、すべて逃げるか降伏した。見せかけの輜重隊に向かっていった約五百の囮の部隊も、本隊の敗北を知ると慌てて逃げ去った。指揮官であった女神官のステイシーを逃したのは、ベルジュラック隊にとって痛手だった。

一角獣士隊は五百近い死者と、その倍の負傷者を出した。数えてみると、降伏した者は一千八百前後だとわかり、囮の部隊を含めて約七百人ほどが逃走したようだった。

ベルジュラック隊の死者は百余というところで、負傷者は二百に満たなかった。

リュディは降伏した兵たちに、あらためて告げた。

「あなたたちは、この地上に無用の騒乱を引き起こしました。多くの村や町があなたたちによって焼かれ、多くの者が命を落とし、遺族が涙を流した」

リュディの拳は怒りのために震えている。彼女はよく通る声で続けた。

「その罪に対する罰は、与えません。ただし、義務は課(か)します。あなたたちの手で村や町を立て直しなさい。それが終わったとき、故郷のある者は故郷に帰ることを許します」

本来なら、ルテティア東部を管理しているベルジュラック家の者として、領地を傷つけた不届き者たちに重い罰を与えるべきである。

だが、彼らの大半はどこかの町や村の住人であり、非道を働いた諸侯や代官たちに耐えかねてこのような行動を起こしたのだ。また、秋の不作も彼らを追い詰めただろう。

むろん、それらの事情によって彼らの襲撃や略奪が許されるわけはないが、苛烈(かれつ)な処分は新たな火種を生む。やり直したいという意志を持つのならば、統治者としては何らかの条件をつけて認めるべきだった。

　これは、逃走した兵たちに降伏を促すための措置（そち）でもある。一角獣士隊のような存在は確実に叩き潰さなければならなかった。

†

　その日の夜、イヴェットの町ではささやかな宴が催（もよお）された。

　この町が誕生したのは三百年前の今日であり、それを祝うという名目である。

　ティグルが、「本当なのか？」とこっそり聞くと、リュディは笑顔で、「もちろんてきとうです」と返したものだった。

　本来は戦勝の宴を開いて自軍の兵たちをねぎらい、町の住人たちにも気晴らしをさせるべきなのだが、降伏した一角獣士隊の兵たちは、まだこの町にいる。戦勝と聞けば、彼らによけいな敗北感を植えつけてしまうし、勝者に驕（おご）りを持たせてしまう。それは避けたかった。

　そこで、戦に関係のない名目を急遽（きゅうきょ）、用意したのである。兵たちには林檎酒（サガルド）が、町の住人たちには焼き菓子が振る舞われ、町の各所で篝火が焚かれ、スープが配られた。

　このスープは塩と豆と砕いた干し魚しか入っていない簡素なものだが、秋の不作については誰もが知っている。加えて、冬が訪れ、昼でも吐いた息が白くなるような状況では、熱々のスープを飲めるというだけでもありがたかった。

また、スープに関しては、降伏した兵たちも受けとることが許されていた。

イヴェットの住人たちにしてみれば、彼らは自分たちの安全を脅かした存在である。リュディの命令とはいえ、町の中に留めることには批判の声もあったが、スープを受けとることについては誰も何も言わなかった。

総指揮官用の居館にあるリュディの寝室では、ティグルとミラ、リュディの三人が祝杯をかわし、あらためて再会を喜んだ。ティグルとリュディは日が沈むころまで戦後処理に追われ、話をするどころではなかったのだ。

ちなみに、ラフィナックはガルイーニンとともに酒場へ繰りだしている。「主人思いの部下でございましょう」と、からかうように言われて、ティグルとミラは一言も返せなかった。

ティグルたちは寝室の一部をかたづけ、三人で輪をつくるように絨毯の上に座っている。銀杯には林檎酒が注がれており、いくつかの皿にはチーズや焼き菓子、干し肉が盛られていた。

まず、ティグルとリュディが自分たちを取り巻く状況について話す。

ルテティアの現状と一角獣士隊についてリュディが説明し、リュディに呼ばれたことと、今朝の戦までの日々を、ティグルが話して聞かせた。

「一角獣士隊に、魔物が……？」

目を瞠ったのはリュディだ。ミラがうなずき、ティグルは一枚の赤黒い布を二人に見せる。

ラフィナックから受けとった、ティル＝ナ＝ファの名が書かれたものだ。

「ティル＝ナ＝ファの信徒が……」

リュディが唇を噛む。ミラが申し訳なさそうに頭を下げた。

「ごめんなさい、二人とも。あの騎士を生かして捕らえるべきだったわ。そうすれば、いろいろと聞きだせたでしょうに」

「俺たちもあの男を捕らえようとしていたが、君のやったことも間違いじゃない」

「彼の死を知って、一角獣士隊の兵の多くが降伏しましたからね。ミシェルという名で、かつてはガヌロンに仕えていた騎士であり、兵たちの信頼が厚かったそうです」

うなだれるミラを、ティグルたちはそろってなぐさめる。ミラは顔をあげて、「ありがとう」と礼を言った。

「ところで、逃げたズメイはどうすると思いますか？」

リュディが真剣な表情で二人に尋ねる。

「一角獣士隊は総指揮官を失い、多くの者が降伏しましたが、壊滅したわけではありません。まだ数百人が逃げています。そのズメイが彼らを統率したら……」

ティグルは首を横に振った。

「推測だが、その可能性は小さいと思う」

ティグルがはじめてズメイと相見えたのは、妖樹の魔物レーシーが潜んでいた森の中だ。

ズメイがレーシーに力を貸していたのか、その逆かはわからない。ただ、レーシーを滅ぼしたあとに、ライトメリッツやオルミュッツで似たような事件は起きていない。

その次にティグルがズメイと遭遇したのは、ザクスタンだった。ズメイは人間を怪物に変える酒をつくりだして、人々の間にひそかに流した。

だが、ティグルたちがそれを見破り、災いのもとを断ち切ってからは、やはり同じような手に訴えていない。アトリーズ王子からの手紙にも、それらしいことは書かれていなかった。

この二つについて話してから、ティグルは自分の考えを述べる。

「ズメイは一角獣士隊を立て直すよりも、見捨てる気がする。やつは同じ手に執着しないように思えるんだ」

「私も同感」と、ミラがうなずく。

「私の前に現れたときのことを考えても、ズメイがその気なら、あの隻眼の騎士を助けることができたはずよ。でも、やつはそうしなかった」

「そうですね……」

リュディが不愉快そうに顔をしかめた。二人の言葉に腹を立てたのではない。人間を駒のように使い捨てるズメイに怒りを抱いたのだ。

「それにしても」と、リュディが話題を転じて、赤黒い布をつまみあげる。

「どうしてわざわざティル＝ナ＝ファの名を書いたんでしょうか」

「結束を高めるためでしょうね。そういう意味では、一角獣の絵と同じよ」

　気を取り直したミラが答え、ティグルを見た。

「一角獣士隊のすべてがティル＝ナ＝ファの信徒というわけではないんでしょう？」

「ああ。降伏した兵を何人かつかまえて聞いてみた。知らないという者ばかりだったよ。露骨にいやそうな顔をする者や、憤慨する者もいた。ただ、これと同じようにティル＝ナ＝ファの名が書かれた布を、ラフィナックは他に三枚見つけてきた。地面に落ちてたそうだ」

「見つかる前に捨てたというわけですか」

　リュディが嘆息する。戦場に捨ててしまえば、誰のものかはわからない。そもそも、ティグルたちのように知っている者でなければ、いちいち布を拾って確認することもない。ほぼ確実に正体を隠すことができるというわけだった。

「どうするの？」

　簡潔に、ミラが尋ねる。リュディが無言でティグルに視線を向けた。ティグルは林檎酒に口をつけながら考えをまとめ、くすんだ赤い髪をかきまわす。

「できれば、ことを荒立てたくない」

　夜と闇と死の女神ティル＝ナ＝ファは忌み嫌われている。一角獣士隊の中に女神の信徒がいたという噂が広まったら、彼らの中で信徒さがしがはじまる可能性は大きかった。

　林檎酒に視線を落として、ティグルは言葉を続ける。

「俺は、ティル＝ナ＝ファの信徒をドミニクしか知らない。彼女を基準にして考えてはいけないんだろうが、それでもすべての信徒が危険だとは思わない。リュディの課した義務を果たした上で、誰にも迷惑をかけないと約束するならこちらも黙っておく、ぐらいが理想だな」

話しながら、ティグルは無意識のうちに顔をしかめた。こんなふうに考えてしまうのは、自分がティル＝ナ＝ファの信徒に近いからだろうか。

黒弓を通じて女神の力を借り、夢の中で女神の言葉を聞き、ドミニクから祈りの言葉まで教わった。見方によっては立派な女神の信徒である。

「少し甘いけど及第点ね」

ミラが微笑を浮かべて言った。

「信徒たちから詳しい話を聞く必要はもちろんあるけど、この状況で彼らの存在が知られてしまったら、信仰を理由に信徒たちの罪が重く、それ以外の者の罪が軽く見られてしまうわ」

「無用の混乱を生むだけですからね。可能なら他の兵たちから引き離すべきですが、彼らの処遇をどうしたものか……」

考えこむリュディに、ティグルは思いついたことを口にする。

「リュベロン山の神殿の神殿長に相談してみたらどうだろう」

「いいんじゃないかしら。ティル＝ナ＝ファに理解がある方だもの」

ミラが賛成する。リュディも色の異なる瞳を輝かせてうなずいた。

「さっそく手紙を送ります」

そうして話がまとまると、ティグルがミラを見る。

「ところで、どうして君とガルイーニン卿はここに来たんだ？」

もっと早く聞きたかったのだが、戦後処理に加えて話すべきことが多すぎて、それどころではなかったのだ。

「最初はアルサスに行ったのよ。ウルス卿から、あなたがここへ向かったと聞いてね」

ミラは、自分やソフィーたちが見た夢について説明した。

「ここでもティル＝ナ＝ファか……」

深刻な表情で唸るティグルに、ミラは面白くなさそうな顔でうなずいた。

「私はあれをザクスタンで見たことがあるから、夢に出てきても不思議じゃないわ。でも、ソフィーやミリッツァはあの像を知らない。ソフィーの推測は、女神の警告というものよ」

壁に立てかけたラヴィアスに、ミラが視線を向ける。リュディがだしぬけに言った。

「そういう夢なら、私もこの間見ました」

ティグルとミラは呆気にとられた顔でリュディを見つめる。おもわずティグルが言った。

「はじめて聞いたぞ？　どうしていままで言わなかったんだ？」

「聞かれませんでしたから」

あっさりと、リュディは答える。

「どんな夢を見たのかって、そんなに誰かに言うものでもないでしょう？　それに、恐ろしい夢ではありましたけど、あれがティル＝ナ＝ファだとは思わなかったので……」

もっともな話だった。以前、ティグルはガヌロンと戦って気を失い、女神の夢を見たことがある。それについてリュディに話したとき、女神の造形について詳しく説明はしなかった。

また、彼女と結ばれた夜に見た恐ろしい夢についても、内容を話してはいない。

小首をかしげているリュディを見ていると、不意にあの夜のことが思いだされて、ティグルはおもわず赤面する。すると、つられるように彼女まで頬を紅潮させた。

「――ふうん？」

おもわず見つめあう二人に、冷気でつくりあげたような声が横合いからかけられる。

びくりと肩を震わせながらティグルとリュディが視線を動かすと、優しげな微笑を浮かべたミラが二人を見ていた。ここにいる三人の関係を考えれば堂々としていいはずだが、ティグルとしては逃げずに彼女の視線を受けとめるのが精一杯だ。

「とりあえず、リュディの見た夢について詳しく聞かせてくれないか」

「そ、そうですね。そうしましょう」

ミラを見ながら、二人はそんな言葉をかわした。

リュディの見た夢は、ミラやソフィーが見たものとほとんど同じだった。周囲に無数の死体が転がり、目の前には女神の像があるという具合だ。

「戦姫だけが見た夢ではない、というのは重要ね。とくに話題にはなっていないようだから、誰もが見たわけではないのでしょうけど、何か基準があるのかしら。直感が鋭いとか」

「匂いだけでチーズの産地を当てることなら自信があります」

得意そうに胸を張るリュディに、ティグルも負けじと反応した。

「それならミラも茶葉の香りで……」

「真面目になさい。深刻な話ばかりで気が滅入るのはわかるけど」

しかめっ面をつくって、ミラが二人のやりとりを叩き斬る。

気を取り直したリュディが、ティグルとミラに聞いた。

「この恐ろしい夢は、何か意味を持ったものだと二人は思ってるんですね？」

「ティル＝ナ＝ファが降臨しようとしていること、降臨したら多くの人間が死ぬことを教えているんだと思う」

ズメイの言葉を、ティグルは思いだす。あの魔物は己の目的について、こう言った。

『死を。──決して逃れられぬ死を』と。

「この不作もおそらく関係あるわね」

ミラが憮然(ぶぜん)とした顔で言った。

「ジスタート、ムオジネル、そしてブリューヌ。せめてブリューヌが無事だったら、違う可能性も考えられたんだけど、あらゆる作物が駄目になるなんて異常よ」

「アスヴァールやザクスタンも同じような状況にあるのかな」

　それぞれの国で知りあったひとたちを、ティグルは思い浮かべる。

　アスヴァールの王女ギネヴィア、弓使いのハミッシュ、ザクスタンの王子アトリーズ、不思議な剣バルムンクを持つヴァイスことヴァルトラウテ、傭兵隊長のサイモン……。短い滞在の間に、ティグルは多くのひとと知りあい、親しくなった。

　──そういえば、ロラン卿もいまはアスヴァールにいるんだったな。

『黒騎士』の異名を持つロランは、客将として一年間アスヴァールに滞在することとなり、秋にブリューヌを発ったはずだった。ティグルたちが王都を発つ日、彼とはいつかの再会を約束して握手をかわした。

　皆、無事でいてほしい。

「アスヴァールやザクスタンの情報も集めてみましょう」

　ティグルのつぶやきを聞いて、リュディが力強く言った。

「ニースや、このルテティアの中心都市であるアルテシウムならば、多くのアスヴァール人やザクスタン人がいます。その中には母国と連絡をとりあっているひともいるでしょう。ニースの王宮では、他国の状況を調べているはずです。こちらから使者を出す手もあります」

「私も、アスヴァールやザクスタンの状況はぜひとも知りたいわ。お願いできる？」

　ミラが笑顔で頼む。リュディはこころよく承諾した。

明るさと強さを失わない二人に心が軽くなるのを感じながら、ティグルは尋ねる。

「どうやったら、女神の降臨を止められると思う？」

ミラとリュディは顔を見合わせた。ミラが厳しい表情で言った。

「女神を降臨させようとしている魔物たちを倒す。これしかないんじゃないかしら。ガヌロンの言葉を信じるなら、残っている魔物はズメイとドレカヴァクの二体」

「アーケンに仕えているという者たちは違うのでしょうか」

リュディが疑問を呈する。以前、ティグルたちは、人間の女性の姿をした怪物と戦ったことがあった。彼女はセルケトと名のり、偉大なるアーケンに仕えていると言った。そして、ティグルのことを魔弾の王と呼んだのだ。

また、それより前に、オージュールの戦場で戦姫たちに挑みかかってきたウヴァートという犬頭の怪物がいた。彼はセルケトと同じくアーケンに仕えているものだったらしい。

「魔物たちがティル＝ナ＝ファを降臨させようとしているように、やつらはアーケンとやらを降臨させたいんじゃないかしら。たしか、セルケトがそんなことを言っていたはずよ」

ミラの言葉に、ティグルも同意してうなずく。ドミニクの話を思いだした。彼女は、ティル＝ナ＝ファがアーケンと死者の世界を取りあう話を聞いたことがあったという。神々の逸話のひとつに過ぎないとしても、女神と異国の神は、対立関係にあるのではないか。

「ミラの言う通りだとすれば、魔物たちもそのことに気づいて、何か手を打つと思う。アーケンの使徒については、ひとまず放っておいていいんじゃないか」

「そうですね。あまり考えこんでも仕方がありませんし」

　リュディはうなずき、話を進めた。

「ズメイは姿をくらましたわけで……。ドレカヴァクは行方不明のままだと、テナルディエ家からは聞いています」

　ドレカヴァクが突然姿を消したことについては、テナルディエ公爵も困惑していたという。公爵はドレカヴァクを信頼し、ドレカヴァクもその信頼に応えていた。昨年の春、ムオジネルとの戦いで四頭の竜を用意したのは彼だったのだ。

「でも、魔物たちをさがして倒すことなんて、できるんでしょうか。私だけでは、一角獣士隊にズメイが関わっているなんてわからなかった。グングニルのことも知らなかったし、ティル＝ナ＝ファの信徒の存在にも気づけたかどうか……」

　リュディが自信なさそうに言う。ミラも難しい顔になった。

　二人の様子を見て、ティグルが口を開く。

「女神の降臨を止める方法だが、ひとつ思いついたことがある」

　ミラとリュディが顔をあげ、身を乗りだす。少し緊張しながらティグルは続けた。

「女神と直接話して、降臨をやめてもらう」

　不自然な沈黙が部屋の中を包む。唖然とした顔でティグルを見つめながら、ミラが訊いた。

「そんなこと、できるの……？」

「わからない」と、ティグルは正直に答える。

「ただ、俺はいままでに何度もティル＝ナ＝ファの力を借りている。会話とはいえないが、夢の中で問いかけをして、答えを返してもらってもいる。試す価値はあると思う」

ミラとリュディは困ったような視線をかわした。まず、ミラが尋ねる。

「話をするとして、どうやって会うの？　夢の中で会ったといっても、あなたから会おうとしたことなんてないはずだし、向こうが勝手に見せてきたわけでしょう」

「それに、ティル＝ナ＝ファが好意や善意で力を貸してくれたとはかぎらないと思います」

リュディも控えめな口調ながら、反対した。

「だが、もしも話をすることができたら、俺たちにとって切り札になる」

強い意志を瞳にこめて、ティグルは二人を見つめる。

「それに、ズメイやドレカヴァクは慌てるはずだ。俺を止めようと、必ず姿を見せる」

ティグルの主張の正しさを認めて、二人はそれぞれ唸った。ミラが尋ねる。

「それで、どうするの？　毎日ティル＝ナ＝ファにお祈りをして、神殿でも建てる？」

「行ってみたいところがあるんだ」

ティグルがそう答えると、リュディが納得したように言った。

「シャルルの聖窟宮（サングロエル）ですね」

不思議そうな顔をするミラに、ティグルは聖窟宮について簡単に説明する。

「ティル＝ナ＝ファに関係があるかもしれないのに、シャルルの名を冠してるの？」

「関係があるかどうかは、見るまでわからないと思います。シャルルは、アルテシウムの周辺を治めていた豪族を乗っ取って勢力を築いたといわれていますから。シャルルの名を高めるために、あとからその名をつけた可能性は充分にあるかと」

ミラの疑問に、リュディが慎重に答えた。納得して、ミラは絨毯に座り直す。

少し前までは、ティグルもリュディも始祖シャルルに対して素朴な尊敬の念を抱いていた。何といってもブリューヌを興した偉大な王なのだから。ミラにしても、はるか昔に偉業を為し遂げた隣国の英雄ぐらいに思ってはいた。

だが、いまのティグルたちがシャルルの名から思い浮かべるのは、ファーロンの身体を乗っ取って自由に暴れまわった傲岸不遜な戦士である。あの男なら何をやってもおかしくないという思いが、三人にはあった。

「聖窟宮について何か知っているひとがいるとすれば、レギン殿下ぐらいでしょうね。他には私の母も、もしかしたら、というていどには……」

リュディが遠慮がちに言うと、ティグルとミラは無言で首を横に振った。レギンはひそかにティグルへ想いを寄せている。それゆえに、ティグルが頼めば知っていることを教えてくれるかもしれないが、大きすぎる代価を要求される恐れがあった。

「じゃあ、その聖窟宮に行ってみましょうか」

目的を定めたことで、ミラが不敵な笑みを浮かべる。

「私だって、言ってみれば夢なんて不確かなものを気にしてここまで来たもの。やれることは何だってやってみましょう」

「もちろん私もごいっしょします。立場上、アルテシウムに行く必要もありますから」

リュディも笑顔で同行を申しでた。

「明日、準備を調えて、明後日の朝に出ましょう」

「ありがとう」

ティグルは笑顔で頭を下げる。いまさらながら、当たり前のように手を差しのべてくれる二人が愛おしい。何としてでも守らなければという想いを強くする。

「そうだ。ミラに話がある。俺たちのことで」

リュディと話しあったことを、ミラにも言わなければならない。

リュディの想いと考えについて、彼女から話してもらう。そして、ティグルはその想いを尊重すると述べた。

ミラは最初こそ驚いた反応を見せたものの、聞き終えたときには納得したようだった。優しさを含んだ苦笑を、リュディに向ける。

「そういうこと。それがあなたの覚悟であり、家や故郷への愛情というわけね」

その言葉で、ティグルは気づいた。必要ならばベルジュラックの名さえ捨ててみせますというリュディの言葉の、もうひとつの意味を。

レギンが事実を知ったとき、彼女の怒りをベルジュラック家ではなく自分に向けるためだ。

「たいしたものだと思うわ。私には真似できない」

「私はベルジュラック家の令嬢ですが、あなたは戦姫ですから」

背負っているものの大きさ、重さが違うのだ。ミラはうなずくと、二人を見つめた。

「ちょうどいいわ。私も言おうと思っていたことがあるの。――私とティグルの婚約が認められるかどうか、国王陛下にお伺いしたのよ」

ティグルの全身に衝撃が走る。おもわず呼吸を止めて、身を乗りだした。リュディも目を大きく見開き、息を呑んでミラの言葉を待つ。

「条件は六つ。ひとつ。ティグルは何があろうとヴォルン家を捨てないこと。ふたつ。婚約したら、私が戦姫でいる間、ティグルはオルミュッツで暮らすこと。三つ。ジスタートとブリューヌの間に戦が起きたら、私もティグルもジスタートの側に立って戦うこと」

ティグルは顔から血の気が引くのを感じた。そうとう厳しい条件を突きつけられるだろうと覚悟していたが、予想以上だ。ミラは、声に一切の感情をこめずに続けた。

「四つ。私が戦姫でなくなったら、私個人の財産をすべて王家に献上して、オルミュッツからすみやかに去ること。五つ。私とティグルの間に生まれる子供は、ジスタート人の平民として扱うこと。六つ。離婚は、どのような理由があろうと王家の名において認めない。以上よ」

重苦しい沈黙が三人にのしかかる。

やがて、ティグルはため息をついた。落ち着いた表情でミラを見る。

「ジスタート王は、寛容な方なんだな」

ティグルにとってもっとも厳しい条件は、ミラ以外の女性をそばに置いてはならないという ものだ。それに類する条件があれば、何か手を考えなければならなかっただろう。

むろん、六つの条件が厳しくないかといえば、そんなことはない。

ヴォルン家を捨てないということは、ブリューヌ貴族としてレギンに忠誠を誓い続けるということだ。それでいながら、アルサスを離れてオルミュッツにいなければならず、両国間で戦が起きたらジスタート側につかなければならない。ほとんど人質の扱いだ。

つまり、ブリューヌとジスタートの間で戦が起きそうになったら、全力で止めろとティグルに言っているのだ。

四つめと五つめの条件は、オルミュッツの戦姫という立場に、ティグルやミラの意思を介入させないようにするための措置だろう。

「六つめの条件ですが……」

リュディが、深刻さをたっぷり含んだ顔で二人を見る。

「文字通りに受けとるなら、お二人の結婚をジスタート王家が認めるということですよね」

　ティグルは緊張に強張った顔で、彼女の推測を肯定するようにうなずく。

「ああ。俺とミラの結婚について、第三者の好きにはさせないというものだ」

　たとえば、ティグルとミラの結婚に不満を抱く者がいたとしても、強引に別れさせることはできない。ジスタート王家の体面に傷をつけることになるからだ。

「ジスタート王は、俺をずいぶん高く評価してくださってるみたいだが、なぜだ？」

　見当がつかないという顔で、ティグルは訊いた。ミラは肩をすくめる。

「ソフィーとオルガから、それぞれアスヴァールとザクスタンの件について報告を受けたからだと思うわ。もっとも、私もそれを待ってから陛下にお伺いしたのだけど」

　昨年の秋のアスヴァールの内乱において、ティグルは武勲をたてた。ザクスタン王家と土豪(どごう)の争いや、人狼の事件にも深く関わり、解決に協力した。先のブリューヌの動乱でも、やはり功績を重ねた。

　そうした話を戦姫たちから聞いて、ジスタート王はティグルを試す気になったのだろう。もしもティグルがリュディと婚約し、ミラとは恋人のままの関係を保とうとしたら、今度はそれに合わせた条件を提示してくるに違いない。そういう気性の持ち主だとわかる。

「付け加えるなら、陛下はブリューヌとの同盟を続けたがっていたわ。ムオジネルを警戒しているみたい」

　現在のムオジネルを治めているのは『赤髭(バルバロス)』の異名を持つクレイシュ＝シャヒーン＝バラ

ミールだ。ジスタート王が危険視するのも当然だった。

「ティグル」と、ミラが想い人を見る。

「まだ答えは出さなくていいわ。ティル＝ナ＝ファの降臨を止めるのが先だから」

「そうですね」

ティグルが何かを言うより先に、リュディが同意を示す。

「相手が相手です。何が起きるかわかりませんから」

「わかった」

ティグルはうなずき、ミラとリュディを見る。

「だが、いまのうちにこれだけは言わせてくれ。この先、何が起きようと、どの道を選ぶことになろうと、俺は二人とも放さない。可能ならば二人とも娶るぐらいのつもりでいる」

固い決意というよりも、いささか常識を踏み外した発言に、二人の恋人は目を丸くする。次いで、ミラは少し呆れたような微笑を浮かべ、リュディは満足そうに微笑んだ。

「仮で合格点にしておいてあげる」

「私だって、放すつもりはありませんから」

そして、ティグルは二人と順番に口づけをかわした。どちらかと口づけをする際、もうひとりが部屋の外へ出ていたのは三者による暗黙の合意によるものだ。そういう場面を他者に見られることには、まだ三人とも抵抗があるのだった。

†

ティグルたちがこれからのことについて話しあっていたころ、夜風の吹き抜ける草原を、星々の明かりだけを頼りに歩く集団がいた。

一角獣士隊の残党である。彼らはイヴェットから北西に十ベルスタ（約十キロメートル）ほども離れたところにいた。数は二十人に満たず、誰もが傷だらけで疲れきっている。

戦場から必死に逃げ、暗くなるまで岩陰や草むらの中に身を潜めて、どうにか捕虜とならずにすんだのだが、彼らはひとりを除いて途方に暮れていた。どの拠点に逃げても敵兵がいそうに思えて向かう気になれず、このまま地面に転がって眠ってしまいたい心境だった。

そんな彼らの先頭に立って歩いているのは、泥まみれの神官衣をまとった娘だ。ステイシーというのが彼女の名である。

「みんな、がんばって。あと一刻歩いたら、凍えないように身を寄せあって休みましょう。アルテシウムにたどりつきさえすれば、道は開けるわ。あそこにも仲間はいるんだから」

彼女に励まされ、ときには背中を支えられて、彼らは歩き続ける。ステイシーを支えているのはメリュジーヌの言葉であり、その命令を彼女は忠実に実行するつもりだった。

4　妖竜の挑戦

弱々しい朝の陽光が、壁の上部の小さな隙間から射しこんで、顔に当たる。

鬱陶しそうに首を何度か横に振ったあと、ティグルは目を開けた。陽光を避けるように身体を傾けて、ぼんやりと周囲を眺める。薄暗く、狭く、少々窮屈だ。自分を含めて五人の人間が寝転がっているのだから仕方ない。

ここは小さな集落の空き家だ。ティグルたちは昨日の夕方、一夜の宿を求めてこの集落を訪ねた。集落の長が要求したのは銅貨ではなく、食糧だった。具体的にはパンとチーズだ。

――ラフィナックはぼったくりだと愚痴っていたが、空き家を借りられてよかった。

肌に伝わってくる大気の冷たさから、そう思う。

旅の途中で腹を壊したり、風邪をひいたりしたら、パンとチーズだけでは対処できない。この季節は、可能なかぎり夜風をしのげる場所で休むべきだった。

他の四人――ミラとリュディ、ラフィナックとガルイーニンはまだ寝ている。彼女たちを起こさないよう、なるべく音をたてずにティグルは立ちあがった。身体に巻きつけるようにしていた厚地の外套を羽織り直して、空き家を出る。

見上げた空は白く、太陽は錆びた銀貨のようで、じっと見ているとそのまま霞んで消えてしまいそうだった。深呼吸をすると、吐く息は白い。

――さて、見てくるかな。

まだ食糧に余裕はあるが、宿代として渡した分ぐらいは調達するべきだろう。

昨夜のうちに、ティグルは借りた空き家の近くに簡単な罠をいくつか仕掛けておいた。

――何かしら獲物がかかっているといいんだが。

ティグルたち五人がイヴェットの町を発ってから、三日が過ぎた。

野盗に遭遇するようなこともなく旅は順調そのもので、リュディによれば、今日の夕方には目的地であるアルテシウムの町に着くはずだった。


獲物は一匹もかかっていなかったので、ティグルは川へ向かい、顔を洗うついでに小魚を二匹とザリガニを三匹釣りあげた。

狩りをするときでも、ザリガニなど食べたことはほとんどない。肥えている時期でもせいぜい一口分ぐらいしか身がなく、手間に見合わないのだ。味もいいわけではない。それでもこの状況では、ないよりましだ。

ザリガニを放りこんだ木桶を手に、空き家へ戻ると、他の四人が起きだしていた。

「おはようございます、ティグルヴルムド卿」

　こちらへ歩いてきながら挨拶をしてきたのは、初老の騎士ガルイーニンだ。

「朝からさっそく一働きとは感心ですが……」

「褒めてもらうほどの成果は得られませんでした」

　ティグルは苦笑して、木桶の中身を見せる。ガルイーニンは首を横に振った。

「旅の途中では充分なごちそうです。せっかくですから油で揚げましょうか」

「いいんですか？　小魚にザリガニですよ」

　ティグルが驚いて尋ねると、ガルイーニンはやわらかい微笑を浮かべる。

「油は、このようなご時世でも比較的手に入りやすいものですから。ザリガニの殻はともかくとしても、小魚なら、揚げれば骨まで食べられるでしょう」

「では、ガルイーニン卿と、ミラとリュディで食べてください。俺が食べなかったら、ラフィナックも遠慮するでしょうから」

「わかりました。それでは、お二人にはとっておきの葡萄酒（ヴィノー）をさしあげましょう。温めた葡萄酒は、この時期には欠かせないものです」

　ティグルたちは空き家のそばに土を盛って簡単なかまどをつくると、火を起こした。荷袋から小さな鍋を取りだし、小魚とザリガニを揚げる。

「ラフィナック、馬の調子はどうだった？」

　温めてもらった葡萄酒を少しずつ飲みながら、ティグルはラフィナックに尋ねる。ティグルとガルイーニンが食事の準備をしている間、他の三人は馬の世話をしていた。

ラフィナックも陶杯に注いでもらった葡萄酒に口をつけて、顔を緩ませながら答える。

「さすがに少し痩せていますが、体調は悪くないですね。怪我もありません。しかし、若の技量でこの成果とは、本格的に厳しくなってきましたな」

「こういう日もあるさ。いつも上手くいくわけじゃない」

ティグルが肩をすくめながら応じると、ミラが思いだしたように横から口を挟む。

「そういえば、オルミュッツにいたころ、山に入って何も獲れなかったからって、小石だけを拾って帰ってきたことがあったわね」

「小石なんか拾ってどうするんですか？」

好奇心を刺激されたらしく、リュディが聞いてきた。ごまかせないと悟って、ティグルは正直に答える。

「石で細工物をつくる知りあいがいたんだ。川底のよく磨かれて丸くなった石とか、大きな岩の破片で、変わった模様があるものとかを持っていくと、銅貨と交換してくれた。子供に対しても偉そうにしない、いいひとだったんだけど、ある日旅に出て、それっきりだ」

「世の中、金にならないものはないというところですかねえ」

葡萄酒をすすりながら、ラフィナックがしみじみと言った。ミラとリュディは感心と呆れのいりまじった顔でティグルを見る。ガルイーニンだけが穏やかな表情を変えなかった。

食事をすませると、五人は集落を出た。

馬上のひととなって、一列になったり二列になったりしながら街道を進む。

「冬になってせいぜいひと月だというのに、寒々しい光景ね」

街道の左右に広がる荒野を見て、ミラが顔をしかめた。

どこを見ても乾いた枯れ草がまばらに散り、樹皮すら失った細長い木が何本か頼りなげに伸びているばかりだ。遠くに見える森もどこか寂しげだ。

「薪を用意してきて正解だったな」

ミラの隣で馬を進めながら、ティグルが苦い笑みを浮かべた。荒野の木々はほとんど死んでしまっている。一度、薪代わりにできないかと枝を切ってみたのだが、内部がぼろぼろと崩れてまったく燃えず、使用に耐えなかったのだ。

「獣もまったく見かけませんしね」

ティグルとミラの後ろで、リュディがため息をつく。

イヴェットを発つにあたって、ティグルたちは食糧と燃料を多めに用意した。アルテシウムに着くまでに何も手に入らなくてももつようにと考えてのことで、少しおおげさだろうかと笑いあったものだったが、いまから思えば正しい判断だった。

「朝にいただいた葡萄酒もなかなかいいものでしたが、アルテシウムに着いたら、まずは先のことを考えずに食って飲みたいものですな」

ラフィナックが軽口を叩き、ガルイーニンが「まったくですな」と同意する。

「そうは言うがな、ミラとリュディのおかげでこの旅は恵まれてるんだぞ」

ティグルが後ろのラフィナックを振り返って、からかうように言った。

ミラはオルミュッツを発つ際に、何種類ものジャムを用意した。リュディもイヴェットを出るときに、何種類もの小さなチーズを手際よく荷袋にしまった。そして二人とも、町に立ち寄ったときには可能なかぎりジャムとチーズを買い足していた。

朝晩、同じパンを食べても飽きないのは、二人のおかげだった。

「もちろんお二人には感謝しております。若の面倒まで見てくださってるんですから」

ラフィナックの反撃に、ティグルではなくミラとリュディが頬を赤らめる。

そうして太陽がだいぶ高くなってきたころ、遠くに神殿らしい建物が見えた。

「あそこで少し休んでいこうか」

ティグルが皆を振り返って提案する。先を急ぎたい気持ちはあるが、無理をして自分たちや馬たちが疲れてしまったら、元も子もない。四人とも同意した。

建物の前まで来てわかったのだが、それははるか昔に廃墟となったらしい神殿だった。屋根や壁に装飾の跡があるが、元の形がわからないほどすり減っている。

「アルテシウムの近くには、数百年前に建てられた塔や神殿がいまも残っているんです。この神殿がそのひとつだとしたら、私たちはアルテシウムのかなり近くまで来ているのかも……」

神殿を見上げてつぶやくリュディに、ミラが苦笑まじりの言葉を返す。

「ここからだと、ちょっと確認しづらいわね」

神殿の東から南にかけては草原が広がっていて、遠くまで見渡せる。一方、北から西にかけては斜面がゆるやかに上へ伸びて、丘を形作っている。丘の上まで馬を進めなければ、その先の風景を見られそうになく、アルテシウムは北西にあるはずだった。

「丘の上までがんばってみる？」

ミラが聞くと、リュディは首を横に振った。

「いえ、ここは休みましょう。夕方までにアルテシウムにつければいいんですから」

ティグルは神殿の中を覗きこんだ。床には埃（ほこり）が積もっており、最近使われた跡はない。

「ひと休みする分には問題なさそうだ」

一同は神殿に入った。休ませるために、馬も中に入れる。隙間から入ってくる明かりだけでは頼りなかったので、ティグルは火を起こした。

「そういえば、ティグルに注意しておくことがあります」

リュディがしかつめらしい顔をつくって、おもむろに切りだした。

「アルテシウムにいる騎士や兵士たちの何人かは、あなたを挑発したり、対抗意識を見せたりしてくると思います。揉めごとを起こさないように気をつけてくださいね」

「俺がガヌロンを討ちとったからか……？」

自分なりに理由を推測して聞いてみたが、リュディは首を横に振る。

「いまのアルテシウムは王家の管理下にあるので、ガヌロンに忠誠を誓っていた者はごくわずかしか残っていません。理由は、あなたが一角獣士隊(リコルネーメン)を壊滅させたからですよ」

意味がわからない。首をひねっていると、ラフィナックが納得したようにうなずいた。

「さきほど、対抗意識とおっしゃいましたね。つまり、アルテシウムの騎士や兵は、自分たちの手で一角獣士隊を壊滅させたかったわけですな」

「それをティグルに横取りされて、感謝もしてるけど腹も立てていると」

ミラがくすりと笑う。ティグルは困惑したが、アルテシウムの騎士や兵たちの気持ちもわからないではなかった。知ったことじゃないと言う気持ちにはなれない。

「非道を働いていた諸侯や代官が王都に呼び戻され、まともな後任が来て、彼らは張り切ってましたからね。名誉挽回(めいよばんかい)の機会がついに来たと。それで兵を増やし、武装も整えて」

「なるべくおとなしくしておくよ」

楽しそうに言うリュディに、ティグルは肩をすくめてみせた。

「ところで、アルテシウムの現在の領主はどういうひとなの？」

ミラの質問に、リュディは笑顔で答える。

「フィルマン伯爵家のマルセル卿です。何度かお目にかかったことがありますが、落ち着きがあり、思慮深い方です。一言、断っておけば、詮索(せんさく)は避けてくれますよ」

「助かるわ。ジスタートの戦姫がどうしてここにいるのか説明するのは難しいから」

ミラがそう言ったとき、ガルイーニンが彼女に声をかけた。

「リュドミラ様、念のために外を見てまいりましょう」

ミラはうなずき、ガルイーニンとともに神殿を出る。念のため、遠くに視線を巡らせながら壁に沿って歩いた。半周ほどしたところで、ガルイーニンが足を止める。

「少々、話がございます」

いつになく真剣な表情のガルイーニンに、ミラはうなずくことで先を促(うなが)した。

「リュドミラ様とティグルヴルムド卿、リュディエーヌ殿の仲はいかがですか」

意表を突かれて、ミラは何度か瞬きをする。小さくため息をついた。

「見ていればわかるでしょう。何も問題ないわ」

「ええ。ですが、それでも心配になってしまうものなのですよ」

穏やかな笑みを浮かべる彼に、ミラはいくばくかの申し訳なさを感じた。

ガルイーニンは、自分が物心つく前から仕えてくれていた。ミラは、父に甘えるのとは異なる形で、この初老の騎士によく甘えていた。ティグルとの仲をどう進めればよいのか、相談に乗ってもらったこともある。他愛のない悩みを聞いてもらったことも。

「あなたも、私たちの関係には反対？」

「どなたかひとりでも不幸だと思っていらっしゃるのなら、反対です」

　ガルイーニンは即答し、静かに続けた。

「私もこの年になるまでに、さまざまな経験をしてきました。ひとの恋愛に口を挟むものではないということぐらいは、わかっております。ですが、リュドミラ様たちの関係はいままでに見たことがないものですから」

「ありがとう、ガルイーニン」

　胸にあたたかい感情がこみあげてくるのを自覚しながら、ミラは笑いかける。

「こういう関係になって、わかったことがあるの。私もティグルも欲張りなんだって」

「欲張り、ですか」

　意外だったらしく、ガルイーニンは不思議そうな顔をした。ミラはうなずき、イヴェットの町で三人で話したことを、簡単に語って聞かせる。

「自分は令嬢であって当主ではないから、名を捨てることができるとリュディは言ったわ。私はリュディと違う。たぶん、令嬢に相当する立場だったとしても、オルミュッツを捨てる決断はできない。ティグルもそう」

　いつかラヴィアスと別れるそのときまで、戦姫としての役目をまっとうする。それが戦姫リュドミラ＝ルリエの矜持だ。だが、そのためにティグルを諦めるつもりはない。

「いま、あなたと話して、もうひとつ望みができたわ」

　青い瞳に快活な輝きを宿して、ミラは笑顔で言った。

「私たち三人は、ずっと幸せでいてみせる。ティグルはときどき抜けたところがあるし、リュディもよくわからないことをすることがあるから、おたがいに呆れたり、喧嘩をしたりすることもあるかもしれない。でも、いろいろなことを積み重ねてこその幸せでしょう」

「年寄りへの気遣いなど無用でございます」

そう言葉を返したガルイーニンだったが、顔にはミラへの深い愛情と感謝があふれている。

「そういうわけにはいかないわ。あなたには数えきれないほどの恩があるし、あなたにだけは反対してほしくないの。それなら、幸せでいるしかないでしょう」

言い募りながら、ミラは内心で反省する。

こうやって甘えてしまうから、よくない。だが、すべて本心だ。ティグルもきっと同じように思ってくれるはずだし、リュディも協力してくれるだろう。

「かしこまりました」

ガルイーニンは深く頭を下げる。

「この命続くかぎり、リュドミラ様たちの関係を見守らせていただきます。ところで——」

不意に表情を緩めて、ガルイーニンは冗談を言うような口調で尋ねた。

「テオドール様とスヴェトラーナ様には、お話ししたのでしょうか」

ミラの両親である。テオドールは、かつて公宮に勤める官僚であったが、ラーナと結ばれたのを機に公宮を去って、いまでは宿屋の主人となっていた。

ガルイーニンの知るかぎり、二人ともティグルのことを気に入っている。今回の件も、ミラの口から聞いたのであれば納得するだろうと思っていた。

ところが、ミラの反応は初老の騎士の予想と異なるものだった。視線をそらして、話を終わらせようというかのようにそっけなく答えたのである。

「お母様は面白がっていたわ」

テオドールについての言及がない。ミラの表情は強張っており、会話を拒んでいる。

ガルイーニンは驚愕を禁じ得なかった。テオドールのことは、彼が官僚だった時代から知っている。温厚な人物で、怒ったところは数えるほどしか見たことがない。

いざとなれば、自分がテオドールを説得する役目を負わなければならないだろう。口に出したらミラが反対するのは明白なので、彼女に知られないように行うしかない。

「そろそろ戻りましょうか」

ミラが歩きだす。ひそかに決意を抱きつつ、ガルイーニンは彼女に続いたのだった。


神殿の中で休んで、半刻近くが過ぎたころだった。

遠くから奇妙な音が聞こえた気がして、ティグルは黒弓を磨く手を止める。這いつくばるようにして床に耳をつけた。

かすかな震動が伝わってくる。地震ではない。巨大な何かが地面を叩いている。

——近づいてくる……！

同時に覚えた違和感を意識の隅に押しやり、ティグルは勢いよく身体を起こした。黒弓を握りしめて出入り口へと向かう。その様子を見て、談笑していたミラとリュディはそれぞれ武器をつかんで立ちあがった。ラフィナックとガルイーニンも無言で視線をかわす。

戸口の陰に隠れてティグルは外の様子をうかがい、視界に映った光景に息を呑んだ。

「あれは、まさか、地竜（スロー）なのか……？」

数百アルシン先に、巨大なトカゲを思わせる体躯（たいく）を持つ獣の群れが並んでいる。数は、ぱっと見て二十。後ろにも控えているとしたら、その倍はいるかもしれない。ティグルの耳が捉えたのは、大地を進む彼らの足音だったのだ。

——魔物の仕業か。

これまでにルテティアで竜が発見されていたのなら、リュディの耳に入っているはずだ。それに、この数は尋常ではない。何ものかの作為（さくい）が働いている。

「地竜を群れでよこすとは、なかなか手荒い歓迎ね」

ティグルに身体を寄せながら外を見たミラが、不敵な笑みを浮かべた。その隣に立っているリュディは、さすがに驚きを隠せないようだったが、恐怖にとらわれてはいない。

「あれが地竜ですか。どうやって戦えばいいんでしょう」

「こいつは……馬を全力で走らせても、逃げきれませんかねえ」

ラフィナックが緊張に顔を強張らせる横で、ガルイーニンは短い髭を撫でて思案している。

「我々を狙っているのは間違いないでしょうが、目的は何なのか」

四人の態度に、ティグルは肩の力を抜いた。落ち着くと、ある名前が頭の中に浮かぶ。

──ドレカヴァクか。

ドレカヴァクは、テナルディエ公爵のために四頭もの竜を用意したことがあった。おそらく自分を狙って、竜の群れを差し向けてきたのだ。

「ガルイーニン卿は荷物をまとめてください。ラフィナックも。ミラとリュディは神殿の上にのぼってくれ。他にも地竜か、あるいは別の竜がいるかもしれない。俺は──」

どうにかして地竜たちを迎え撃つ。ティグルがそう続けようとしたときだった。

「──魔弾の王よ」

天井から、老人のしわがれた声が降ってきた。低い声であったにもかかわらず耳にはっきりと聞こえ、その声音に含まれた禍々しさに、ティグルたちは悪寒を禁じ得なかった。

「何者だ」

天井を睨みつけて、ティグルは鋭い声を投げかける。返答はすぐにきた。

「ドレカヴァク。コシチェイ……いや、ガヌロンから話を聞いているだろう。私は竜たちのいるところから声を送っている」

地竜たちはまっすぐこちらへ向かっており、震動は立っていてもわかるほどになっている。彼らのほとんど全身を覆う黄銅色の鱗が、鈍い輝きを放っていた。

ドレカヴァクが当然のような口調で告げる。

「私とともに来い」

この呼びかけにはティグルだけでなく、ミラたちも目を瞠った。

「何をたくらんでいる」

「おぬしは選ばれたのだ。人間という器から解き放たれて、あまねく統べる者になれ」

リュディが当惑した顔でミラに訊いた。

「魔物というのは、こういうものなんですか？」

「そう思って差し支えないわ。ようするに、私たちをいたぶって楽しんでいるのよ。ガヌロンだってそうだったでしょう」

ミラは容赦なく切り捨てる。ティグルも同感だった。自分が魔物に従うわけがない。そのことはドレカヴァクもわかっているはずだ。

「従わぬならそれでもよい。五十頭の地竜で、神殿ごと押し潰してくれよう」

ティグルの顔から血の気が引いた。二十どころではない。その倍よりもさらに多い。

ドレカヴァクがでたらめを口にしているとは思えなかった。この魔物は、それこそ何頭でも竜を従わせることができるに違いないからだ。

大地の震動が大きくなり、地竜たちの足下から土煙が巻き起こる。足を速めたのだ。

「やるしかないですね……」

リュディが誓約の剣(セルマーヴェ)を握りしめる。逃げれば、当然ドレカヴァクは追ってくるだろう。もしもいまより不利な状況で戦うことになったら絶望的だ。

ティグルは腰にさげた革袋に触れた。その中には二つの黒い鏃(やじり)と、ひとつの白い鏃が入っており、ミラに矢幹をつくってもらえばすぐに射放てる。

──いや、待て。

革袋の中に指を入れたところで、ティグルは動きを止めた。頭の中に浮かんだのは、床に耳をつけて地竜たちの足音を聞いたときに覚えた違和感だ。

背後を振り向き、ティグルは床を見つめた。

†

すさまじい咆哮(ほうこう)をあげて、地竜の群れが猛々(たけだけ)しく突進する。

ドレカヴァクは、先頭を走る一頭の頭部に立っていた。すさまじい揺れに襲われ、強烈な風を浴びているというのに、微動だにしない。彼のまとっている黒いローブの裾だけが激しく震えていた。

突出した十頭が、神殿に身体ごとぶつかる。頭部から伸びている二本の角が、強靱（きょうじん）な脚の先にある太く鋭い爪が、黄銅色の鱗に覆われた巨躯が、壁や屋根を粉々に吹き飛ばした。轟音がいくつも重なり、大気が悲鳴をあげる。砂煙に包まれて、たちまちのうちに神殿は半壊した。

地竜たちはなおも体当たりをしかけて壁や柱を粉砕し、崩れ落ちた屋根を踏み潰す。神殿を文字通り瓦礫（がれき）の山へと変えた。百を数えるほどの時間もかからなかったであろう。

地竜の頭部から動かずに、ドレカヴァクは神殿だったものを冷然と見下ろす。反撃のひとつもしないまま、ティグルたちが死んだとは思っていなかった。

瓦礫の中に新しい血の跡を見つける。馬の血だと、一目でわかった。

「地下に逃げたか。この一帯には、地下道がいくつも延びているのだったな」

ドレカヴァクは周囲を見回す。地下道がどのように延びているのかまでは知らないが、見当はつく。おそらくアルテシウムとつながっているのだろう。

不意に、ドレカヴァクは北から西にかけてたたずむ丘を見上げた。そこにひとつの騎影が現れる。甲冑で武装したブリューヌ騎士だった。

「アルテシウムの兵か。ひとりではないな」

騎士は馬上で呆然としている。神殿が破壊される音を聞きつけて様子を見にきたものの、自分の目に映っている光景が現実のものと思えずにいるのだ。

ドレカヴァクは一頭の地竜に命令を出した。その地竜は両眼を光らせて、猛然と動きだす。

大地を踏み鳴らしながら丘を駆けのぼった。

騎士はようやく我に返り、慌てて馬首（ばしゅ）を巡らせる。一目散に馬を走らせた。

ドレカヴァクがつぶやいた通り、彼はひとりではない。

丘を越えた先には古い時代の塔が建っているのだが、そこには武装した騎士と兵士が合わせて三百人ばかり集まっていた。彼らはアルテシウムの者たちで、一角獣士隊の拠点をひとつ潰して帰還の途上にあり、塔で休息をとっていたのだ。

「竜だ！　竜が出た！」

丘を駆けおりながら、騎士は何度も竜と叫ぶ。彼は昨年の春、ムオジネル軍との戦に参加しており、地竜をその目で見ていた。それゆえに、今回もすぐに認識できたのだ。

しかし、アルテシウム隊の騎士と兵士たちの大半は、いままで竜など見たことがない。おとぎ話の存在だとすら思っている者もいる。警告に対する反応はきわめて鈍かった。

だが、指揮官を務める騎士だけは、さすがに異常を感じとった。

丘の向こうから耳をつんざくような轟音が聞こえたのはたしかであり、様子を見てきた騎士の様子もおかしい。幸い、兵の半分ほどは轟音に驚いて警戒している。すぐに隊列を整えて、槍と盾をかまえるよう命じた。

その命令は正しいようで、正しくなかった。逃げろと、彼は命じるべきであった。

丘の上に、巨大な黒い影が現れる。兵たちの多くは顔をしかめ、次（つ）いで総毛立った。

体長は八十チェート（約八メートル）はあるだろうか。金色の眼が爛々と輝いて獲物を見下ろす。長大な尻尾が戦意を示すように地面を叩く。全身から放たれる獰猛な雰囲気は、相対する者に絶望を与えるには充分すぎた。

指揮官はすでに馬上のひととなっていたが、手綱を握りしめる手が震えるのをおさえることができなかった。それでも彼は歯を食いしばって恐怖をねじ伏せ、声を絞りだす。

「十騎ばかりを急いでアルテシウムへ走らせろ！　誰でもいい！」

彼らがいるところからアルテシウムまでは、六ベルスタ（約六キロメートル）ほど。人間の足でも一刻とかからない距離だ。

土を蹴立てて、地竜が丘を駆けおりてくる。その大きさと、その勢いに、アルテシウム隊は恐慌状態に陥った。何人かが武器や盾を捨てて逃げだし、また別の何人かは混乱のあまり槍を握りしめて地竜に突撃した。突撃した者たちは最初の死者となった。

地竜はまったく勢いを緩めずに突き進み、真っ先に挑みかかってきた兵を踏み潰した。次に三人ほどをまとめてはね飛ばし、運よく前脚をかわしたかに見えた者を尻尾で打ち砕いた。そうして、瓦解寸前のアルテシウム隊に向かって飛びこんだ。

数十もの肉と骨と鎧が砕ける音が一度に響きわたり、鮮血の洪水が空中にほとばしる。兵の多くは、自分が死ぬ瞬間を自覚しないままに粉々になった。地竜の巨躯に当たった槍もいくつかはあったが、傷をつけることができたものはひとつもなかった。

地竜は足を止めて、首を振りまわす。鼻先で騎士を打ち据え、兵士に噛みつき、服や鎧ごとむさぼり食った。頭部の角で指揮官とその馬を貫き、無造作に放り捨てる。

兵士たちは泣き叫び、何もかもを捨てて逃げだした。騎士たちはといえば、慌てふためく馬をおさえられず、逃げることもままならない。前脚に踏み潰され、はね飛ばされ、爪で引き裂かれた。原形を留めている死体は少なく、鮮血と肉片が地面を染めていく。

「逃げろ！　塔に逃げるんだ！」

誰かが叫び、後方にいた者たちは、雪崩を打って塔の中に飛びこんだ。

それを見た地竜は、猛り狂って目の前の塔に突きかかる。

木と石を組みあわせて建てられた古い時代の塔は、最初の突進で激しく震えた。二度目の突進で塔全体から無数の破片がこぼれ落ち、三度目の突進で壁に巨大な穴が空いた。

この何度かの突進の間に、アルテシウム隊は新たな死者を出している。腰が抜けて立つこともできなかった者たちが、まとめて挽き潰されたのだ。

四度目の突進で、ついに塔が半ばから折れた。乾いた音を発しながら傾いて、落下する。さらに多くの兵たちが下敷きとなった。塔の中に逃げこんだ者たちは、崩れて落下してきた天井に押し潰された。

丘の上に、ドレカヴァクに率いられた地竜の群れが姿を現す。しかし、それを見て驚いた者はいなかった。まだ生きている者は気を失っているか、呆けていたからだ。

アルテシウム隊は、五百を数えるほどの時間も過ぎないうちに壊滅した。

戦場とも呼べない一方的な虐殺の場を一瞥すると、ドレカヴァクは北西に目を向ける。彼の視線の先にはアルテシウムがあった。

「破壊と殺戮はたやすいが……」

むしろ、アルテシウムを利用するべきであろう。

ドレカヴァクの目的はティグルヴルムド＝ヴォルンだ。ティグルが、ドレカヴァクの思っている通りの人間なら、あの都市は無事であってこそ役に立つ。

人間たちにはいずれ、決して逃れられぬ死が訪れるのだ。

「――ゆっくり進め」

地竜の群れに、ドレカヴァクは命じた。

「大地を均すように、余さず踏み潰すように」

地竜たちが北西に向かって前進をはじめる。

ふと、ドレカヴァクは空を見上げた。巨大な何かが空を飛んでくる。

「ほう」と、意外さを含んだつぶやきが、ドレカヴァクの口から漏れた。

頭上に現れたのは、一頭の飛竜だ。かつては彼の竜だったが、いまはそうではない。

飛竜の背にはザイアン＝テナルディエが乗っている。彼が、いまの飛竜の主であった。

　ザイアンがルテティアに入ったのは、一昨日のことだった。

　彼はテナルディエ家が管理している西部へ向かい、中心となっている町を訪ねて、一夜の宿と飛竜の餌を求めた。ルテティアを取り巻く状況について知ったのはこのときだ。

「一角獣士隊か。ようするにルテティア軍の残党と、罪人の寄せ集めだな。いいだろう、俺と飛竜がその不届き者たちを叩き潰してやろうではないか」

　この時点では、ティグルとリュディが一角獣士隊を壊滅させたという知らせは、まだ西部に届いていない。

　加えて町の長は、一部の諸侯や代官が非道を働いて解任されたことや、彼らに不満を持った者たちが一角獣士隊に加わったことを話さなかった。ザイアンがこのような結論を出してしまったのも仕方がないといえる。

　ともかく、安請け合いをしたザイアンは、翌朝、より詳しい情報を得るためにアルテシウムへ向かった。

　飛竜の強みのひとつは、山や川を見下ろしてまっすぐ飛べることだ。

　また、飛竜が珍しく気まぐれを起こさなかったこともあって、ザイアンは一日半ほどでアルテシウムの近くまで来ることができた。

　そしていま、眼下の大地を埋めつくす地竜の群れを、ザイアンは血の気の引いた顔で見下ろしていた。

「何なんだ、このとんでもない数の地竜は……」

竜の恐ろしさについて、ザイアンは誰よりも知っているつもりだ。もしも誤って地上に落ちたら、狼の群れの中に飛びこむ羊よりも悲惨な結末を迎えるだろうことはあきらかだ。

一刻も早く逃げるべきだと思ったが、この地竜たちはいったいどこへ行こうとしているのかが気になって、ザイアンは飛竜をゆっくりと旋回させた。

――アルテシウムに向かっているのか……？

すでにアルテシウムは見えている。ルテティアの中心都市だけあって大きく、しっかりした城壁を備えているが、これだけの地竜の群れに襲いかかられたらひとたまりもないだろう。

「――誰かと思えば」

突然、すぐ近くでしわがれた老人の声が聞こえて、ザイアンはびくりと身体を震わせる。飛竜の背にしがみつきながら左右を見回したが、むろんというべきか誰もいない。

気のせいかと思ったら、今度はくぐもった嘲笑が聞こえてきた。

「私は下にいる。テナルディエの小せがれよ、おぬしとまた会うとは思わなんだ」

ザイアンはぎょっとして、周囲に視線を巡らせる。恐怖に歯がかちかちと鳴った。こみあげてくる吐き気を必死に堪える。幻聴ではない。声音に悪意がありすぎる。

――下にいると言ったのか？　地竜の群れの中に……？

息を荒らげながら、地上を見下ろした。いくらか落ち着いてきた思考が、さきほどの台詞を思いだす。まるで自分を知っているかのようなもの言いだった。

竜の群れ。老人の声。自分を小せがれと呼んだこと。

「まさか、ドレカヴァクか……？」

「しばらく顔を合わせぬうちに、ものわかりがよくなった」

つぶやきに、老人――ドレカヴァクが反応する。ザイアンの口から呻き声が漏れた。全身から汗が噴きでる。狼狽のあまり、何も考えられなくなった。

「おまえは……おまえは、何ものなんだ？　人間なのか？」

「説明したところでわからぬよ」

ドレカヴァクは冷淡に突き放す。だが、その答えにザイアンはかえって確信を抱いた。

占い師を名のって父に仕えていたこの老人は、人間ではない。バシュラルや、王宮で見た怪物たちの同類だ。人間に仇なす怪物なのだ。

「何をするつもりだ……？」

眼下の地竜たちを見ながら、ザイアンは震える声で問いかける。返答はない。

どうすべきかザイアンが答えを出せずにいると、飛竜が警戒するような鋭い声を放った。

「どうした？　何があった？」

当然ながら飛竜は答えない。不安に駆られたザイアンは、周囲に視線を向ける。遠くからこちらへ飛んでくる赤黒い影を見つけて、目を丸くした。

「飛竜……？」

全身を赤い鱗に覆われた飛竜が、こちらへ向かってくる。自分たちが標的にされていることをザイアンは直感で悟った。悲鳴をあげて己の飛竜にしがみつく。

激突する寸前、ザイアンの飛竜はなめらかに上昇した。赤い飛竜の突撃をかわす。だが、赤い飛竜はすぐに空中で弧を描いて、方向を変えた。再びザイアンたちを狙う。

「おい、逃げろ」

ザイアンは慌てて呼びかけたが、彼の飛竜は戦意を刺激されたのか、相手の側背を狙って弧を描くように飛びはじめた。赤い飛竜もそれに気づき、上昇し、下降しながら有利な位置をさぐりはじめる。ザイアンは振り落とされないようにつかまっているしかなかった。

†

薄暗い地下道に、五人分の足音が響いている。

足音の主はティグルとミラ、リュディ、ラフィナック、ガルイーニンだ。

松明を持ったラフィナックとガルイーニンが、それぞれ先頭と殿を務めている。ラフィナックの後ろをミラとリュディが並んで歩き、ティグルはさらにその後ろにいた。

「この地下道をティグルが見つけてくれなかったら、私たちはたぶん死んでいたわね」

ラフィナックの肩越しに前方の暗がりを警戒しながら、ミラが言った。あの状況で、五十頭もの地竜が四方八方から突撃してきたら、ティグルとミラが全力を出しても耐えしのぐことは難しかっただろう。この中のひとりか二人は命を落としていた可能性が大きい。

リュディが後ろのティグルに尋ねる。

「ティグルはどうして地下道があるってわかったんですか？　私たち、あの神殿について何も調べなかったじゃないですか」

「床に耳をつけたとき、音が奇妙な聞こえ方をしたんだ」

もしかしたらと思ったティグルは、地竜の群れが突撃してくるまでのわずかな時間を、床を調べることに費やした。そして、地下に続く階段を見つけたのだ。

ただし、出入り口はそれほど広くなかったので、馬たちは見捨てるしかなく、荷物も最低限のものしか持ってくることができなかった。

五人が地下に逃げこんだ直後、最初の突撃が神殿を襲った。間一髪だった。

「とんでもないやつでしたな。あんなにたくさんの竜を従えるなんて」

二度と会いたくないという顔で、ラフィナックがため息をつく。ティグルもうなずいた。

「俺たちが逃げたことはすぐに気づくだろう。早く地上に出ないと……」

「それにしてもこの隠し通路、かなりしっかりしているわね」

天井や壁を見ながら、ミラが感心した顔で言った。リュディに尋ねる。

「神殿の中に出入り口があったことを考えても、思いつきでつくったようなものじゃないわ。あなたは言い伝えとか知らない？」

「始祖シャルルが兵をあげた地ですから、逸話には事欠きませんよ。シャルルが乗っ取った豪族がつくっていたとか、この一帯を支配したシャルルがつくらせたとか、それからシャルルが滅ぼした邪教徒の隠れ家だったとか」

「では、このままアルテシウムにつながっているということもありえますか？」

ガルイーニンの質問に、リュディは深刻な表情で答える。

「私たちが本当にアルテシウムの近くまで来ていたなら、その可能性はあります……」

それは、ドレカヴァクと地竜の群れがアルテシウムを襲うかもしれないということだ。

「急ぎましょう、リュディ」

ミラが彼女の肩を軽く叩き、励ますように言った。

「こんな暗いところをのんびり歩いていたら、気が滅入るわ」

「そうですね。ええ、早く出口を見つけましょう」

リュディがうなずき、一行は足を速める。

「そういえば、いまのうちにミラに言っておきます」

足を緩めることなく、リュディが言葉を続けた。

「私も地竜の群れと戦います。あなたとティグルだけに任せはしません」

「急に何を言いだすのかと思ったら……」と、ミラは呆れた顔で隣のリュディを見る。

「ふつうの剣では、竜の鱗にはまったく歯が立たないわ。自殺行為よ。あなたはラフィナック殿とガルイーニンといっしょにいなさい」

「でも、私の誓約の剣なら通じると思うんです」

背中の剣の柄を軽く叩いて、リュディは食い下がる。ミラはかすかな苛立ち(いらだ)を見せた。

「根拠は？」

「以前、ロラン卿からこんな話を聞いたんです。竜の群れに囲まれたことがあったが、デュランダルを振るって切り抜けた、追ってきた二頭を斬り伏せたと」

ミラだけでなく、ラフィナックとガルイーニンも眉間に皺を寄せた。ティグルが落ち着いているのは、その話をすでに聞いたことがあったからである。

「デュランダルならば竜の鱗を斬り裂ける。それなら、この誓約の剣だって……」

ミラは納得して、厳しい表情をいくらか緩めた。誓約の剣は、バシュラルの振るっていたオートクレールの刀身を加工して、鍛え直したものだ。そして、オートクレールはデュランダルと互角といっていい強度を誇っていた。

「わかったわ」

少し考えて、ミラはリュディの熱意を受けいれる。

「私としても、二人で立ち向かうより三人で挑む方が助かるもの。でも、ひとりではだめ。必ず私のそばにいなさい」

「わかりました！」

元気よく答えるリュディに、「返事だけはいいんだから」と、ミラはため息をつく。だが、リュディに言ったことは嘘ではない。頼もしいという思いは間違いなくあった。

そんな二人の後ろを歩きながら、ティグルはドレカヴァクのことについて考えている。

あの魔物の目的は何か。なぜ、自分に呼びかけてきたのか。それに、あの言葉は……。

「どうしたの、さっきからずっと下を向いて」

ミラに声をかけられて、ティグルは気を取り直す。真剣な顔で答えた。

「あまねく統べる者となる。ドレカヴァクが言っていたことだが、どこかで聞いた気がして引っかかっていたんだ。やっと思いだした。ティル＝ナ＝ファの言葉だ」

ミラたちはおもわず足を止めて、ティグルを見つめる。不安そうな顔でミラが聞いた。

「本当なの……？」

「ああ。魔弾の王とは何かと聞いたら、たくさん言葉を返してきたって、前に話しただろう。そのうちのひとつだ。ドレカヴァクは、自分たちが望むティル＝ナ＝ファを降臨させるために俺を利用するつもりだ」

「地竜の群れをあのような形で用いてきたのは、ティグルヴルムド卿やリュドミラ様に力を使わせ、隙をつくるためだったと考えられますな」

ガルイーニンが短い髭を撫でながら難しい顔になる。ラフィナックも渋面をつくった。

「あいつは、まだこの近くにいて、若をさがしてるってことですか……」

「阻む方法はないんでしょうか」

不安そうな顔をするリュディに、ティグルは笑顔をつくって答える。

「ひとつ、思いついた手はある。まだ上手く説明できないが、みんなにはいずれ話すよ」

「約束ですよ」

リュディが念を押す。ミラは厳しい眼差しをティグルに向けていた。


ティグルたちが地下通路を急ぎ足で歩いているころ、上空ではザイアンと飛竜が、ドレカヴァクの放った赤い飛竜と攻防を繰り広げていた。

攻防といっても、まだ激突には至っていない。どちらも相手の隙をうかがい、一撃で仕留めるつもりでいる。二頭は冷気を帯びた突風が吹き荒れる空で、弧を描き、急上昇したかと思えば急降下し、ときにその巨躯を垂直に倒して、間合いをはかっていた。

その二頭の戦いにつきあわされているザイアンは、すでに疲労困憊だった。腰と脚を固定しているベルトがなかったら、何度空中に放りだされたかわからない。一度、赤い飛竜が急接近してきたときなどは死の予感を覚えて気を失いかけた。

だが、とにかくザイアンはまだ死んでおらず、傷も負っていなかった。

——このままでは死ぬ……。よくわからんうちに死ぬ。

肩で息をしながら、ザイアンはぼんやりと空を眺める。どうすればこの状況を脱することができるのか、何も思い浮かばなかった。そもそも頭が働かない。

それまで旋回していた飛竜が動きを変える。赤い飛竜も動きを合わせてきた。おたがいの背後か頭上をとろうと右へ左へ飛び、ときに空を並走する。吼(ほ)えて威嚇(いかく)し、尻尾を振るい、足の鉤爪を見せつける。どちらもひるまない。

地上では、地竜の群れがひとかたまりとなってアルテシウムを目指している。ゆっくりと進んでいるように思えるのは、上空から見下ろしているからか、それともドレカヴァクがアルテシウムの住民らに恐怖を与えようとしているのか。

それでも、あと半刻もすれば、地竜たちはアルテシウムにたどりつくだろう。その様子を、ザイアンは他人事(ひとごと)のように眺めていた。自分にはどうしようもない。

赤い飛竜がにわかに失速する。ザイアンの飛竜は器用に翼を動かして、敵の背後をとった。勢いづいて動きを速め、相手の尻尾に食らいつかんとする。

直後、赤い飛竜は急上昇した。ザイアンの飛竜はその真下を通過する。赤い飛竜の巨躯が影をつくって、ザイアンの頬を冷たい風が撫でた。敵は、あえてこちらに隙を見せたのだ。頭上をとるために。

赤い飛竜が勝利の咆哮をあげて急降下してくる。このとき、ザイアンは残っていた力を振りしぼって手綱を強く引いた。何かを考えてのことではない。首筋に迫った死をとにかく避けようとしての無我夢中の行動であり、自分でも驚いたほどだった。

飛竜が翼を伸ばして急降下する。その先にはアルテシウムへ向かう地竜の群れがいた。

風が唸る。周囲の景色がすさまじい速さで流れていく。彼らにぶつかるか、地上に激突するかというところで、飛竜が体勢を変えた。旋風を起こして盛大な土煙を巻きあげながら、地表よりわずか上を滑空する。地竜たちの鼻面を風で撫でながら。

ザイアンたちを追って同じく急降下した赤い飛竜も、どうにか地面への激突をまぬかれる。

だが、そこから先は失敗した。地竜の鼻面さえ隠すほどの土煙が、判断を誤らせたのかもしれない。赤い飛竜は地竜の横顔に衝突し、もろともに吹き飛んだ。吹き飛ばされた地竜は他の地竜にぶつかる。赤い飛竜もまた別の地竜に激突して、地面に倒れたときには息絶えていた。

地竜たちが前進を止める。ドレカヴァクにとっても予想外の出来事だった。

「何と、テナルディエの小せがれが」

地竜の頭部に立って、ドレカヴァクは感心したように目を細める。

「あの飛竜はとくに優れたものではないゆえ、くれてやったのだったが……。この現実では見事に成長したものだ。戦場か、あの侍女か、いずれにせよ、よい出会いをしたものと見える。

他の現実ではどうなるかな」

地竜たちに隊列を整えさせながら、ドレカヴァクは笑った。地竜を一頭や二頭、失ったところでたいした痛手ではない。アルテシウムに着くまでの時間が少し延びたぐらいだ。

一方、ザイアンと飛竜は地竜たちからかなり離れたところに着地して、崩れ落ちる。死んではいないものの、ザイアンは気絶しており、飛竜も疲れきっていた。

彼らに目もくれず、地竜たちは前進を再開する。もはやアルテシウムは目の前だった。

†

アルテシウムの統治者であるフィルマン伯爵は、深刻な表情で城壁に立っている。

彼が最初に受けた奇妙な報告は、城壁を守っている兵からもたらされたものだった。巨大な獣の群れがこちらに迫っているというものだ。

そのときは何かの見間違いだろうと思い、あとで確認に向かうとだけ答えて、すでに取りかかっていた政務の処理を進めた。

ところが、それから一千を数えるほどの時間も過ぎぬうちに、新たな報告が届いた。竜の群れが現れ、すぐそこまで来ているというのだ。しかも、そのことを知らせたのは、一角獣士隊の拠点を潰しに行った部隊の騎士だという。

　さすがにフィルマンは考えを変える。書きかけの書類をそのままに、従者をともなって東の城壁へと向かった。そしていま、彼は城壁の上から地竜の群れを見つめている。

　──あれが地竜なのか。

　フィルマンは今年で四十九歳になる。領地こそ持たないが、寛容な人柄と政務能力を評価され、代官としてブリューヌの各地を転々としてきた。竜を見たのは、はじめてだった。

「すまなかった」

　最初の報告をした兵に、フィルマンは率直に詫びた。

　己の失態を悔やみつつ、彼はすぐに考えを切り替える。いま必要なのは、目の前の出来事に対処することだ。頭を抱えて落ちこむことではない。

　都市を囲む城壁で地竜を阻むことができるのならよいが、おそらく無理だろう。ならば、住人たちを一刻も早く西へ避難させなければならない。

「城壁にいる者たちは皆、逃げろ。私は中央の広場を指揮所とする」

　城壁から離れて広場へ向かいながら、フィルマンは次々に指示を出す。

「地竜の群れが現れたと言っても、信じる者はおらぬだろう。でっちあげるぞ」

　広場に運びこまれた青銅の大鐘が激しく打ち鳴らされ、町の東側で火災が起きたと兵たちが大声で叫んで、避難を呼びかけた。兵たちが実際に火を起こして煙を立ちのぼらせたこともあって、住人たちは大慌てで西側へ逃げる。

そこへ新たな報告が届いた。地竜の群れが、目測であと一ベルスタの距離に迫っているというものだ。フィルマンの命令に背いて城壁上に残った見張りの兵が、知らせてきたのである。

「西側の城門をすべて開けて、住人たちを町の外へ逃がせ」

そう命じたフィルマンに、従者が真剣な表情で訴えた。

「伯爵閣下もお逃げください」

「すべての住人が逃げたら、私も逃げよう。それまではここから動かぬ」

恐怖心を責任感と使命感でねじふせて、フィルマンは従者の言葉を退ける。

ここで自分が逃げようものなら、アルテシウムを包む混乱が一気に加速するだろうことはあきらかだ。何より、この都市と命運をともにしなければ、自分を任命してくれたレギン王女に申し訳がたたなかった。

そのとき、ひとりの兵が駆けてきた。困惑したような顔で報告する。

「閣下、ベルジュラック家のリュディエーヌ殿が至急、お目にかかりたいと」

フィルマンは己の耳を疑い、もう一度報告を繰り返させたあと、苦い顔でリュディをここへ通すように命じた。どのような用事があるのかは知らないが、最悪のときに来たものだ。

わずかな時間も惜しい状況だが、彼女にもしものことがあれば、どれほど多くの者が悲しむだろう。自分もそのひとりだ。事情を説明して避難させなければならない。

この判断が、フィルマンとアルテシウムをかろうじて災厄から救うことになる。

ティグルたちが歩いていた地下通路は、予想通りというべきか、アルテシウムにつながっていた。町の南東の路地裏に出た五人は、混乱と狼狽に支配された町の様子に驚き、慌てふためく住人たちを西側へ避難させている兵士をつかまえて、事情を聞いた。

そうして中央広場に向かい、フィルマンに会ったのだが、そこでも一悶着あった。地竜の群れを迎え撃つと告げたリュディに、彼は猛然と反対したのである。

フィルマンにしてみれば当然の判断だった。リュディがいかに優れた戦士であろうと、一振りの剣を手に竜へ立ち向かうなど正気の沙汰ではない。黒騎士はやったと言われても納得できるはずがなかった。

助け船を出したのはミラだ。自分がジスタートの戦姫であることを明かし、リュディには自分の補佐をしてもらうと言った。

「あなたがこの都市を守ろうとしているように、竜との戦いも誰かがやらなければならないのです。心配なのはわかりますが、リュディエーヌ殿の意志を尊重していただけませんか」

迷った末に、フィルマンはミラの言葉を受けいれた。苦渋に満ちた顔で、「くれぐれもご無理はなさらぬよう」と、ミラとリュディに言った。

フィルマンは、ティグルに対しても避難するように勧めてきた。領主として、年長者としてそうするのが当たり前だというように。彼の態度にはティグルを蔑むものが一切なかった。

「詳しい説明はできませんが、私にも竜と戦う力があります」

フィルマンがティグルに疑いの眼差しを向け、ミラに視線で確認したのは仕方のないことだったろう。ミラの態度から嘘ではないとわかると、「感謝する」と深く頭を下げた。

ラフィナックとガルイーニンは、フィルマンの護衛を務めることとなった。彼が住人たちを避難させるべく、自分を守るための従者や兵まで伝令に使っていたからだ。

そして、ティグルとミラ、リュディは、ルテティアを囲む城壁の、東の城門から外に出た。

見れば、地竜の群れは、アルテシウムまであと五百アルシン（約五百メートル）というところまで迫っている。

「危ういところだったな」

胸を撫でおろすティグルの隣では、リュディがミラに笑顔で礼を言っていた。

「ミラには本当に感謝しています。あとでお姉さんがとっておきのチーズをさしあげますね」

これにはミラだけでなく、ティグルも苦笑を誘われる。おかげで緊張が解れた。

「ティグル、地竜の群れは私とリュディに任せて。あなたはドレカヴァクをお願い」

ミラがラヴィアスをかまえる。その穂先が白い冷気をまとった。リュディも背負っていた誓約の剣を抜き放つ。地竜に通じないなら意味がないと、長剣は置いてきていた。

「わかった。二人とも、頼む」

　ティグルも矢筒の矢をたしかめて、黒弓を握りしめる。二つの黒い鏃と白い鏃は、ミラに作ってもらった氷の矢幹にはめこんでいた。すぐに使うことになるだろう。

　三人は地竜の群れに向かって歩きだす。両者の距離が三百アルシン以下にまで縮まったところで、ミラとリュディが並んで駆けだした。

「――静かなる世界（アーイズビルク）よ！」

　ミラが叫ぶと同時にラヴィアスから膨大な冷気があふれて、広い範囲で地面を凍りつかせていく。薄氷に覆われた大地を滑るように進んで勢いをつけながら、二人はもっとも突出している地竜に接近した。

　ミラはラヴィアスを右手に持って左手をリュディに伸ばし、リュディは誓約の剣を左手に持って右手をミラに伸ばす。おたがいの手を強く握りしめた。ミラの足下の薄氷が大きく盛りあがり、彼女はそれを利用して、リュディと手をつないだまま高く跳躍する。

　二人の戦士の姿は、地竜の両眼と同じ高さにあった。

　地竜が反応するよりも早く、リュディが誓約の剣を横薙ぎに振るう。鈍い音を、地竜の悲鳴がかき消した。赤い体液が地竜の右目からほとばしる。

　地竜の眉間を蹴りつけて、ミラが空中で姿勢を変えた。リュディはすばやく手首を返し、再び誓約の剣を振るう。地竜が大きく口を開けて絶叫し、四本の脚を振りまわして暴れた。そのときには、二人は地竜から離れたところに降りたっている。

「上手くいったわ」

ミラは小さく息を吐き、リュディはうなずいた。

ドレカヴァクはティグルに任せるとして、二人で地竜の群れとどう戦うか。

ミラが考えた手は、可能なかぎり高速で移動して地竜の両目を潰すというものだった。地竜をことごとく葬り去る必要はない。動けなくしてしまえばいいのだ。

むろん、言うほどたやすいことではない。まず、地竜の顔に近づかなければならない。下手に動けば地竜は噛みついてくるか、頭部の角で突いてくるか、前脚で払ってくる。どれかひとつでもくらってしまえば、こちらは一瞬で肉塊となる。

近づくだけでは充分でなく、地竜の目を傷つけられる武器も必要だ。地竜の眼球は特殊な膜で保護されており、鱗と同様に並の刃では歯が立たない。

誓約の剣が、地竜の目を傷つけられるかどうか。これについては賭けだった。

「次、行くわよ。私は移動と回避に集中する」

ミラの言葉に、リュディは「はい」と、力強く答える。薄氷を滑って、二人は他の地竜に向かっていった。

二人の勇戦ぶりを離れたところから見ていたティグルは、感嘆を禁じ得なかった。あのやり方ならわずかな時間で地竜を無力化できる。また、前進を止めた地竜が障害物となって、後ろにいる地竜が容易(ようい)に前に進めなくなる。

──俺も、やらなければ。

守ってみせる。ミラも、リュディも、アルテシウムも。

黒い鏃の矢を一本抜きだして、黒弓につがえる。

一頭の地竜の頭部に立っている、黒い姿の何者かを見据えた。あれがドレカヴァクだろう。

こうして視界に入れているだけで危険な存在だとわかる。

不意に、地竜の頭部からドレカヴァクの姿がかき消える。ティグルから十数歩ほど離れた場所に、音もなく現れた。一見すると、黒いローブをまとい、フードを目深にかぶった小柄な老人だが、その両眼からは、気を抜けば身体が震えだしそうなほどの禍々しさを感じる。

──最初から全力で行く。

呼吸を整え、黒弓を通じて女神に祈る。この魔物を少しでも早く倒すか、少なくともミラやリュディに手出しができないぐらい追い詰めなければならない。

──夜と闇と死の女神ティル＝ナ＝ファよ。

ドレカヴァクに狙いを定めて、弓弦を引き絞る。射放った。

大気が渦を巻く。黒い雷光となって猛々しく迫る矢を、ドレカヴァクは手で受けとめた。

風を切り裂くような鋭い音を響かせ、閃光をまき散らして、矢は突き進まんとする。その余波で、ドレカヴァクのまとうローブが引き裂かれて吹き飛んだ。

露わになった魔物の姿に、ティグルは息を呑む。身体つきは人間のそれと同じだが、体毛がなく、頭から腰まで鉄の色をした鱗に覆われている。目は金色に輝き、鼻は異様に平たく、口は横まで裂けていた。

ドレカヴァクが手を突きだして矢を押し返す。その瞬間、鏃以外の部分が消滅した。鏃もふっと消えて、ティグルのもとに戻る。

「ずいぶん慣れたものだ」

大きく裂け、えぐれて黒い瘴気を噴きだしている自分のてのひらを見て、ドレカヴァクが感心したように言った。

「おぬしのことは昨年の春から観察していた。ルサルカを滅ぼすまではその弓に備わった力も知らなかった身が、短い時間でよくぞそこまで成長した」

「……何が言いたい」

もうひとつの黒い鏃の矢を黒弓につがえながら、ティグルは緊張まじりの声で問いかける。

ドレカヴァクは答えず、奇妙な問いかけをしてきた。

「なぜ、私がアルテシウムを襲わなかったか、わかるか」

ティグルは答えない。たしかに気になっていたことだった。

地竜が本気で大地を駆ければ、自分たちよりもはるかに早く、アルテシウムにたどりついていたはずだ。ドレカヴァクは、あえて地竜たちの歩みを遅らせたのだ。

「アルテシウムが瓦礫と屍の山となっていたら、おぬしは激怒するだろう。何としてでも私を滅ぼそうとするだろう。だが、町を守るときよりも必死になるとはかぎらぬ」

ドレカヴァクの言葉は、ティグルの意表を突いた。全身を鱗で覆った魔物は続ける。

「いま、おぬしは、自分に何の関係もないこの町を、人間たちを守ろうとしている。そのために死力を尽くそうとしている。期待した通りだ。待った甲斐があった」

ティグルは愕然とした。自分たちはドレカヴァクに誘いだされたのだ。

「必死になれ、魔弾の王。女神の力をさらに引きだせ。おぬしが動けなくなったとき、背後の町は住人たちともども滅びを迎えるぞ」

ドレカヴァクの身体から黒い瘴気があふれて、彼自身を包みこむ。

瘴気の奥から感じる重圧が、強くなった。これまでの魔物たちがそうであったように、ドレカヴァクの本来の姿も、やはり老人のそれではないのだ。

ドレカヴァクを包む瘴気が大きくふくれあがる。地竜さえも呑みこめるほどに。

空を裂くような咆哮が轟く。瘴気を割って、竜のそれを思わせる前脚が飛びだした。尻尾らしきものが鞭のように踊る。瘴気の近くにいた地竜たちが怯えるように遠ざかった。

ティグルは戦慄を禁じ得なかった。いまのドレカヴァクから伝わってくる威圧感は、王宮で戦ったガヌロンのそれに近い。一刻も早く滅ぼさなければならない。

弓弦を引き絞る。そのとき、瘴気の奥に三つの輝きが生まれた。猛々しさを帯びた金色の光が二つ並び、その少し上に血のような赤い輝きがある。

ティグルは矢を射放たず、回避を優先した。地面を転がる。直後、瘴気の奥から黒い炎が放たれた。炎はティグルがさきほどまで立っていたところを通過し、大地を焼き焦がす。

風が吹いた。瘴気が薄れる。ティグルは目を瞠った。

視線の先には、地竜よりも二回り以上大きい竜がいる。鉄の色をした鱗に覆われ、両眼は金色に輝き、額には血の色をした目があった。


ラフィナックとガルイーニンは、フィルマンとともに中央の広場にいる。

広場には三人しかいない。フィルマンの懸命な指揮の甲斐あって、住人たちの西側への避難が順調に進んでいることの証かと思われたが、その状態でいくばくかの時間が過ぎたころ、フィルマンは顔をしかめた。

「誰も戻ってこないな……」

本来、自分のそばに控えているはずの従者さえ、フィルマンは伝令として走らせた。そろそろ誰かひとりぐらい戻ってきてもいいはずだ。

そのとき、二十人近い男女が、複数の通りからいっせいに広場へ飛びこんできた。身につけているものはありふれた麻の服だが、手には小剣や槍、鉈(なた)、手斧などを持っている。そして、誰もが肩や腕、脚に赤黒い布を巻いていた。

彼らは迷う様子もなくこちらへ駆けてきて、三人を取り囲む。

ラフィナックは持っていた小剣をかまえ、ガルイーニンは腰の剣を抜き放った。だが、多勢に無勢なのはあきらかだ。町の中で、しかもこのような状況だからと油断しすぎた。

フィルマンが謹厳な表情で襲撃者たちを見回す。

「一角獣士隊、いや、その残党か」

「好きに呼ぶがいいわ」

若い娘が冷笑を浮かべる。彼女はティル＝ナ＝ファの神官ステイシーであり、ここにいる者たちの統率役だった。フィルマンは毅然とした態度で告げる。

「私を殺害してルテティアを混乱させるつもりだろうが、無駄だ。すでに、ここの統治はベルジュラック家と、おまえたちを壊滅させたティグルヴルムド卿に任せてある」

一角獣士隊の兵たちが色めきたった。内心で慌てたのはラフィナックだ。フィルマンの態度は立派だが、ここは時間を稼ぎたい。ことさらにとぼけた口調で、彼らに聞いた。

「あなたたちは本当に一角獣士隊なんですか。ティル＝ナ＝ファの信徒では？」

少しでも慌ててくれれば隙ができるかもしれないと思ったのだが、期待していた反応は返ってこなかった。一角獣士隊の兵たちは視線をかわし、不気味な笑みを浮かべる。

「ティル＝ナ＝ファの文字が読めたのか。詳しいではないか」

「女神が地上に降臨する日は近い。そのためにはさらなる流血が必要だ」

別の兵がラフィナックに槍を突きつけた。ラフィナックは歯噛みする。

戦慣れしているとはいえ、さすがにこの状況を切り抜けられる自信はない。こちらはたった三人な上に囲まれていて逃げ場がなく、フィルマンは武器を持っていないのだ。ガルイーニンも厳しい表情をしている。

だが、ラフィナックにも側仕え(そばづか)としての意地がある。若い主が竜の群れと魔物に立ち向かっているのに、自分が何もできずに殺されたのでは、あまりに申し訳がたたない。

「ひとつ聞きたいんですが、女神を降臨させてどうしようっていうんです？　女神様は食いものにも女にも事欠かない人生を約束してくださるんですかね」

「命乞いか？」

兵のひとりが険しい表情をつくる。ラフィナックは慌てて首を横に振った。

「いいえ、いいえ、私はこれまで素朴(そぼく)に十の神々をありがたがってきたというだけでして。何をいただけるのかがわかったら、女神様だけを信奉するのもやぶさかではないと」

むろん嘘である。だが、ラフィナックは己の軽薄な言動に自信があった。

「おぬしはティル＝ナ＝ファにかぎらず、神を信仰しない方がよさそうだな」

ラフィナックに槍を突きつけている兵が口元を緩めた。

ステイシーがラフィナックを睨みつける。

「あなたのような愚劣な欲望を抱えて神に祈りを捧げている者など、ここにはいないわ。私たちは安らぎを得るために動いているの」

「安らぎ……？」

困惑しておうむ返しに尋ねるラフィナックに、ステイシーはうなずいた。

「女神は我々に死をもたらす。ただの死ではない。ただ死ねば得られるというものではない。おおいなることを為し、その果てに得られる死だからこそ、安らぎたりえる」

「……手持ちの水を切らしているのが残念ですな」

ラフィナックは苦りきった顔で、おおげさに肩をすくめる。ステイシーは首をかしげた。

「最期に一杯の水を飲みたいということかしら？」

「寝ぼけたことをおっしゃっているので起こしてさしあげようと」

「顔に似合わず優しいのね。その前歯さえなければ好かれるでしょうに」

嫌味を慈しむような笑みで受け流して、ステイシーは続けた。

「女神が降臨すれば誰もが死ぬわ。恐れることはない」

信徒たちが武器を振りあげる。ラフィナックは覚悟を固めた。

しかし次の瞬間、ラフィナックも信徒たちも奇妙な違和感を覚えて動きを止める。

見上げれば、頭上の空間が陽炎のようにゆらめき、歪んでいた。呆然としていると、歪みの中からひとりの娘が弾きだされるように現れる。ブリューヌでは見ない衣装に身を包み、見事な装飾のほどこされた大鎌を肩に担いだ黒髪の娘だ。

ラフィナックとガルイーニンは同時に驚きの声をあげた。

「ミリッツァ様……⁉」

黒髪の娘——ミリッツァ＝グリンカの動きは冷静さと冷徹さを備えたものだった。着地するまでの間に、大鎌を右から左へと薙ぎ払う。三人の信徒が肉体を斬り裂かれ、血飛沫をあげながら倒れた。

信徒たちが呆然とする。ラフィナックもガルイーニンも、この機を逃しはしなかった。

「伯爵閣下は後ろへ！」

怒鳴りながら、ラフィナックは小剣を振るってひとりを斬り捨てる。その間にガルイーニンは二人を斬り伏せていた。髪を撫でつけながら、彼は年下の戦友を賞賛する。

「ラフィナック殿、お見事でした」

六人の仲間を一瞬でやられて、信徒たちはひるんだ。彼らは二人がかりでラフィナックとガルイーニンに襲いかかり、ミリッツァには何と三人がかりで挑みかかる。大鎌の恐ろしさに加えて、突然現れた不気味さが恐怖を増大させたようだった。

ラフィナックは守りに専念し、襲いくる鉈を小剣で弾き、手斧をどうにかかわした。その間にガルイーニンとミリッツァはそれぞれ目の前の敵を打ち倒す。ガルイーニンにいたっては、後ろに下がらせたフィルマンを気遣う余裕すらあった。

数を半減させて、信徒たちはたじろいだ。二歩、三歩と退いたかと思うと、踵を返して逃げ

散っていく。ガルイーニンがフィルマンを振り返り、視線で尋ねた。

「追いかけたいのはやまやまだが、私はここに留まらなければならぬ」

フィルマンは首を横に振った。その間に、ミリッツァはラフィナックに会釈する。

「ラフィナック殿、おひさしぶりです」

ラフィナックはミリッツァを力いっぱい抱きしめていた。彼女のおかげで、目前に迫っていた死から逃れられたのだ。絶望から引きあげられて、泣きだしたいほどだった。

助かりましたとありがとうございますをそれぞれ四回ほど繰り返してようやく我に返り、慌てて彼女から離れて頭を下げる。ミリッツァは苦笑ですませた。

「さっそくですけど、この町で何が起きているんですか？」

ミリッツァに聞かれて、ラフィナックは困惑に顔をしかめる。てっきりわかっていて来てくれたと思ったのだが、違ったようだ。手早く事情を説明し、南東の方角を見る。

「あちらに若とリュドミラ様、リュディエーヌ様がいます」

そこまで言ったとき、フィルマンがミリッツァの前に進みでた。

「感謝する。私はマルセル＝フィルマンと申す。恩人の名前を教えていただけないだろうか」

ミリッツァが淡々と名のりを返すと、伯爵は当惑した。一日のうちにジスタートの戦姫が二人も現れたのだから無理もない。だが、彼はすぐに気を取り直す。

「ミリッツァ殿、助けていただいたばかりでこのようなことを頼むのは恐縮だが、いま一度、お力を貸していただけないだろうか」

「何をすればいいのでしょうか」

リュディエーヌ殿たちをお助けいただきたい」

「いま、この町は五十頭もの地竜に襲われています。リュドミラ様とティグルヴルムド卿、リュディエーヌ殿が、東の城門のそばで食い止めてくださっていますが……」

横からガルイーニンが言い添える。ミリッツァは目を見開いたが、すぐに事態を理解した。

魔物ですねと、声には出さず、口を動かして問う。ガルイーニンはうなずいた。

「わかりました。微力を尽くしましょう」

そう言ってから、ミリッツァはラフィナックを見る。

「では、わたしを東の城門まで案内していただけますか」

「私がですか……？」

戸惑うラフィナックに、ミリッツァはこくりとうなずいた。

魔物がいるとなれば、下手に竜技で跳躍するのは危険だ。もしも魔物の目の前に現れてしまったら、次の瞬間には命を落としている可能性すらある。状況によってはミラたちまで巻きこみかねない。さきほどだって、そうだった。

「いや、その、私もここにはついさきほど来たばかりで」

ラフィナックはうろたえてガルイーニンに助けを求めた。初老の騎士は首を横に振る。

「落ち着きなさい、ラフィナック殿。私よりもあなたの方が適任です」

そんなことはと言いかけて、ラフィナックは彼の言いたいことを悟った。ここはブリューヌの都市であり、ガルイーニンもミリッツァもジスタート人だ。道を聞くにしても、ブリューヌ人である自分の方がいい。このように混乱している状況ならなおさらだ。

落ち着きを取り戻したラフィナックの顔を見て、ガルイーニンが続ける。

「フィルマン伯爵には私がついていましょう。ティル＝ナ＝ファの信徒たちも、あれだけやられたのですから、すぐには戻ってこないはず」

ラフィナックは彼に一礼する。ミリッツァにうなずくと、二人で走りだした。


冬の大気を吹き散らして、ミラとリュディが冷気の突風をまといながら跳躍する。今度の地竜はすばやく反応し、頭部の角でミラたちを迎え撃とうとした。

だが、二人は紙一重でその角をかわし、地竜の鼻先に降りたつ。リュディが駆け、気合いの叫びとともに誓約の剣を振るった。地竜の左目を奪う。

激痛と視界を奪われた衝撃とで激しく首を振る地竜の顔を飛び跳ね、右目も斬り裂いた。

二人は地面に飛び降りる。そろって大きく息を吐きだした。休みなく動き続けているので呼吸が苦しい。汗によって顔に張りついている髪を払う余裕もない。

——これでやっと十頭……。

考えていた通りの状況にはなっている。後ろにいる地竜たちは、先頭にいる地竜たちがうずくまったり、暴れたりしているため、立ち止まるか、迂回するように動いていた。アルテシウムの城壁にたどりついた地竜は、いまのところいない。

気になるのは、ティグルとドレカヴァクだ。ついさきほど、ドレカヴァクは地竜より二回りほど大きな竜へと変わった。ティグルひとりでだいじょうぶだろうか。早く地竜たちをかたづけて、彼のもとへ急がなければ。

たったいま両目を奪った地竜が横に大きく転がった。朦々と土煙が舞いあがる。

直後、土煙を吹き飛ばして、別の地竜が飛びだしてきた。咆哮をあげて二人に襲いかかる。

ミラとリュディはつないでいた手を離して、それぞれ左右に跳んだ。息の合った動きで地竜の牙を避け、相手の顎の下へ潜りこみながら武器を振るう。ラヴィアスの穂先と誓約の剣の切っ先が地竜の顎を斬り裂いた。地竜が悲鳴をあげてのけぞる。

二人はすばやく地竜から離れ、ミラが生みだした氷の地面を滑って距離をとった。

「ミラ、あれを……！」

リュディが驚きの声をあげる。彼女の視線を追ったミラは、顔を強張らせた。自分たちからかなり離れたところにいる二頭の地竜が、暴れている地竜を体当たりではねとばしたのだ。二頭の地竜はその勢いをたもって、アルテシウムの城壁に向かっていく。

「ずいぶん荒っぽい真似をするじゃない」

ともかく止めなければならない。氷上を滑って地竜たちを追いながら、ミラは考える。

――ドレカヴァクが地竜たちに新たな命令を出した？　それとも……。

あの魔物が竜の姿になったことが、地竜たちに何らかの影響を与えたのか。

「リュディ」と、戦友に呼びかけた。

「わかっています」

ミラの言おうとしたことを察して、リュディがうなずく。

「城壁は諦めましょう」

城門を出る前、地竜たちとどのように戦い、どこまで損害を覚悟するかについて話しあったとき、城壁までは諦めると言ったミラに対して、リュディは不満そうな反応を示した。

だが、実際に地竜と戦って、リュディはすぐに考え直した。

地竜の群れは、城壁を守って勝てるほど楽な相手ではない。

「市街の東側まで覚悟した方がいいのでしょうね」

「そうね。ティグルを助けないといけなくなるかもしれない」

ミラがことさらにそっけない声音で応じると、リュディはわずかに表情を緩めた。

「あなたがいてくれて助かりました。私一人では、もっとひどい結果になったでしょう」

一方、ティグルはドレカヴァクの周囲を駆けて相手の攻撃を避けながら、矢を射放ち続けている。女神の力をまとわせた矢は、ドレカヴァクの鱗を傷つけることこそできていたが、それ以上の打撃にはなっていないようだった。ドレカヴァクは揺らぐこともなくたたずんでいる。

ドレカヴァクが前脚を振るう。それをかいくぐると、尻尾が横殴りに襲ってくる。地面を転がって避ける。立ちあがりざまに相手の目を狙って矢を射放つが、ドレカヴァクは器用に口で受けとめて噛み砕いた。粉々になった矢がぱらぱらとこぼれ落ちる。

「無駄なことはするな」

ドレカヴァクの口から、黒い炎が吐きだされた。いままでに見せてこなかった攻撃に、ティグルは反応が遅れる。避けられないと悟り、とっさに女神の力をまとわせた矢を放つ。

矢は炎を吹き散らしたが、半ばで燃え尽きてドレカヴァクには届かなかった。

──相打ちか……。

視線を動かし、一瞬の半分の時間で矢筒を確認する。残りは十五本。

──やつの狙い通りになるが、ティル＝ナ＝ファの力をもっと引きだすしかないのか。

そうすれば、いまより戦えるようになるだろう。

だが、ドレカヴァクはそこで何かを仕掛けてくるのではないか。

「魔弾の王よ。勇ましき者、人を滅する者、あまねく統べる者よ……」

ドレカヴァクが厳かな声でティグルに呼びかけた。

「ひとつ、おぬしが歩むべき道を示そう」

竜の魔物の額の目が、赤い光を放つ。光を浴びたティグルの視界が暗闇に包まれた。目くらましかと思ったのも束の間、すぐに周囲が明るくなる。

だが、ティグルの眼前に展開している光景はまるで違うものとなっていた。

ティグルは高くそびえる崖の上に立って、城壁に囲まれた巨大な都市を見下ろしている。都市の中心には小高い山がそびえ、山の中腹には宮殿があり、山頂には神殿があった。

——まさか、ニースか？

このようなところから見下ろすのははじめてだったが、それは王都ニースに違いなかった。

——何だ、これは。

戸惑っていると、身体が勝手に動きはじめる。黒弓を握りしめて、矢をつがえた。身体の内側から強烈な感情が湧きあがってくる。理性を焼き尽くすほどの怒りが。

その怒りは、眼下のニースに向けられている。

「あの都市にいる者たちが、自分からすべてを奪ったのだ」

憎悪に満ちた声が、頭の中に響きわたった。

王都を見下ろす自分の脳裏に、いくつもの光景が次々に浮かんで消える。奪われ、殺され、焼き払われた町、串刺しにされて並んでいるいくつもの亡骸。数々の死体は、自分のよく知る人々だった。アルサスの民だ。破壊された町も、アルサスの中心であるセレスタだ。

怒りに支配されて、ニースに狙いを定める。距離はどれほどあるだろう。二ベルスタ（約二キロメートル）は超えているに違いない。それにもかかわらず、届くという確信がある。

――いま、俺は何をしようとしている……？

　事態を理解できずにいる間に、自分は矢を放った。矢は猛禽を思わせる速さで都市へと吸いこまれていく。直後、視界は目もくらむほどのまばゆい光に包まれた。

　夢から覚めるときのように、視界が切り替わる。目の前には、鉄色の鱗に覆われた巨大な竜の魔物がたたずんでいた。自分は黒弓こそ握りしめているが、崖の上に立っているのではなく、地上に座りこんでいる。さきほどまで抱いていた怒りの正体が、よく思いだせない。

――夢？　幻？　それにしては異様に生々しかった……。

　崖を吹き抜ける風の冷たさを、肌が覚えている。黒弓と矢の感触も。

だが、あれは現実ではない。ドレカヴァクは自分に何と言った。歩むべき道。

口の中にたまった唾を吐き捨てて、ティグルは顔をあげる。ドレカヴァクを睨みつけた。

「俺に何を見せた⁉」

「見えたようだな。いまのおぬしなら、おそらくと思ったが」

　竜の魔物がくぐもった笑声をこぼした。はじめて笑ったのではないだろうか。

「分かたれた枝の先。ここではない現実のおぬしだ。生まれ育った町と、多くの愛する者を失ったおぬしは、人間を憎み、自分からすべてを奪った世界を憎んだ。黒弓を手に、ティル＝ナ＝ファに祈り、願い、力を求めた。そして、力を得た」

「ここではない、現実……？」

ドレカヴァクの言っていることを、ティグルは半分も理解できなかった。だが、セレスタの町を焼かれ、多くの民を殺されるようなことが起きたらと、想像することはできた。

もしもそうなったら、ティグルは自分を許せないだろう。すべてを破壊する衝動に突き動かされて、足を止めないに違いない。

「おぬしが人のティル＝ナ＝ファの力だけに頼っていたなら、このような道とは無縁だろう。だが、魔のティル＝ナ＝ファの力もその身に宿してみせた。ゆえに、正しき道を示す。魔のティル＝ナ＝ファこそ、おぬしが祈るべき女神だ」

「俺には、守りたいひとたちがいる」

懸命に呼吸を整えて、ティグルは立ちあがる。

「たしかに魔のティル＝ナ＝ファからも、俺は力を借りた。だが、俺は女神に自分を委ねることはしない。俺が歩む道は、自分で決める」

「人間のために戦った魔弾の王は、過去に幾人もいた」

ドレカヴァクは穏やかな口調で問いかけてきた。

「だが、人間たちの間に語り継がれた者はおらぬ。それだけで、彼らのたどった結末が想像できよう」

ティグルは言葉に詰まった。残っているものといえば、かつてミリッツァが話してくれた伝承ぐらいではないか。それすら、男の名は語り継がれていない。

「ブリューヌが、おぬしの弓の技量を認めるときは来ない。戦が終わった直後は賞賛しても、熱はいずれ冷める。武勲も、戦功も時とともに色褪せ、忘れ去られる」

ドレカヴァクの言葉に、ティグルはうつむいて地面に視線を落とす。返す言葉もないというように。遠くない絶望の未来を突きつけられたというふうに。

「ひとを滅ぼせ。そうすれば、おぬしの故郷を焼き払う者はいなくなる。ひとが滅んでもおぬしの大切な故郷だけは守られるよう、私も協力しようではないか」

「そんなことが……」

「できるとも」

弱々しいティグルの声に、ドレカヴァクは自信に満ちた言葉をかぶせる。奥歯を噛みしめ、懊悩するようにティグルは押し黙った。

だが、ティグルはすぐに顔をあげる。戦意を帯びた不敵な笑みを浮かべて言った。

「アルサスだけか？」

問いの意図をはかりかねて、竜の魔物は無言でティグルを見下ろす。ティグルは続けた。

「さっきも言ったが、俺には守りたいひとたちがいる。アルサスだけじゃない、オルミュッツにも、ベルジュラック家の領地にも」

ティグルの表情と声音は、完全に活力を取り戻している。ドレカヴァクが問いかけた。

「それだけではなさそうだな」

「ああ、そうだ。俺は、大切なひとたちに悲しい思いをさせたくない」

ミラは、同じ戦姫でいえばソフィーと親しく、ミリッツァやオルガに慕われている。彼女たちに何かあれば、ミラは悲しむだろう。リュディにしても、親しくしているひとはブリューヌの中に大勢いるはずだ。そうしたひとたちが失われれば、彼女は涙をこぼすだろう。

「このブリューヌでも、ジスタートでも、アスヴァールやザクスタンでも、俺たちはいままで多くのひとに会ってきた。助けあい、支えあった」

父や弟、ラフィナックやバートラン、ティッタなどの身近な人々、アルサスの領民たち、マスハスをはじめとする親しい人々。オルミュッツで出会った人々。戦姫たち。アスヴァールやザクスタンで、肩を並べて戦い、他愛ない言葉をかわした友たち。

自分の弓を認めてくれた『黒騎士』ロラン。自分のことを忘れずにいてくれたレギン。

リュドミラ＝ルリエと、リュディエーヌ＝ベルジュラック。

「俺は、俺の大切なものを守る！　父が、皆が、そうしてきたように！」

「なるほど」と、くぐもった笑声を、魔物はこぼした。

「他者とまじわり、世界を広げ、夢をふくらませる。実に人間らしい人間だ。――おぬしは、滅ぼすべき魔弾の王だ」

ドレカヴァクは冷淡に告げた。

「おぬしの魂は役目を果たした。器たる肉体を鍛えるという役目を。私がいただいていく」

魔物の額の目が、再び赤い光を放つ。光を浴びたティグルの身体から、力が抜けた。自分の身体の異常に困惑しながら、その場に倒れる。

──何だ？　どうなった……？

全身が重く、だるく、感覚が鈍い。腕や脚に力が入らない。ドレカヴァクの額の目が何らかの力を備えているということなのか。

「ティグル！」

ミラとリュディが左右からこちらへ走ってくる。ティグルの劣勢を見かねて、駆けつけてきたのだ。彼女たちはすでに二十頭の地竜から視力を奪い、他の地竜を足止めしている。

ドレカヴァクが狙いをミラに変えて、黒い炎を吐きだした。それが陽動だと悟って、ティグルは叫ぶ。声は出た。

「ミラ、炎を消してはだめだ！」

わずかに遅かった。ミラはラヴィアスから冷気を放って、黒い炎をしのぐ。彼女にしてみれば当然の行動だったが、ドレカヴァクが待っていたのはまさにその反応だった。

黒い炎が冷気によって消え去った瞬間、竜の魔物の額の目が赤い光を放とうとする。

だが、それより一瞬速く、ミラの周囲の空間が歪んだ。

「──虚空回廊（ヴォルドール）」

ミラの後ろに大鎌を担いだミリッツァが現れる。彼女はミラの手をとると、すぐさま竜技を使った。二人の姿がかき消え、赤い光は誰もいない空間に放たれる。

そして、二人の戦姫はティグルの傍らに現れた。

「間一髪でしたね……」

立て続けに竜技を使ったのが堪えたのか、ミリッツァが額に汗を浮かべて息を吐く。ミラは突然現れた年下の戦姫に驚きを隠せない様子だったが、再び赤い光を放とうとしているドレカヴァクへの対処を優先した。

「――氷華！」

槍先をドレカヴァクに向けて、叫ぶ。穂先から放たれた冷気は、しかし常のように放射状に放たれることなく、自分たちの周囲に無数の氷塵を生みだす。それは薄氷の防壁となって、赤い光から三人を守った。ミラは短くミリッツァに尋ねる。

「状況はわかってる？」

「ラフィナック殿とガルイーニン卿から」

ミリッツァもまた短く答えた。そこへリュディが駆け寄ってくる。

「ティグル、しっかり」

彼女とミラは二人で左右からティグルを支えた。

「どうなったんですか、ティグル。骨が折れたんですか？　それとも痺れているとか？」

血相を変えて聞くリュディに、ティグルはどうにか声を絞りだす。

「力が、入らない……」

体力と気力を根こそぎ吸いとられてしまったかのようだった。強い疲労感がのしかかっている。ちなみに、黒弓は腕に引っかかっている。体勢次第では地面に落としていただろう。

ミラとリュディ、ミリッツァは顔を見合わせる。ひとまずティグルを安全なところへ運ばなければならないが、それはどこだろうか。

そのとき、轟音が響きわたってミラたちはそちらを見る。何頭かの地竜が城壁に到達して、体当たりで城壁を破壊しようとしていた。城壁にはすでに無数の亀裂が走っている。

「だいじょうぶだ。俺は、まだやれる」

瞳に戦意をみなぎらせて、ティグルは三人を見る。

「頼む。手伝ってくれ」

ティグルの考えを聞いたミラたちは、それぞれ苦笑を浮かべた。

「あなたらしいわね」と、ミラ。

「私は賛成です」と、リュディ。

「そうですね。あなたはばくがある方でした」

ミリッツァが肩をすくめる。ばくがある、とは彼女の故郷で胆力がある、の意味だ。

ドレカヴァクが向かってくる。最初に動いたのはミラだ。呼吸を整え、竜技を放った。

「――空さえ穿ち凍てつかせよ！」

ミラの足下から、先端をとがらせた長大な氷の柱が出現し、斜めに伸びる。氷の柱は粉々に砕け散り、すさまじい吹雪となってドレカヴァクを襲った。

ドレカヴァクは悠然と黒い炎を吐きだす。吹雪と炎がぶつかりあって、両者の間には濛々たる蒸気が立ちこめた。

ミラが奮戦している間に、ティグルは自分の左手に黒弓を結びつける。右手には黒い鏃の矢があった。矢幹は、ミラの冷気によってすでに作られている。

リュディが誓約の剣を地面に置いて、後ろからティグルに身体を密着させた。左右の手をそれぞれ重ねる。呻くような声で、ティグルが言った。

「よし、弓弦を引いてくれ、リュディ」

「夫婦の共同作業ですね」

リュディが楽しそうに応じる。むろん、このような体勢で弓弦をしっかり引くことなどできない。だが、弓も矢もふつうのものではない。

狙いを定め、弓弦を引ければ届くという確信が、ティグルにはあった。

「左手をもう少しだけ上に……」

ティグルの指示を聞いて、リュディが調整する。そのとき、蒸気を消し去る勢いで黒い炎が放たれた。ミリッツァが大鎌をかざす。

「――黒霞（ティンカー）」

ティグルたちの正面に、ゆらゆらと揺れる黒い霧のようなものが出現した。黒い炎がそれに触れると、勢いを減じさせて飛散する。

「あまりもちませんよ」

「充分だ」

ティグルが矢から指を離した。射放たれた矢は黒い炎を貫き、ドレカヴァクの額を目指す。狙い過たず、突き立った。

ドレカヴァクが絶叫し、巨躯を激しく揺らす。そして、不意に身体を大きくひねった。

「――ラヴィアス！」

ミラが竜具に命じて、自分たちの周囲にぶ厚い氷の防壁を展開する。同時に、ドレカヴァクの長大な尻尾が横殴りに襲いかかってきた。氷の防壁を砕いて、ティグルたちを吹き飛ばす。悲鳴をあげることすらできず、四人は宙を舞い、地面に叩きつけられて転がった。氷の防壁がなければ原形を留めぬ肉塊となっていたであろう。

ティグルは背中をしたたかに打ちつけたが、身体に力が戻ってきたことに気づいた。ドレカヴァクの額の目を傷つけることができたからだろうか。

顔の半分が濡れている。手で触れてみると、血だった。額に近いあたりを切ったのだろう。細かいすり傷や切り傷が無数にできていた。

身体を起こし、左右を見回す。ミラとリュディ、ミリッツァがそれぞれ倒れていた。

――ドレカヴァクは……？

そのとき、視界の端で何かが動いた。避けようとしたが、痛みのために動きが鈍る。それは獣のような俊敏な動きでティグルに飛びかかってきた。組みつかれて、ティグルはようやく相手の正体に気づく。ドレカヴァクだ。小柄な老人の姿に戻っていた。

ティグルはとっさに相手を引き剥がそうとしたが、ドレカヴァクの行動の方が速い。彼はティグルの首筋に噛みついた。激痛とともに、身体の奥底が冷たくなる。

ドレカヴァクはティグルを蹴りとばし、その反動を利用して後ろへ跳び退る。ティグルはよろめき、膝をついた。首筋から流れる血を、手でおさえる。

――噛みついた？　何のために……？

ドレカヴァクならば、ティグルの首を喰らって死に至らしめることができたはずだ。

「ティグル……」

起きあがったミラが、こちらへ歩いてくる。傷は負っているが、動けるようだ。リュディとミリッツァもおたがいを支えあって立ちあがった。

ラヴィアスで自分の身体を支えながら、ミラがドレカヴァクを睨みつける。

ドレカヴァクの無表情はそのままだが、身体を覆っている鱗のほとんどが剥がれ落ちており、残った鱗は傷つき、ひび割れている。口元はティグルの血で濡れていた。

「まだ終わらぬよ。次は、これを試させてもらう」

そう言って、ドレカヴァクは口元の血を手で拭い、それを舐めとった。ティグルたちが警戒していると、ドレカヴァクの足下から黒い瘴気が立ちのぼって、彼の全身を包みこむ。また竜の姿をとる気かと思い、ティグルは黒弓に黒い鏃の矢をつがえた。射放つ。

だが、矢はドレカヴァクに届かなかった。瘴気の中から飛びだした黒い小さな影が、ティグルの矢に衝突して虚空で相殺したのだ。

瘴気が内側から吹き散らされる。ひとりの若者がそこに立っていた。ティグルも、ミラも、リュディも、ミリッツァも唖然としてその若者を見つめる。

それは言うなれば、黒髪で、青銅のような肌を持ち、身体の数ヵ所が鉄の色の鱗に覆われたティグルヴルムド＝ヴォルンだった。少なくとも造形は瓜二つである。

「どういうつもり……？」

ミラが怒りに肩を震わせた。リュディも殺意をにじませて魔物を睨みつける。

「見ての通りだ」と、ドレカヴァクはいびつな笑みを浮かべた。

「ティグルヴルムド＝ヴォルン。二つのティル＝ナ＝ファの力をその身に降ろしながらも生き延びたおぬしは、やはり強い。本来の姿で戦っても勝てぬだろう。ゆえに、肉体を模倣させてもらった」

ティグルはおもわず自分の首に手をやる。まさか、ドレカヴァクは最初からそのつもりで自分たちに攻撃を仕掛けたというのか。額の目を犠牲にしてまで。

「おぬしは非常に希有な存在だ。だが、いまこの場で死ぬべきだ」

ドレカヴァクが左手をまっすぐ突きだす。その手が黒い光を放ったかと思うと、光が上下に伸びた。鱗でつくられた弓と化す。さらに右手から漆黒の矢を生みだした。

鱗弓に矢をつがえるドレカヴァクに対して、ティグルも黒弓に矢をつがえる。両者はまったく同時に弓弦を引き、矢を射放った。中間で二本の矢は激突し、おたがいに砕け散る。耳をつんざくような轟音とともに白い閃光と黒い閃光がまき散らされた。

「次は三本でいこうか」

ドレカヴァクの右手に、漆黒の矢が三本まとめて現れる。ティグルは絶句した。こちらは矢の数にかぎりがあるというのに、向こうは無尽蔵に生みだせるのだ。

「私が矢をつくるわ」

ティグルの傍らに立って、ミラが言った。ミリッツァに呼びかける。

「ミリッツァ、あなたは地竜たちを足止めして」

まもなく城壁が崩れる。誰かひとりは地竜の相手をしなければならなかった。

「わかりました」と答えて、ミリッツァが姿を消す。リュディが言った。

「私は隙を見て、あの魔物を斬ります。ティグルはやつをおさえてください」

ティグルの口元に笑みが浮かぶ。頼もしい恋人たち、そして仲間たちだ。驚きと焦りが消え去ると、戦意が湧きあがってくる。何としてでも倒すという決意が、身体を熱くさせる。

「行くぞ！」

ミラがつくりだした三本の氷の矢を握りしめて、ティグルは地面を蹴った。すべて黒弓につがえる。ドレカヴァクの動きに合わせて、三本同時に射放った。

三本の矢は相手の矢と衝突せずにすれ違い、ドレカヴァクへ向かっていく。こちらに迫る矢はミラがことごとく薙ぎ払い、ドレカヴァクは口から炎を吐いて三本の矢を焼き尽くした。

ドレカヴァクの左側面へと回りこんだリュディが、気合いの叫びとともに斬りつける。刃鳴りにも似た金属音が響いた。リュディの斬撃を、ドレカヴァクは鱗弓で受けとめたのだ。

「オートクレールを鍛え直したものか」

ドレカヴァクのつぶやきに、リュディは目を瞠った。魔物は冷笑を浮かべる。

「オートクレールやデュランダルをつくったのは我々だ。付け加えるなら、死にかけていたバシュラルに手を加えて命をつなぎとめたのは、私とバーバ＝ヤガーだ」

台詞の後半はあきらかな挑発であり、リュディは激情を誘発された。

リュディにとって、バシュラルはむろん最初から最後まで敵であった。しかし、リュディはモーシアの神殿で彼の人生についていくつかのことを知った。また、主たるレギンがバシュラルを兄として認め、人間であってほしいと願っていたことも察していた。

怒りを帯びた一撃を、リュディはドレカヴァクに叩きつける。その剣勢に押されて、ドレカヴァクはわずかに体勢を崩した。

　ここぞとばかりにリュディが前に踏みこむ。だが、ドレカヴァクの方が一瞬早かった。リュディの腕をつかむと、ドレカヴァクは彼女をティグルたちに向かって投げつける。間髪を容れず矢を用意して鱗の弓につがえ、放った。

　ミラが大声で呼びかけ、ラヴィアスの力を解き放つ。地面に白い光を放つ六角形の結晶が生まれ、そこから氷の柱がまっすぐ突きだされた。リュディはそれにつかまって空中に逃れる。

「リュディ！」

直後、ドレカヴァクの放った矢が氷の柱の根元を吹き飛ばした。

　その瞬間を狙って、ティグルは黒い鏃の矢を二本まとめて放つ。放たれた矢は、ちょうどドレカヴァクが吹き飛ばしてできた空洞を通り抜けて、魔物へと迫った。

　ドレカヴァクは無傷で逃れることを諦める。鱗の弓を振るった。爆風と閃光が飛散して、鱗の弓ごとドレカヴァクの右腕が塵のごとく吹き飛ぶ。だが、二本の矢は弾き返された。

　そこへ、ミラが間合いを詰める。槍先から放たれた冷気は吹雪と化して、ドレカヴァクに襲いかかった。ドレカヴァクはめくるめく炎を吐いてミラを迎撃しつつ、頭上を睨む。リュディが氷の柱から手を離し、誓約の剣を肩に担いで落下してくるところだった。

　鉄塊同士をぶつけあわせたのにも似た轟音が大気を揺らす。ドレカヴァクの左手は真っ二つに裂けたが、リュディも弾きとばされ、肩に傷を負って地面に転がった。

　ドレカヴァクは瞬時に右腕と左手を再生し、リュディにとどめをさそうとする。だが、そこで背後に気配を感じて振り返った。

　ティグルがいた。ミリッツァとともに。黒弓には、白い鏃の矢がつがえられている。

　至近距離から放たれた矢を受けて、ドレカヴァクの胸に穴が開いた。理不尽なものを見るような目で、ドレカヴァクは己の胸を見つめる。傷口からは一筋の瘴気もたちのぼらず、それどころか穴が徐々に広がり、己の身体が崩壊をはじめていることに、魔物は気づいた。

　穏やかな顔で、ドレカヴァクはティグルとミリッツァを見る。

「見事だった」

　ティグルは首を横に振る。

「示しあわせたわけじゃない」

　ミリッツァの独断だった。ティグルが黒い鏃の矢を二本放った直後に、彼女はティグルのそばに現れた。直前まで、地竜の動きを封じ、竜技で跳躍して新たな地竜を止めるという行為に専念していたというのに。

「どの地竜の動きを封じるか決めるのに、そのつど全体を見ていましたので……」

　ミリッツァは消耗しきって、ティグルにもたれかかっている。ドレカヴァクの背後をとったときが限界で、もう彼女には竜技を使う体力が残っていなかった。

「よい経験を得た。では、もう会うことはあるまい」

胸の傷を手でおさえて、ドレカヴァクの姿がかき消える。ティグルたちは驚いて周囲を見回したが、すでに気配すら感じられない。

「逃がしたか……」

「でも、最後に残した言葉はどういう意味なのかしら」

ミラが首をかしげる。ティグルも腑に落ちないという顔でうなずいた。

──もう会うことはない……？

ドレカヴァクは目的を達成したというのか。だが、それにしては、魔物の態度は勝ち誇るようなものには見えなかった。それに、ティグルに誘いをかけてきたときの態度とも合わない。

そのとき、雷鳴にも似た音が轟いた。

振り返れば、アルテシウムの東側の城壁が崩れ去るところだった。五頭の地竜が瓦礫の山を踏み越えて、市街へ侵入しようとしている。

「地竜たちを……」

リュディが息を荒らげながら言った。彼女も疲労困憊であるはずなのに、色の異なる左右の瞳には不屈の輝きがある。ティグルはうなずき、ミリッツァをその場に座らせる。

「君は休んでいてくれ。俺たちが何とかする」

そのとき、ラフィナックが息を切らしながら駆けてきた。

「若、それに皆さまも、ご無事で」

「ラフィナック、すまないがミリッツァを頼む」

ティグルとミラ、リュディは地竜たちに向き直る。

「魔物と戦ったあとでこの数を相手にするのは、少し骨が折れるわね……」

ミラがため息をついた。ティグルはうなずきつつ、真っ先に向かってきそうなのはどの地竜かと視線を巡らせる。そこで、あることに気がついた。

ミラたちが傷を負わせたものは明確な敵意をこちらに向けている。だが、後ろにいるものほど目的を失ったかのように動きを止めていた。

――ドレカヴァクがいなくなったからか……？

彼らが魔物に操られており、いま、その支配から解放されたのだとすれば、野生の竜になったということなのだろうか。

――威嚇して、追い返すことができるかもしれない。

そう考えたときだった。ミラが空を見上げて小さく声をあげる。つられて見上げると、そこには一頭の飛竜が翼を広げて飛んでいた。

「ザイアン卿……？」

まず、ザイアンがここにいることに、ティグルは驚きを隠せなかった。

ティグルには最初、彼が何をしようとしているのかわからなかった。彼の乗る飛竜はいつまでも旋回を続け、時折、地上の地竜たちに向かって吼えている。そして、地竜たちの何頭かは飛竜を見上げていた。

一頭の地竜が、飛竜に対して吼えた。威嚇などではない、呼びかけるような声だ。それに対して飛竜も同じような声を返す。

──もしかして……。

ティグルの推測は的中した。

飛竜は旋回を繰り返して、アルテシウムから少しずつ離れていく。そして、地竜は一頭、また一頭と、アルテシウムに背を向け、飛竜に従うように歩きだしたのだ。

「おいしいところを持っていかれちまいましたねえ」

ラフィナックが笑みを浮かべる。ティグルはうなずきを返した。

「俺にもできないよ、あれは」

安堵（あんど）の息をつく。気が抜けたのか、身体が重くなり、意識が遠ざかる。

「ティグル！」と、想い人の様子がおかしいことを察して、ミラがティグルを支える。彼女にもたれかかるようにして、ティグルは気を失った。


ティグルが気を失ったころ、ザイアンは飛竜の背で疲れ果てていた。

ようやく自分と飛竜が体力を回復させ、空に舞い戻ったときには、どうも戦いは終わりかけていた。少なくともドレカヴァクの姿は見当たらなかった。

そして、飛竜がまたこちらの言うことを無視して旋回をはじめた。もっとも、飛竜のわがままは日常茶飯事であったし、こうなったらザイアンにはどうしようもなく、また降りることもできないので黙って見守るしかない。

やがて、飛竜が何をやろうとしているのか、ザイアンにもわかった。生き残った地竜たちをどこかへ導こうとしているらしい。

ルテティアには山もあれば森もある。この地竜たちがどこから来たのかは知らないが、山や森にたどりつけば、ひとの踏み入ることのできないところへ姿を消すのだろうと思われた。

さすがに中心都市たるアルテシウムのまわりには、山も森もない。あるのは小さな集落や、古い時代の建物ばかりだ。

——待て。俺をどこまでつきあわせるつもりだ……？

このままルテティアの端まで連れていかれるかと思ったのだが、半刻ほど過ぎたころには飛竜も旋回をやめ、気ままに飛びはじめた。ザイアンの命令にも従う。

地上に目を向ければ、地竜たちは進むべき方向を理解したかのように歩いていく。

「一応、言っておくが」と、ザイアンは大きく息を吐きだして、飛竜の首筋を叩く。

「おまえは野良じゃなくて、俺に飼われてるんだ。それを忘れるな」

飛竜は返事をしなかった。

5　聖窟宮(サングロエル)

　ティグルたちの前から姿を消したドレカヴァクは、アルテシウムから遠く離れた山の中、陽光が届かない谷底にいた。竜の姿に戻って、横になっている。

　暗闇の中で静かにしている魔物は、傷だらけだった。角は折れ、鱗は剝がれ落ち、胸の大きな傷にいたっては背中に届いている。そして、すべての傷から瘴気がとめどなく流れていた。すさまじい激痛に苛(さいな)まれているだろうに、ドレカヴァクは声ひとつ漏らさない。谷底に満ちている闇に溶けこむかのように、黙って来訪者を待っていた。

　彼のすぐそばの空間が、不自然に歪む。音もなく、ズメイが現れた。

「決着はついたようだな」

「ああ」と、満足感のある声で、ドレカヴァクは答える。

「当代の魔弾の王の力、可能なかぎり学んだ。この経験は次の機会に必ず活きよう」

　ドレカヴァクの身体に手を伸ばしかけていたズメイだったが、その言葉に手を止める。

「なぜ、経験にこだわる？　貴様が人間に関心を持っていたのは昔からだったが……」

「おぬしが変わったからだ」

　ドレカヴァクの答えに、ズメイは困惑したようだった。表情には何の変化もないが、相手の意図をさぐろうというかのように、竜の魔物の鼻先から尻尾まで視線を巡らせる。

隠す気もなければ、焦らすつもりもないのだろう、ドレカヴァクは続けた。

「我々は人間より強い。それゆえ、私以外に人間に関心をもつものはいなかった。だが、おぬしも関心を持ったのならば、話はいくらか変わる」

ドレカヴァクの目が動いて、ズメイを見る。

「経験を得よ、ズメイ。数多の人間がそうしてきたように。人間の真似をして力を尽くし、なお何も為し遂げられなかったとしても、おぬしが得たものは次の機会に活かそう」

その言葉は皮肉か、激励か、あるいはその両方かもしれなかったが、ズメイは言葉を返せなかった。こちらの目的をおそらく正確に読みとっていながら、ためらいもせずに己が身を差しだしてきたドレカヴァクに戸惑いを禁じ得なかったのだ。

――私が失敗すると思っているのか。いや……。

違う。ズメイの行動の成否など、ドレカヴァクはまったく気にしていない。魔物らしく、女神が降臨するのであれば何でもよいというだけだ。

ズメイはドレカヴァクの顔に手を伸ばす。その頬に触れた。

大気が唸り、ズメイたちを中心に暴風が吹き荒れて、谷底に何重にも渦を巻く。竜の巨躯から黒い瘴気が幾筋も立ちのぼった。ドレカヴァクの生気がズメイの身体に流れこんでいる。

ドレカヴァクの身体が急激に乾き、色を失い、縮みながら崩れだした。想像を絶する激痛に苛まれながら、ドレカヴァクは呻きひとつ漏らさない。

やがてズメイが手を離したとき、魔物の目の前には土塊の小さな山があった。ついさきほどまでドレカヴァクだったものだ。

ズメイは己のてのひらを無言で見つめていたが、決意を新たにするように握りしめる。

「礼は言わぬ」

独り言のようにつぶやいた。

「だが、必ず女神を降臨させてみせよう。メルセゲルよりも先に」

ズメイの姿がかき消える。あとには土塊の小さな山がたたずむだけだった。

†

気がついたとき、石造りの建物の中にティグルは立っていた。

「またここか」

そうつぶやいてから、苦笑する。夢の中でしか訪れたことのない場所だからだ。以前もそうだったように、壁の一部や床の隅は冷たく凍りついていた。

ティグルの足はひとりでに動いて、廊下を進む。いくつもの黒い影とすれ違った。

――魔弾の王だった者たちか……。

いまのティグルには、それがわかる。人間の味方だった者もいれば、敵だった者もいるのだろう。道半ばで倒れた者もこの中にはいるに違いない。

いつか自分も、この中のひとりになるのだろう。

――だが、それは遠い先のことだ。

神殿の奥にたどりつく。黒い竜の背に腰を下ろした女神の像と、ティグルは対峙した。

女神の像の左右に、いくつもの黒い影が立っている。影の正体が何かわかって、ティグルは愕然とした。それらは魔物だったのだ。

――ルサルカ、レーシー、トルバラン、ドレカヴァク……。

他に、箒を持った怪物の姿をしたものや骸骨のようなもの、人間ほどの大きさの蛙のようなものもいる。自分が遭遇したことのない魔物なのだろう。

身体が動いて、三つの鏃を左右のてのひらに載せて掲げる。

「――魔弾の王よ」

三つの声が重なって、ひとつの声として聞こえた。ティグルは叫ぶ。

「ティル＝ナ＝ファよ！　教えていただきたいことがあります！」

女神の像が沈黙した。言葉を促すように。

「魔弾の王に、あなたは……あなたたちは何をさせたいのですか」

「為したいことを」

返ってきた答えに、ティグルは戸惑った。言葉通りに受けとめるなら、自分の好きなようにしろということだ。悩んだあと、ティグルは新たな疑問をぶつけた。

「大陸全土を襲っている不作は、あなたが望んだものなのですか」

「神の降臨は世界を揺るがす」

その返答に、ティグルは背筋が凍りつくような恐怖を覚える。やはりそうなのか。だが、続けて発せられた言葉は意外なものだった。

「我々、そして異神。二つの降臨がせめぎあい、世界を歪ませている」

聞き慣れない言葉にティグルは首をひねったが、二つの降臨と聞いて理解する。

――アーケンか……！

アーケンの使徒たちは、やはり彼らの仕える神を降臨させようとしているのだ。

「アーケン……異神がよみがえった世界は、どのようなものになるのでしょうか」

「すべてが死せるものとなり、異神のもとで永遠に眠り続ける」

ティグルは息を呑む。アーケンの使徒たちを放っておくわけにはいかなくなった。

「あなたは……」

緊張から震えそうになる声をどうにかおさえて、ティグルは女神に問いかける。

「あなたは俺たちの世界で何を為されるつもりですか」

「変容を。現在の世界を滅ぼし、それを礎として新たな世界を創世する」

ひとつの声が、続けた。

「いまの世界を生き延びたものたちが、新たな世界の主となる。あなたもそのひとり」

「それは……」

勘弁してくれとティグルが言う前に、女神が言った。

「変容ははじまっている。それを望むものたちがいるゆえに」

魔物たちのことかと考えて、ティグルは首を横に振る。世界を変えることを望むティル＝ナ＝ファの信徒たちもいたではないか。

どの神もお断りだ。ティグルは女神を見上げる。

「俺はいまの世界を愛している。降臨を止めることはできないのですか」

「撃ちなさい。儀式か、器を」

場所を言わないのは、自分でさがせということか。再び、ひとつだけの声が聞こえた。

「愛しき者、魔を退ける者、頂に立つ者よ」

それは、さきほど戦ったドレカヴァクが言っていたのとは別の、魔弾の王への呼称だった。

この声の主は、人間に味方するティル＝ナ＝ファだ。

「あなたは未来を思い描いた。為したいことを思い定めた。ならば行きなさい」

「ひとつだけ、教えていただけませんか」

突然のことにうろたえながらも、ティグルはどうにか声を絞りだす。

沈黙が訪れた。女神は待ってくれているのだと解釈して、言葉を続ける。

「どうして、弓だったんですか……？」

自分でも意外なことに、出てきた質問はそれだった。あなた以外に神はいるのか、なぜ人間に味方するものと魔物に味方するものがいるのか、どうして三柱の女神なのか、この弓はどうして竜具（ヴィラルト）と共鳴するのか……他にも聞きたいことや聞くべきことはいくらでもあったのに。

以前、ティル＝ナ＝ファの信徒であるドミニクから聞いた話によれば、魔物に喰われ続けて追い詰められた人間が精霊や妖精に頼り、それでも状況を変えられずにティル＝ナ＝ファにすがったら、女神が一張りの弓を地上に投げ落としたという。

事実かどうかはわからない。この話をしてくれたドミニクも、「他の神でも似たような話はある」と言っていた。

頭上に、音もなく黒弓が出現した。目の高さまで下りてくる。

ティグルの身体はまたひとりでに動いて、床に三つの鏃を置き、それから弓を手にとった。弓弦を弾く。かすかな大気の震えが聞こえた。

「それが、私に届いたはじめての音だった」

ティグルの脳裏にひとつの情景が浮かぶ。

星の光ひとつ瞬かぬ夜空の下、広大な草原にひとりの娘がいる。長い木の枝をしならせ、獣の腱を張っただけの粗末な弓を持って、地面に座っている。

巫女だと、なぜだかわかった。彼女の持つ弓は武器であり、祭器だった。

巫女は虚空に向かって弓弦を爪弾きながら、祈りを捧げている。大きくはないが、よく通る涼やかな声で。祈りは願いであり、望みであり、誓いであった。圧倒的に強大な何かに、彼女は立ち向かおうとしている。

巫女が立ちあがった。手には三本の矢が握られている。黒い鏃が二つ。白い鏃がひとつ。

風がざわめき、巫女の周囲を黒い霧のようなものが取り巻いた。それは、彼女に害を為すものではなく、彼女を支えるものだ。

巫女は弓をかまえて、真上に狙いを定めた。

そのときになって、ティグルは理解する。なぜ空に星の輝きがひとつもないのか。

空を、巨大な何かが覆っている。それゆえに星も、月も見えなかったのだ。

「――ジルニトラ」

巫女がつぶやく。倒すべきものの名を。ティグルが驚愕している間に、巫女は順番に三本の矢を放った。そこで、脳裏の情景はかき消える。

――ジルニトラ?

ジスタート王国の軍旗にも描かれている、あの国を象徴する黒い竜だ。建国王が黒竜の化身を名のっていたことに由来(ゆらい)する。ブリューヌにおける魔法の馬バヤールと同じく、伝説上の存在であるはずだった。

「ジルニトラはすべてを呑む。世界を、神々をも貪欲に喰らい、飽くことを知らぬ星」

ティル＝ナ＝ファの声が重なって聞こえた。

「あれがこの世界を呑もうとしたとき、ただひとり、それを知った者がいた」

それが、ティグルがいま見た巫女なのだろう。

「世界を守ることを誓い、星にすら矢が届く弓を望み、月の輝く夜を願った」

女神は祈りを聞き届けて、一張りの弓を巫女の手に落とした。

「ひとも、ひとならざるものも、すべてが娘を支えた。ジルニトラは星から竜となり、長い眠りについた」

己の手にある黒弓を、ティグルは見つめる。もしかしたら、矢を届かせた者はどのような願いでもかなえられるという蒼氷星(シズリート)の伝説も、黒弓を持ってジルニトラに挑んだ巫女の話が少しずつ形を変えて伝わったのかもしれない。

「――ありがとうございます」

ティグルは丁寧に感謝の言葉を述べる。身体は意志通りに動いて、頭が下がった。

世界そのものを守ろうとした最初の魔弾の王には遠く及ばないが、さきほど言ったように、守りたいものはある。

「為したいことを為すために、行ってきます」

女神は何も言わなかった。だが、微笑を返したような気が、ティグルはした。

†

ティグルが目を覚ましたとき、彼はベッドに寝かされていた。起きる直前に何ごとかをつぶやいたらしく、最初に視界に映ったのはミラの顔だった。ベッドのそばに座っている。

「やっと起きたのね。痛いところはない？」

「少し身体が重いぐらいかな。あと水がほしい」

安堵(あんど)の表情の彼女に聞かれて、素直に甘える。

ミラはすぐに水の入った革袋を用意したが、少し考えたあと、自身がわずかに口に含んで、ティグルに顔を近づける。口移しで水を流しこんだ。喉を鳴らして水を飲みながら、ティグルは視界いっぱいにうつるミラの青い髪を見つめ、鼻をくすぐる甘やかな匂いを堪能する。

いたずら心を起こして舌を動かし、彼女の舌をつつくと、ミラは勢いよく離れた。

「それはやりすぎ」

頬を赤く染めながら、ティグルをたしなめる。

ティグルは現状について聞いた。

「ここはフィルマン伯爵の館の客室よ。あなたは昨日から丸一日寝ていたの。皆で交替で様子を見てね」

「すまなかったな……」

ミラたちだって疲れきっていただろうに、自分だけ特別扱いをされてしまったようで、申し訳なくなる。ミラは首を横に振った。

「気にしなくていいわ。あなたはそれだけのことをやったんだもの。それに、リュディは起きないあなたにずっと添い寝をしてたから」

リュディらしいと思って、ティグルは苦笑する。それから、さきほどのミラの口移しについても納得した。彼女にしては大胆だと思ったが、リュディに対抗してのものだったのだろう。

「どうなった？」

あまりに漠然とした質問だったが、ミラは順番に答えてくれた。

「アルテシウムの東の城壁は、七割ほどなくなったわ。市街の一部も破壊された。死者は少なくないわ。東側に残っていたひとたちや、避難している途中に命を落としたひとでね」

「……フィルマン伯爵は？」

「お元気よ。先頭に立って復興作業をしているわ。あなたにとても感謝しているって」

そこまで言って、ミラが顔をしかめる。ティグルは不思議に思って視線で促した。

「一角獣士隊（リコルネーメン）の残党……ティル＝ナ＝ファの信徒が町の中にいたわ。あとで聞いたんだけど、伯爵たちはその連中に襲われたところを、ミリッツァに助けられたんですって」

「やつらが……」

ティグルは呻いた。落ち着くのを待って、ミラが尋ねる。

「ひとり捕まえたらしいんだけど、会ってみる？」

考えておくと、ティグルは答えた。ミラは話題を変える。

「伯爵が、ぜひお礼を言いたいので、目覚めたらすぐに教えてほしいと言ってたわ。でも、その前に食事にしましょ。リュディたちにも知らせないとね」

その言葉に空腹を認識した途端、腹が鳴った。


リュディは客室に飛びこんでくるなりティグルにおもいきり抱きついてきた。ベッドの上でなかったら、ティグルは彼女といっしょに床に転がっていただろう。その光景を見たミリッツァは目を丸くし、ラフィナックは視線を上に向けて見なかったことにした。

「ティグル、あなたはお姉さんを心配させた責任をとらなくてはなりません。あんな場所で急に倒れるものですから、私もミラも混乱のあまり地面に落ちそうになったんですよ」

そう言われると、ティグルとしてはひたすら恐縮するしかない。たっぷり百を数えるほどの時間、リュディに抱きしめられても黙っているしかなかった。

そうして気がすむと、彼女は人数分の椅子を運びこみ、さらに侍女を呼んで食事を持ってきてくれるよう頼んだ。気を取り直して、ティグルは笑いかける。

「俺たちだってここには来たばかりなのに、すっかり慣れてるじゃないか」

「フィルマン伯爵が好きにしていいと言ってくれましたからね。こういう場合、遠慮するとかえって相手に気を遣わせてしまうものなんですよ」

似たようなことはミラにも聞いたことがあるので、その通りだろうとは思うのだが、たいていのことに遠慮のないリュディが言うと、少し図々(ずうずう)しいもの言いに聞こえてしまう。ティグルはとりあえず神妙な顔でうなずいておくことにした。

それから、ティグルはラフィナックをねぎらい、ガルイーニンとミリッツァに礼を言う。ミリッツァとはようやく落ち着いて話すことができた。

「さっそくだが、ミリッツァはどうしてここに来たんだ？」

「他の方にはもうお話ししたんですが、リュドミラ姉様から状況を聞きに来たんです。ところでティグルヴルムド卿は、ムオジネルの現状についてどのていどご存じですか？」

「ムオジネル……？」

突然、予想外の名前が出てきて、ティグルは困惑する。記憶をさぐった。

「俺が知っているのは、夏の終わりに我が国へ攻めてきたのを、テナルディエ公爵が撃退したということぐらいだな」

ティグルたちがシャルルとガヌロンと戦うべくルテティアへ軍を進め、途中で相手の罠に気づいて、王都へ急ぎ引き返していたころである。ミリッツァはうなずいた。

「ムオジネルが、我が国とブリューヌのいずれかに攻めてくる可能性があります」

　ティグルは呆然とした。ムオジネル人が寒さを大の苦手としていることは、ティグルですら知っていることだ。ブリューヌやジスタートでさえこの季節に兵を動かすことは避けるのに、ムオジネルが戦を仕掛けてくるなど、とうてい考えられなかった。

「なぜだ？　テナルディエ公が討ちとった敵将に、よほど重要な人物でもいたのか？」

　ミリッツァは首を横に振る。

「食糧と燃料を手に入れるためです。このブリューヌほどではないようですが、ムオジネルも不作に見舞われました。食糧を買い占めた大商人が襲われる事件が相次ぎ、飢えた奴隷の叛乱や逃亡が多発しています」

　ティグルは慄然とした。夢の中で出会ったティル＝ナ＝ファの言葉を思いだす。

──神の降臨は世界を揺るがす。二つの降臨がせめぎあい、世界を歪ませている。

　世界。大陸中で起きていることなのだ。

──いや、待て。ムオジネルの不作はブリューヌほどじゃないのか？

　ブリューヌとジスタートが深刻な被害を受けているのは、ティル＝ナ＝ファに深く関わっているからだろうか。アスヴァールやザクスタンではどうなのだろう。

　だが、世界的に食糧が不足した状態には変わりない。他国から食糧を買い求めることができなくなれば、奪いあいになる。ムオジネルの判断力と行動力には空恐ろしさを感じるほどだ。

「ムオジネルがどちらの国を狙っているのかは、わたしにもソフィーヤ様にもわかりません。ふつうに考えれば、内乱が終わって間もないブリューヌなんでしょうが、大きな戦をしていない分、食糧と燃料に余裕がある我が国を狙う可能性も充分にあります」

ミリッツァは話を続ける。

「ソフィーヤ様は、ブリューヌと共闘しようと考えました。それで、レギン王女に話をするならティグルヴルムド卿を頼った方が確実だろうと」

ティグルはおもわず顔を強張らせた。ミラとリュディ、ガルイーニンは露骨に視線をそらし、ラフィナックはわざとらしく扉の方を見て、「食事はまだですかね」などと言っている。

ティグルはおそるおそるミリッツァに聞いた。

「つまり、俺に、レギン殿下に謁見して、この話を申しあげろと？」

ミリッツァは純粋さと真剣さの入りまじった顔でうなずいた。

「そのためにわたしは他の戦姫に声をかけたあと、アルサスに跳んで、話をうかがってイヴェットに跳んで、さらにこのアルテシウムにまで跳んできたんです。苦労しました」

彼女の瞳が苦労に報いることを要求している。ティグルは胃のあたりが痛くなった。

ソフィーの考えは正しい。自分が彼女の立場なら、やはり同じようにするだろう。レギンがティグルを信頼していることは、誰の目から見てもあきらかなのだから。

断ることはできない。ソフィーは自分を信じてミリッツァを派遣してくれたのだ。それに、ムオジネルと戦うことになるのなら、一日も早く準備を進めなければならない。

ティグルは難しい表情で唸ったあと、リュディに助けの視線を求めた。

「君のお母様を頼ることはできないか……？」

「他に選択肢はありませんね」

ミリッツァに話を聞いたときから考えていたのだろう、リュディはあっさりと答えた。ミリッツァが不思議そうな顔でティグルたちを見回す。

「ティグルヴルムド卿はレギン王女の不興を買うようなことでもしたんですか？　王女殿下が汗をかいたときに身体を拭かせてほしいと迫ったとか、着替えを覗いたとか」

「君は俺を何だと思ってるんだ」

さすがに呆れたティグルに、ミリッツァは笑顔で答えた。

「前科者です。ムオジネルでティグルヴルムド卿とはじめて出会ったときのこと、わたしはちゃんと覚えていますよ」

ティグルとミラは、同時に額を手でおさえる。ティグルが情欲に駆られてミラに迫り、ミラもそれを受けいれかけていたところへ、ミリッツァが竜技で現れたのだ。

首をかしげているリュディやラフィナックの追及を避けるためにも、ティグルは話を戻す。

「君とソフィーの考えはもっともだと思う。ただ、話せない事情があって、俺は殿下に謁見できないんだ。殿下への手紙は書くから、それで勘弁してもらえないか。あと、この不作についても話したいことがある」

そのとき、食事が運ばれてきた。大皿に盛られた大量のパンに、干し野菜を具材にしたらしいスープ、干し魚と干し肉という内容だ。それから蜂蜜の瓶と、葡萄酒。

――アルテシウムのような都市でも、新鮮な食材が手に入りにくくなっているのか。

驚くティグルを見て、リュディが説明する。

「フィルマン伯爵は不作の噂を聞いたとき、新鮮な食糧を次々に売って、代わりにこうした長持ちするものを買い求めたそうです。最初は不満の声もかなりあがったようですが、いまでは誰もが納得しています」

なるほどと、ティグルは納得した。パンが多いのは、小麦や大麦を充分に確保できたということだ。それだけでもフィルマンの優秀さがわかる。ありがたくいただくべきだった。

ティグルは、まずスープに口をつける。塩加減は薄めだが、起きて間もない身体にはこれぐらいがちょうどいい。一口ごとに、身体の中に熱と微量の塩と脂が染みこんでいく。干し野菜はやわらかく、噛むと口の中で崩れる。

試しに干し魚を少しちぎって入れてみると、干し野菜のやわらかさと干し魚の固さがそれぞれを引き立て、スープには塩味と苦味が加わって風味が増したように思えた。

パンには蜂蜜か、ミラの用意してくれたジャムを塗る。神殿が地竜（スロー）たちに破壊されたとき、ミラはジャムの瓶を二つだけ選んで荷袋に入れたのだ。あのときはミラらしいと思っただけだったが、こうした食事をとることになると、ジャムの甘味がありがたかった。

　そうして食事をすませると、ティグルは自分が見た夢について四人に話した。

「この不作が、魔物たちの仕業だというんですか？」

　驚愕を貼りつけた顔で、ミリッツァはティグルを見る。

「ティル＝ナ＝ファを降臨させようとしているのはやつらだ。原因のひとつには違いない」

　そう答えながら、ティグルは一角獣士隊に加わっていたティル＝ナ＝ファの信徒のことを思いだしていた。彼らが女神を降臨させる方法を知ったら、実行するだろうか。

――おそらくするだろうな。

　ドレカヴァクが見せた、異なる現実の自分は、人間を憎悪していた。あれが自分だとは信じたくないが、アルサスが襲われたらあのようになるだろうなと思う。死を望む人間も、人類を滅ぼそうと思う人間もいるのだ。

「若、そのアーケンとやらは、どうしてわざわざこの国で復活しようとしてるんでしょうね。自分が信仰されてる国でやればいいでしょうに」

　ラフィナックが納得がいかないという顔で尋ねる。ティグルは肩をすくめた。

「そこまではティル＝ナ＝ファに聞かなかったからわからないが……。このブリューヌに、アーケンを復活させるための何かがあるのかもしれない。それに、以前戦ったセルケトは、魔弾の王を仕留めればいいと言っていた」

彼らが自分を仕留めようと考えるのは、わかる。彼らの目的について女神に教えてもらうような者は、邪魔に違いない。

「そういえば、アーケンについて興味深い話をひとつ聞きました」

ミリッツァが小さく手を挙げた。驚きの視線が彼女に集中し、ミラが尋ねる。

「聞いたって、どこで？」

「ソフィーヤ様といっしょに行ったムオジネルです。あの国はイフリキアやキュレネーといった海の向こうの国々と正式に国交があるので、イフリキア人やキュレネー人もいるんですよ」

「どんな話を聞いたんですか？」

リュディが聞いた。

「昔から語られているアーケンの逸話のひとつ、のようなものですね。神々同士の戦いでアーケンは肉体を粉々にされたのですが、他の神々の死体をつなぎあわせて新しい身体をつくり、よみがえったというのです」

「神々らしい逸話ですね……」

リュディが苦笑する。ティグルも同感だったが、ふと、あることを考えた。

——身体を用意すれば、よみがえることができる……？

おとぎ話だと言いきることはできなかった。自分たちは、ファーロン王の身体を乗っ取って復活したシャルルに相対したではないか。

魔物たちは、ティル＝ナ＝ファを地上に降臨させるための肉体を用意しているはずだ。アーケンの使徒はそれを利用しようと考えているのではないか。

ティグルは顔をあげて、ミラたちに自分の考えを話す。四人は顔を見合わせた。

「魔物とアーケンの使徒は対立する関係だということですか？」

「言われてみれば、協力しているようには思えないけど……」

リュディは首をかしげ、ミラも顔をしかめて考えこむ。ティグルは言った。

「俺も、断言できるほどの自信はないよ。もしかしたら、ぐらいでな」

「ですが、ティグルヴルムド卿でなければ思いつかなかったでしょうね。ソフィーヤ様が聞いたら興味を持つと思います」

ミリッツァが感心した顔でティグルに笑いかける。「ところで」と、話題を変えた。

「リュドミラ姉様から聞いたのですが、これから聖窟宮(サングロエル)というところへ向かうとか」

「ああ。このアルテシウムの地下にあるらしいんだが、フィルマン伯爵に事情を話して、何か知っていることはないか聞いてみるつもりだ」

「そこで何も見つからなかったら？」

女神の降臨を止めるには、儀式とやらが行われる場所を突き止めなければならない。

「ヴォージュ山脈に行くしかないな……」

手がかりがありそうな場所に足を運ぶことしか考えつかなかった。

からだ。それでも皆が笑ったのは、春の種まきを実現してみせるという決意の表れだった。

もあった。もしも春に種まきができなかったら、飢饉による死者の数はすさまじいことになる

部屋の中が笑いに包まれる。実のところ、笑いごとではない。ティグルの台詞は皆の本音で

「冬の間に何とかできれば、春に種まきができるな」

元気づけるようにリュディが言うと、ティグルは大真面目にうなずいた。

「聖窟宮で何か発見したいところですね」

全員で会うのは相手にも負担だろうと話しあい、ティグルとミラ、リュディの三人が応接室でフィルマンと話をすることになった。ラフィナックとガルイーニン、ミリッツァは客室で待機している。

そうして応接室に通されたティグルたちは、意外な驚きに目を丸くした。部屋の中にはフィルマン伯爵の他に、もうひとり見知った人物がいたのだ。

「ようやくお目覚めか。だらしのない男だ」

こちらを振り返って悪態をついたのは、ザイアン＝テナルディエだった。

「ザイアン卿……」

ティグルは呆然としたものの、すぐに気を取り直してザイアンとフィルマンにそれぞれ一礼

する。フィルマンにソファを勧められ、ミラたちと並んで腰を下ろした。

「本当に、あなた方には感謝の言葉もない」

丁寧な挨拶をすませたあと、フィルマンは深々と頭を下げる。ティグルたちは、彼からアルテシウムの詳しい状況について聞いた。それによると、町から逃げようとする混乱で数十人ほどの死者が出てしまったものの、いまは住人たちも落ち着き、復興作業を進めているという。

「それに、ティル＝ナ＝ファの信徒を見つけだすこともできました。ラフィナック殿たちとミリッツァ殿のおかげです」

「伯爵閣下は、ティル＝ナ＝ファの信徒が他にもいるとお考えですか？」

リュディが慎重な口調で聞いた。その意図を察して、フィルマンはうなずく。

「いるのは間違いないでしょう。ですが、この状況でさがしだそうとは思っていません。住人たちが混乱し、疑心暗鬼になるだけですから。彼らにしても、しばらくはおとなしくして様子を見ると思います」

「それを聞いて安心しました」

リュディは微笑を浮かべた。フィルマンは、何が危険なのかをよくわかっている。住人たちが誰かを疑い、刃を向けあうことこそ、もっとも避けるべき事態であった。

フィルマンがザイアンに聞いた。

「教えていただきたいことがあります。地竜の群れがこの町に向かっていたとき、突然空に現れた二つの巨大な影がぶつかりあい、地面に落ちてきて、地竜たちの前進を止めたと聞いています。これはザイアン卿のことでしょうか」

ザイアンは驚きを隠せない顔でフィルマンを見つめる。赤い飛竜(ヴィーフル)を撃退したとき、自分たちはまだアルテシウムから離れていた。あの戦いを見ていたものがいたとは思わなかったのだ。

「誰が見た?」

一角獣士隊の拠点を潰した三百人の部隊がいたのだと、フィルマンは言った。

彼らはそのときアルテシウムの東にいて、地竜に襲われて壊滅した。ただし、逃げ延びた者はおり、アルテシウムにたどりついて危機を叫んだ者もいれば、身を潜めて地竜たちの様子をうかがっていた者もいたという。

「……そうだ」

渋々といった感じで、ザイアンは認めた。フィルマンは深く頭を下げる。

「ありがとうございます」

ティグルもザイアンに感謝の言葉を述べた。ドレカヴァクは自分たちが来るのを待ったと言っていたが、どのていど待ったのかはわからない。

ザイアンは舌打ちをして、ティグルを睨(にら)みつけた。

「どうでもいい。それより、おまえに聞きたいことがある。ドレカヴァクのことだ」

わずかな間を置いて、ザイアンはかすかに震える声で聞いた。

「あいつは、死んだのか……？」

「わからない。とどめを刺す前に逃げられた」

「そうか」と、ザイアンは深いため息を吐きだして、背もたれに寄りかかった。

「やつは俺の手で討ちとってやりたかったが、逃げたか……」

忌々（いまいま）しげにつむがれた言葉に、単純ならざる感情が含まれている。テナルディエ家がドレカヴァクに利用されていたのは事実であり、その点は許しがたい。だが、ザイアンにしてみればひとつだけ恩義があった。

ドレカヴァクはザイアンから飛竜を取りあげなかったのだ。たとえそれが、ザイアンを取るに足らない存在だと見ていたからだとしても。

しかし、ザイアンは内心を吐露するようなことはせず、ティグルに尋ねる。

「おまえはどうしてここにいる？　アルサスとやらいうど田舎にいるのは飽きたのか」

本気で思っているわけではなく、嫌味だった。ジスタートの戦姫であるミラがここにいる時点でただごとではないと、彼も察している。

「ファーロン王の手がかりをさがしているんだ。ガヌロンの屋敷になら何かあると思った」

ティグルがこのような言い方をしたのは、フィルマンを混乱させないためだった。

公には、乱心したファーロンが娘であるレギンに刃を向け、敗れて行方をくらましたことになっている。始祖シャルルがよみがえったなどと言えるはずがなかった。

「なるほどな……」

リュディとミラの顔を順番に見て、ザイアンは納得したようにうなずいた。正確には、そう装ってみせた。ソファから立ちあがり、「邪魔したな」とフィルマンに告げる。ドレカヴァクのことさえわかれば、もうここに用はなかった。

応接室を出ていくザイアンを見送って、フィルマンがティグルに向き直る。

「リュディエーヌ殿とリュドミラ殿から聞いていますが……この町の地下にある聖窟宮を調べたいとか」

「ご存じなのですか?」

ティグルが聞くと、フィルマンはうなずいた。

「この地に派遣される際、殿下から多少うかがいました。ブリューヌ建国以前からあり、王家の者だけが開けることのできる扉があると」

「私たちに調べさせていただきたいのです。もちろん殿下からはお許しをいただいております」

リュディが言った。ベルジュラック家の令嬢であり、レギンの護衛を務めたことのある彼女が堂々と頼んでくるのだから、まったく嘘には見えない。フィルマンはうなずいた。

「わかりました。私自身は聖窟宮に足を踏みいれたことはありませんが、危険な場所である可能性があります。幾人か兵を出しましょうか」

「ありがとうございます。そのお心遣いだけいただいておきます」

丁重に礼を言って、三人は応接室を辞した。温厚な人柄のフィルマンとはもう少し話してみたくもあったが、彼は多忙な時間を自分たちに割いてくれたのだ。長話はできなかった。

「よくわからないんだが」

廊下を歩きながら、ティグルはミラとリュディに疑問をぶつけた。

「ブリューヌが興る以前からある聖窟宮に、どうして王家の者しか開けられない扉なんてものがあるんだ？」

「言われてみると、そうね」

ミラも首をかしげる。答えを出したのはリュディだった。

「おそらく血筋を取り入れたんだと思います」

すぐには理解できず、ティグルとミラは顔を見合わせる。リュディは言葉を続けた。

「聖窟宮にあるその扉が、ブリューヌ王家でなく、特定の血筋を持つひとでしか開けられないとしましょう。そのひととシャルルが結婚するんです。そうすると、二人の子が扉を開けられるようになります。シャルルの……王家の子が扉を開けられる、とも解釈できますね」

ようやくティグルは納得して手を叩く。ミラも何度もうなずいた。

貴族の生まれとはいえ、さほど血筋にこだわってこなかったヴォルン家のティグルや、戦姫であり、貴族諸侯との血の交わりについて考えてこなかったミラでは、とっさに思いつくことができなかったのだ。

「ブリューヌができる以前は、この一帯はある豪族が治めていたといわれています。聖窟宮をつくったのもおそらく彼らであり、シャルルはその血筋を取りこんだのでしょう」

「なるほど。あなたの言う通りだとすれば、レギン王女にしかその扉を開けることはできないということね」

「だが、俺の事情を除いても、ここまで来ていただくわけにはいかないだろう。危険すぎる」

一角獣士隊の残党やティル＝ナ＝ファの信徒たちなどが、どこからレギンを狙うかわかったものではない。それに、この状況で統治者たる王女が王都を離れては、多くの者に不安を与えるに違いなかった。

「調べるだけ調べてみて、その扉についてはまた今度というところかしら」

「そうだな。それに、俺たちの知りたいことが扉の先にあるとはかぎらない」

ミラの言葉に、ティグルが言葉を返す。リュディが言った。

「では、まずガヌロンの残した資料から、地下の地図をさがしましょうか」

地下に潜るにあたって何を用意するか話しあいながら、三人は廊下を歩いていった。

†

『シャルルの聖窟宮』への入り口は三つある。

ひとつめはアルテシウムの中心部。そこは広場になっており、中央にはシャルルの石像が立っているのだが、その像のそばだ。

二つめは、アルテシウムの北東にある共同墓地。

三つめは、アルテシウムの南東にある大地母神モーシアの神殿の中。ティグルたちが休憩をとった神殿のすぐ近くであり、逃げこんだ地下通路は、シャルルの聖窟宮に通じる地下通路の枝道のようなものらしい。

それぞれの位置を示す簡単な地図が見つかったとき、これはアルテシウムからの脱出路ではないかとティグルたちは思った。アルテシウムが敵の軍勢に包囲され、陥落を避けられないとなったとき、町の中心部から神殿か共同墓地のいずれかへと逃げるのだ。

「これは期待しない方がいいかもしれないわね」

難しい顔でミラはそう言い、ティグルもミラも同じ感想を抱いたものだった。

翌日の朝、ティグルとミラ、リュディ、ラフィナック、ガルイーニン、ミリッツァの六人は準備を整えて、中心部から地下に入った。シャルルの石像のそばには、その偉業を讃える石碑が置かれていたのだが、それを横へのけると地面に偽装したふたがあった。

そして、ふたを開けると、石造りのしっかりした階段が現れたのである。

ラフィナックが松明（たいまつ）を持って先頭に立ち、ティグル、リュディ、ミラ、ミリッツァ、ガルイーニンの順で、一行は階段を下りていった。

「悪いわね、ミリッツァ。あなたをつきあわせて」

階段を下りながらミラが言うと、ミリッツァは首を横に振った。

「こんな中途半端なところで帰れません。オステローデを治める戦姫としても見逃すことはできません。何より、ティグルヴルムド卿のおかげで不作の原因がわかったんです」

「無理はしないでね」

他にも細々とした注意が浮かんだが、ミラはそれだけに留める。ミリッツァも戦姫としてさまざまな経験を積んでいるのだ。言いすぎるべきではなかった。

階段を下りきると、通路がまっすぐ延びている。暗がりの中で漂う大気は何十年もそうであったように、冷たく乾いていた。

ティグルは足下の地面を何度か踏んでみる。地面は固く、平らだ。両脇の壁は灰色の石を隙間なく積みあげている。天井はそれほど高くないが、等間隔に太い木の柱と梁を設置して、崩れないように支えてあった。

——よくできてるな。

脱出路ではないかという疑いがますます濃くなってきた。こうなると、王家の者しか開けられない扉というのも、他の者を近づかせないためのでたらめのように思えてくる。

だが、元々そういうものだったとしても、シャルルとガヌロンが手を加えた可能性はある。

油断をするべきではなかった。

　通路の幅は、大人が二人並んでも余裕があるほどだったが、急に狭くなったり、落下しそうなほどの傾斜にぶつかったりした。かつて罠が仕掛けられていたことを思わせる壁の穴や、吊り天井の残骸らしきものもあった。

「どの罠も、ずいぶん昔にだめになったみたいですね」

　リュディが呆れた顔で言った。ミラが相槌（あいづち）を打つ。

「定期的に手入れをしなければこんなものよ。毒矢が飛びだす穴は埃（ほこり）でふさがれるし、床の落とし穴は蝶番（ちょうつがい）が緩（ゆる）んで開きっぱなしになる。それにしても、ガヌロンは何もしなかったのね」

　そのとき、ティグルが足を止める。壁に何かが刻まれていることに気づいたのだ。

「ラフィナック、明かりを近づけてくれ」

　言われた通りに、ラフィナックが松明を掲げる。

　壁いっぱいに絵が描かれていた。かすれている箇所もあるので何が描かれているのかわかりづらかったが、じっと見ていると次第に理解できてくる。

　三つの頭がある怪物と、人間らしきものが向かいあっていた。

「何となくですが、竜と神々の戦いを描いたものに似ていますね」

　ティグルの隣に並んで絵を見つめていたリュディが言った。

「そういう絵があるのか」

感心するティグルに、リュディは解説を加える。

「神話の時代の出来事といわれています。竜と神々の間に対立が起こって、竜は神々を滅ぼそうとしたと」

「私なんかには、竜が人間に襲いかかっている図にしか見えませんな」

冷たい空気をかき回すかのように、ラフィナックがややおどけた口調で言った。ミラとミリッツァはいささか納得しかねる顔で絵を見つめている。

「双頭竜(ガラドヴァ)というのは聞いたことがあるけど、三つ首の竜ね……」

「この竜を我が国のジルニトラといっしょにする気はありませんが、少し複雑ですね」

二人の戦姫の言葉に苦笑しながら、ティグルは何気なく視線を巡らす。先の方にも別の絵が描かれていることに気づいた。ラフィナックと歩いていき、そちらを照らす。

そちらには、三人の娘が三つ首竜のそれぞれの首に手を添えている絵が描かれていた。ティグルはおもわずさきほどの絵を見返す。

同じ三つ首の竜が描かれているということは、これは隣の絵の続きなのだろう。

——この三人の娘が女神なのだとしたら……。

ブリューヌで信仰されている十の神々のうち、女神は四柱。風と嵐の女神エリス、大地母神モーシア、豊穣と愛欲の女神ヤリーロ、夜と闇と死の女神ティル＝ナ＝ファだ。

だが、ティル＝ナ＝ファが三柱の女神であることを、ティグルは知っている。そして、ティル＝ナ＝ファの像は、黒い竜の背に腰を下ろした姿でつくられている。

壁画をよく見ると、竜の首に手を添えている三人の娘のひとりは、腰に弓を差し、矢筒らしきものを背負っていた。

――夢の中で、ティル＝ナ＝ファは言っていた。

祈りを捧げた巫女に弓を与えた。ジルニトラは星から竜となり、長い眠りについた。

その過程を描いたものが、この壁画なのだろう。

「若、どうしたんです？」

傍から見ていても緊張しているのがわかったのだろう、ラフィナックが気遣わしげな声をかけてくる。ティグルは息を吐いて気を取り直すと、いま思ったことを五人に話した。

「これがジルニトラなんですか……？」

ミリッツァが眉をひそめて壁画を見つめる。ティグルは首を横に振った。

「これが正しい姿かどうかはわからない。ティル＝ナ＝ファの像だと、ジルニトラは首がひとつだけだった。それに、この壁画の主役はジルニトラじゃないんだ」

三柱の女神を、ティグルは指さす。

「三つでひとつの女神が黒い竜を従えたという構想が、先にあったんじゃないか。それに合わせてジルニトラの首を三つにし、発端となった竜と神々の戦いでもそう描いたとすれば」

「ちょっと待ってください、ティグル」

それまでティグルの話を黙って聞いていたリュディが、顔をしかめた。

「あなたの言い方だと、ここがティル＝ナ＝ファの信徒の拠点だったということに……」

「その可能性はあると、俺は思ってる」

ティル＝ナ＝ファへの信仰は、他の神々への信仰と同様に、ブリューヌ建国以前から存在していた。この一帯を治めていた豪族か、その親族が信仰していてもおかしくはない。

「たしかに、信徒でもなければこんな壁画は描かない気がするわね」

ミラが気分を切り替えるように頭を振る。不敵な笑みを浮かべた。

「先へ行きましょう。ただの脱出路じゃないと思うと、むしろ気になってきたわ」

ティグルたちはうなずきあうと、前進を再開した。


開けた場所に出た。

猟師小屋が容易におさまりそうなほどの広大な空間だ。天井は高く、どのような仕掛けによるものか、ぼんやりとした光を帯びてティグルたちを照らしている。前方と斜めとにそれぞれ延びている通路は、モーシア神殿や共同墓地へ続いているのだろう。

壁の一角には、巨人のために造られたかのような巨大な扉がたたずんでいた。金属でできており、高さ、幅ともに五十チェート（約五メートル）はあるだろう。

そして、扉の前には人影がひとつ立っていた。ティグルたちに気づいてこちらを見る。

「おお、奇遇だな」

親しい知人にでも会ったかのような気さくな態度で声をかけてきたのは、金髪碧眼で四十代の男だった。紫の上着と黒のズボンという活動的な服装で、左手に弓を持ち、腰には矢筒を下げ、王国の宝剣たる『不敗の剣（デュランダル）』を背負っている。シャルルだった。

「どうしてここに……！」

リュディが色めきたって二本の剣をかまえる。ミラはラヴィアスを手に警戒する姿勢をとった。ガルイーニンはミリッツァを背中にかばい、ティグルもラフィナックの前に出る。

「古巣に立ち寄っただけだ」

リュディとミラから強烈な敵意を向けられているにもかかわらず、シャルルは悠然たる態度を崩さず、矢筒に触れようともせず、背中の大剣にも手をかけようとしない。

「俺について調べたのだったら、この町が俺の拠点のひとつだったことぐらいは知っているだろう。各地を旅している間に懐かしくなってな。そういえば、あのロランはどうした？」

「ここにはいない」

それだけを、ティグルは答えた。アスヴァールに行っているとまで言う必要はないだろう。

ティグルは静かに呼吸を整える。シャルルからは敵意も戦意も感じられない。だが、この男は一瞬で意識を切り替えて、獣のように俊敏な動きで距離を詰めてくるとわかっていた。あるいは、一瞬で弓に矢をつがえて射放ってくるか。この男は弓の技量も尋常ではない。

むしろ、彼の知識を頼るべきだ。そう考えて、ティグルは質問を投げかけた。

「どうしてここは聖窟宮という名前なんだ？」

「いい質問だ。名づけたのはこの俺だからな」

よくぞ聞いてくれたという態度で、シャルルは大きくうなずく。

「ここはティル＝ナ＝ファに祈りを捧げるための神殿であり、俺の最初の妻の墓だ」

ガヌロンの手記の写本によれば、魔物との戦いで死んだという人物だ。シャルルは続けた。

「あいつは女神の信徒でな。ここに埋葬してほしいと頼まれて、そうしたんだ。正直に言えねえから取り繕った。それに、俺にとっては聖なる場所だからな。ところで──」

巨大な扉を、シャルルは顎でしゃくった。

「この扉の先に何があるか、知っているか？」

ティグルは首を横に振る。シャルルは笑った。

「俺も知らん。だが、この身体なら開けられるはずだからな、試しに来てみたわけだ」

ティグルだけでなく、ミラとリュディも顔を青ざめさせる。ファーロンの肉体ならば、王家の者しか開けられないという扉を開けられるだろう。

「待て！」

黒弓に矢をつがえて、ティグルはシャルルを威嚇した。

「もしも、その扉の向こうに危険なものがあったらどうする」

「おまえは興味がないのか？」

矢を向けられているというのに、シャルルはひるむ様子もなく問いかけてくる。

「おまえの言葉は信用できません」

リュディが一歩、前に出た。

「本当はわかっているんじゃないんですか。扉の向こうに何があるのか」

「俺を信じてくれないのか？　それなら、おまえたちが開けてくれてもかまわんぞ。その資格があればだが」

シャルルはわざとらしい足取りで扉から離れ、ティグルたちを促す。ティグルとミラはどうすべきか決めかねて動きを止めたが、リュディはさらに前進した。

「おまえの首をはねたあとで、開けるかどうかを決めます」

「それもひとつの手ね」と、ミラが考えを切り替えて笑う。

「少しもったいない気もするけど、はじめから会わなかったものと思えば腹も立たないわ」

二人の態度は見事にシャルルの意表を突いたようだった。半ば呆れ、半ば感心した顔で、彼はティグルに呼びかける。

「おい、おまえの女だろう？　血の気の多さをいまのうちに何とかしておかないと、数年後に必ず後悔するぞ」

いやに実感のこもったもの言いにティグルはつい反応しそうになったが、首を左右に振って雑念を払った。リュディとミラの行動こそが正しい。シャルルは倒すべき敵なのだ。

「あいにく、そういうところにも惚(ほ)れているんだ」

あらためて、シャルルに狙いを定める。すると、シャルルのまとう雰囲気が変わった。数多の戦場をくぐり抜けてきた戦士の顔つきになる。

「いいだろう。お爺ちゃんが現代の若者に稽古(けいこ)をつけてやる」

言い終えるのと、床を蹴るのと、大剣を抜くのがすべて同時だった。そして、走りだしてからミラとリュディに対して距離を詰めるまでが恐ろしく速い。充分に警戒していたにもかかわらず、予想以上の動きを見せられてミラたちは息を呑んだ。

リュディが左右の剣を振るう。右手の長剣でシャルルの頭部を狙い、左手の誓約の剣(セルマーヴェ)でデュランダルを牽制(けんせい)しようとした。だが、シャルルはデュランダルの柄頭でリュディの長剣の軌道をずらし、手首を返して誓約の剣を弾き返す。隙のできたリュディを蹴りとばした。

シャルルが体勢を整える前に、ミラがラヴィアスで突きかかる。同時に、ティグルが矢を射放った。ごくふつうの矢だが、生身の人間であるシャルルが相手ならば通用するはずだ。

ところが、シャルルの行動は二人の予想を超えるものだった。

彼はデュランダルを大きく振り抜いてラヴィアスに叩きつけ、ミラの体勢を崩すと、宝剣を手放したのだ。そして、自分に向かって飛んでくるティグルの矢を右手でつかみ、すかさず左手に持っている弓につがえて、射返した。

ティグルはとっさに黒弓で矢を叩き落とす。ミラも後ろに飛び退って体勢を立て直したが、その間にシャルルはデュランダルを拾いあげていた。

──わかっていたことだが、強い。

ティグルは内心で唸る。王宮の戦いでも、シャルルはミラとリュディに加えてロランやギネヴィアまで相手取って、負けなかったのだ。簡単に勝てる相手ではなかった。

──だが、俺は以前、シャルルに言った。「あなたは常勝でも無敗でもなかった」と。

三人がかりで攻めたてて、隙を突く。

「若、私たちはどうしますか」

ラフィナックが聞いてきた。ミリッツァも大鎌の竜具をかまえている。

ティグルは言葉を返そうとしたが、不意に異様な気配を感じて、そちらに視線を向けた。

斜めに延びている通路の前に、人影がひとつある。いつのまに現れたのか、ティグルにはわからなかった。

──あれは人間じゃない。

ティグルの額に汗が浮かぶ。ミラとリュディも動きを止めて、その人影を見据える。シャルルもミラたちから充分に距離をとって、そちらを見た。

「アーケンの使徒の最後の一匹か。まだいたんだな」

　口笛を吹きながらのシャルルの言葉に、ティグルたちは驚愕を隠せなかった。人影は滑るように前へ出てくる。黒いローブをまとい、フードを目深にかぶっていた。フードの奥から放たれる視線は、息が詰まりそうな威圧感をともなっている。

「我が名はメルセゲル。そこの男が言ったように、偉大なるアーケンに仕えるものだ」

　ティグルは腰の矢筒に右手を伸ばして、矢の本数を確認した。かつて戦ったセルケトより、このメルセゲルというものは強い。わずかな油断も許されない。

「――ミリッツァ」

　声をひそめて、ティグルは後ろにいる年下の戦姫に呼びかける。

「ラフィナックとガルイーニン卿と、地上へ逃げてくれ」

「わたしもいっしょに――」

「頼む」

　彼女の言葉を遮って、ティグルは短く言った。ミリッツァは悔しそうに顔を歪めたが、それ以上反発はしない。ラフィナックとガルイーニンとともに姿を消した。

「魔弾の王よ」

　メルセゲルは、少しずつ間合いを詰めるミラとリュディなどいないかのように呼びかける。

「我とともに来い。どちらかだけでもかまわぬ」

「俺は魔弾の王になれなかったんだがな」

シャルルがおおげさに肩をすくめた。メルセゲルは律儀に答える。

「魔弾の王になり得た魂。我々の術法を浴びて、別の魂を受けいれた肉体。ともに我々の求めを満たしており、アーケンの器（うつわ）として耐えうると判断した」

ティグルたちは顔を引きつらせた。この怪物は、自信があるからこそ正面から姿を現し、堂々と目的を告げたのだ。

「その男だったら自由に連れていってと言いたいところだけど……」

ミラが眉をひそめて、メルセゲルと向かいあう。アーケンが地上によみがえったらどうなるかを知っている以上、放っておくわけにはいかない。

「私はブリューヌ人ですから、世界に、などとは言いません。ですが、このブリューヌに害を為そうとするものを見過ごすことはできません」

リュディも二本の剣を手に、メルセゲルとの間合いを詰める。

「それはこちらも同じこと」

メルセゲルがフードを外す。現れたのは、若く端整（たんせい）な男の顔だった。ただし、蛇に似た小さな両眼が、暗い光を放っている。

「アーケンは寛大なり。降臨を阻むものたちにさえ、はるかな眠りの旅を与えるのだから」

メルセゲルの足下から、毒々しい黒褐色の瘴気があふれでた。その瘴気の奥から、無数の小さな蛇が現れる。蛇たちはすばやく床を這って、ミラたちに向かってきた。

「──静かなる世界よ(アーイズビルク)」

ミラが竜技を放って、蛇たちを床ごと凍りつかせる。リュディが勇んで駆けだした。彼女たちを援護すべく、ティグルは矢を射放とうとする。背筋に悪寒が走ったのはそのときだ。

──何だ？　どこから……。

攻撃は、真上から来た。羆さえも丸呑みにできそうなほどの大蛇が垂直に落下して、ティグルの上半身を丸呑みにする。事態を理解したときには完全に動けなくなっていた。

肩と腕を封じられて、弓に矢をつがえることもできない。呼吸も苦しく、さらに生暖かい液体が顔や首筋にあたって、肌を焼いた。

大蛇はティグルの全身を砕かんとばかりに締めつけ、喉を動かして腰から下をも胃袋におさめようとする。強烈な圧迫にティグルの肉と骨が悲鳴をあげた。

黒弓を握りしめて、ティル＝ナ＝ファに祈る。若干、締めつけが緩んだような気がした。

直後、視界に光が射しこむ。見慣れた穂先が目の前にあった。ラヴィアスだ。

ミラが、大蛇の腹に突き刺した竜具を一気に斬り下げる。ティグルは解放された。

「ティグル、だいじょうぶ⁉」

粘液にまみれながらも、ティグルは大蛇の身体から抜けだす。黒弓から立ちのぼる瘴気らしき黒い霧が、粘液を霧散させた。「助かった」と、呼吸を整えながら、ミラに礼を述べる。

ミラがティグルを助けている間、リュディは、敵が新たに生みだした小さな蛇の群れを片端

から斬り捨てていた。縦横無尽の斬撃は蛇など寄せつけないかと思われたが、相手はとにかく数が多い。ついに一匹が、リュディの懐に飛びこんだ。服の袖に噛みつく。

蛇の牙が突きたてられた服の袖が、色を失って石化した。リュディは長剣を器用に操って袖ごと蛇を切り離し、誓約の剣でその蛇を両断する。彼女の額から汗が流れ落ちた。多少の傷を覚悟してメルセゲルに挑みかかるという選択肢が、とれなくなったのだ。

一方、シャルルはメルセゲルに肉迫している。この男も同じように蛇の群れを差し向けられていたのだが、シャルルはためらうことなく蛇を踏みつけ、蹴りとばし、手ではたき落とし、何匹かは宝剣で切り払って距離を詰めたのだ。弓はその途中で放り捨てた。

メルセゲルはその場から動かず、両腕を振るう。シャルルはそれをかわし、相手の頭頂部から股間まで一気に両断した。切断面から黒褐色の瘴気が飛散する。だが、シャルルはすばやく後ろへ跳んで様子をうかがった。これで相手が滅んだとは思えなかったのだ。

はたして、メルセゲルの身体はすぐに接合を果たし、傷も消え去る。ローブも復元した。

「私は死なぬ」

戦慄を禁じ得ないティグルたちに、メルセゲルは静かに告げる。

「死を司る神の使徒にあるまじき存在。それが私だ」

シャルルの真上から、巨大な蛇が大きく口を開けて襲いかかる。シャルルはその場から動かずに、デュランダルで大蛇を真っ二つに斬り裂いた。

「俺を若僧といっしょにしてくれるなよ」

シャルルが下卑(げび)た笑みを浮かべる。挑発されたのは不愉快だったが、自分が見事に攻撃をくらい、ミラに助けられたのは事実だった。

──負けてられるか。

ティグルは白い鏃の矢を黒弓につがえる。放たれた矢は一直線に飛んで、メルセゲルの首から上を吹き飛ばした。だが、すぐに黒褐色の瘴気が立ちのぼり、肉が盛りあがって頭部を完全に再生する。一呼吸ほどの時間しかかからなかった。

「何度やっても同じことだ」

ミラとリュディが呼吸を合わせて左右からメルセゲルに襲いかかる。メルセゲルは迫る刃を避けようともせずに、両腕を振るった。槍に肩を突かれ、斬撃に頭を割られながらも、メルセゲルの両腕は何倍にも伸びる。鞭のように踊って、ミラとリュディに絡みついた。

次の瞬間、怪物の腕は長大な蛇と化して、二人を締めつける。

「ミラ！　リュディ！」

おもわず二人の名を叫びながら、ティグルは黒い鏃の矢を二本まとめて黒弓につがえた。放たれた矢は、二人を拘束する蛇の胴体にそれぞれ命中して吹き飛ばす。

ミラとリュディは膝をつきかけながらも、ひとまずメルセゲルから距離をとった。メルセゲルが放ってきた無数の蛇を槍と剣で薙ぎ払って、後退する。

——何なんだ、この怪物は。

ティグルは不安と焦りを隠せない顔で、メルセゲルを見つめた。怪物が負った傷は、肩も、頭部も、両腕も、もう元に戻っている。どう攻めればいいのか見当がつかない。

——諦(あきら)めるな。

弱気になりかけた自分を叱咤(しった)する。こういうとき、自分は何をすべきか。

——観察しろ。

狩りで手強い獲物に遭遇したときは、さまざまな場所から動きを観察した。

戦場でもそうだ。偵察を出して相手の動きをさぐった。そして、考えた。

ミラとリュディが、シャルルが、メルセゲルと戦っているいまのうちに観察するのだ。

「これならどうかしら」

ミラの足下に六角形の結晶が生まれ、白い輝きを放つ。

「——空さえ穿ち凍てつかせよ(シェロ・ザム・カファ)！」

竜具によって生みだされた長大な氷の槍と莫大な冷気の奔流は、メルセゲルが生みだした何度目かの蛇の群れを引き裂き、そのままメルセゲルをも吹き飛ばした。

だが、床に倒れたあと、メルセゲルは何ごともなかったかのように立ちあがる。怪物のまとうローブはぼろぼろになっていたが、黒褐色の瘴気に包まれて元の形を取り戻した。

——こいつ、まさか……。

　ティグルはようやく違和感を見つけだす。そのとき、メルセゲルがこちらを見た。

「魔弾の王よ、手を打ち尽くしたか。なぜ何もしてこない」

「手はある。簡単に見せてやることはできないがな」

　ティグルは強気に答える。もっとも、台詞の後半については本音だった。仕掛けてもしも失敗したら、この怪物に同じ手は二度と通じないだろう。

「やはり貴様を連れていくか」

　メルセゲルの言葉と同時に、ティグルの周囲に無数の蛇が現れた。石に変えて連れ去るつもりらしい。ミラとリュディ、シャルルはメルセゲルと対峙しており、援護は間に合わない。

――女神よ、力を貸してくれ。

　ティグルは冷静に白い鏃の矢を取りだし、黒弓につがえて足下に射放つ。足下の床が粉々に砕け散って、その衝撃でティグルは蛇ともども吹き飛んだ。背中から床に叩きつけられる。そこへ、衝撃をまぬかれた蛇たちが飛びかかってきた。ティグルにいっせいに群がる。

　しかし、ティグルの肌に牙を突きたてられた蛇は一匹たりとて存在しなかった。ティグルの身体に黒い瘴気がまとわりついて、蛇たちから守ったのだ。

「忌々しきティル＝ナ＝ファの力か」

　メルセゲルの声が、はじめて感情らしきものを帯びる。

　ティグルはといえば、言葉を返すどころではない。息苦しさを感じる一方で、全身から力があふれてくるのがわかる。やはり、長時間は戦えないと悟った。

——当然だ。女神の力だぞ。

思えば、竜具から借りた力を矢にまとわせるだけでもすさまじい体力を消耗するのだ。自分の肉体を用いて似たようなことをすれば、消耗を強いられるのは当然だった。

「だが、女神の力を使ったとて、私に死を与えることはできまい」

ティグルは黒弓に矢をつがえる。手元に戻ってきた、黒い鏃の矢だ。矢幹は己の身体からあふれる瘴気で形作る。

メルセゲルの持つ能力に気づいたのは、この怪物がミラの竜技をまともにくらってから立ちあがったときだ。怪物の身体には氷の粒子がまとわりつき、天井のぼんやりとした光を反射していたが、それが消え去った。溶けたのではなく、払い落とされたのでもなく。

——たぶん、傷が治っているというのとは、少し違う。

傷を負ったことが、なかったことになっているのではないか。ティグルはそう考えた。そうでなければ、これほどの力を持つものが、身体にまとわりつく氷の粒を消し去るだろうか。

ティグルはメルセゲルを見据える。その力の源を、さぐる。

怪物の体内に、己の尾をくわえた小さな蛇が見えた。メルセゲルをどれだけ傷つけても、この蛇には届かない。怪物の体内を共有しているものに矢を放たなければ。

ティグルの身体から黒い瘴気が抜けでていく。普段の姿に戻ったティグルは、苦しげに膝をついた。その頭上に大蛇が現れ、今度こそティグルを呑みこまんと落ちかかってくる。ティグルが消耗しきって女神の力を使えなくなったと判断したのだろう。

──大盤振舞（おおばんぶるまい）だ。

ティグルは真上を見上げ、大きく開いた蛇の口を睨みつけて、黒弓に三本の矢をつがえる。黒い鏃を二つ、白い鏃をひとつ使った。瘴気の矢幹は、まだ形を保っている。

──この大蛇はメルセゲルの身体の一部だ。

それゆえに、怪物の体内につながっている箇所が一点だけある。外側から斬りつけたら、衝撃が届く前に体内とのつながりを断たれるようになっていた。

放った矢が、大蛇の口の中に吸いこまれる。大蛇がティグルを呑みこんだかに見えた瞬間、ミラたちと対峙しているメルセゲルが、身体の内側から黒褐色の瘴気をあふれさせた。

メルセゲルの視線が、一瞬だけティグルに向けられる。

「我が不死を見抜いたか」

次の瞬間、メルセゲルの姿がかき消えた。リュディが声をあげる。

「逃げたんですか……!?」

「そのようだな。でかい口を叩く割に逃げ足だけは……」

シャルルが不機嫌そうに吐き捨てたときだった。天井のぼんやりとした光が、消える。次（つ）いで床が激しく揺れ、細かな砂が大量にこぼれ落ちてきた。

「地震……？」

反射的に天井を見上げるミラに、シャルルが答える。

「やつが仕掛けていったんだろう。ということは、俺たち以外に神の器のあてがあるな。ティル＝ナ＝ファの骸か……」

「あなたは何を知っているんです？」

リュディがシャルルを睨みつけた。シャルルは笑ってその視線を受け流す。

「いまはそれどころじゃないだろう？　おたがい生きてまた会おう」

ぬけぬけと言い放つと、シャルルは大剣を背負って走りだす。ついさきほどまでメルセゲルと激戦を繰り広げていたとは思えないほど活力に満ちた動きだった。

リュディは歯噛みしたが、シャルルの言うことは正しい。揺れはますます激しくなり、天井には亀裂が走って、砂どころか小石が落ちてくる。崩壊は避けられないかと思われた。

ミラとリュディはシャルルを追うことを諦めて、床に膝をついているティグルに駆け寄る。

二人で左右から若者を支えた。ティグルは弱々しく笑った。

「二人に助けられてばかりだな」

「馬鹿、気にしなくていいわよ」

ミラは叱りつけ、リュディは明るい笑顔で言った。

「私は気にしますよ。地上に出たらたくさん埋めあわせをしてもらいますから」

「出てから言いなさい」

三人は広大な空間から離れて通路に飛びこむ。その際、ティグルはわずかに首を動かして巨大な扉を振り返った。

――あの先には……。

ここに潜る前に見た図面が、頭の中にぼんやりと思い浮かんだ。

あの先にあるのは、女神の祭壇ではないだろうか。シャルルはあのように言っていたが、やはり中に何があるのか知っていたのではないか。

そのとき、三人の前後に巨大な石が落ちてきて、通路をふさいだ。ミラとリュディが青ざめる。ミラがラヴィアスを握り直し、竜技を使おうとした。

「俺にやらせてくれ……」

ティグルが言った。二人に支えてもらって、黒弓に矢をつがえる。ラヴィアスから力が流れこんできて、矢が白く輝いた。

真上に向けて放つ。岩盤が吹き飛び、大量の土砂がティグルたちに降り注ぐ。

だが、灰色の空が覗いた。そして、ひとつの巨大な影が下りてくる。

「おまえらの仕業だろうと思ったが、やはりおまえらだったか」

現れたのは、飛竜に乗ったザイアン＝テナルディエだった。

†

ティグルたちが助けだされ、フィルマンの館で手当てを受けて二日が過ぎた。

三日目の朝、簡素な朝食をすませた六人は、ティグルの部屋に集まった。

ティグルとミラ、リュディは並んでベッドに腰を下ろし、ラフィナックとガルイーニン、ミリッツァはそれぞれ椅子に座っている。最初、ミラはベッドに座ることをためらったのだが、リュディに誘われて仕方なく承諾したのだった。

「リュドミラ姉様……」

ミリッツァが、呆れた顔でミラを見つめる。彼女は、ミラがティグルと結ばれたことは聞いていたが、リュディを入れてこのような関係になっていることはさすがに知らなかった。ドレカヴァクと戦った直後は、他に話すことがたくさんあり、気づく余裕もなかったのだ。

「とりあえず、その話はあとにしてちょうだい」

ミラはそう言って首を横に振る。実際、これからのことを話しあう方が先決だった。

「聖窟宮はどうなったんだ？」

ティグルがリュディに尋ねる。聖窟宮が完全に埋まってしまったことは知っているが、フィルマンの判断については、まだ聞いていない。リュディは首を横に振った。

「掘りだすのにはそうとうな日数がかかるとのことで、しばらく放っておくそうです。市街の中心部にできた大穴のまわりは、立ち入り禁止になりました」

「仕方ないでしょうな。城壁の修復だって、まだ手をつけていないんですから」

椅子に寄りかかりながら、ラフィナックが肩をすくめる。

「収穫らしい収穫はなかったわね。聖窟宮がティル＝ナ＝ファの神殿だったとわかっただけ」

ミラがため息をついた。いつもの癖でティグルに寄りかかりそうになったが、慌てて姿勢を直す。ミリッツァは見逃さず、楽しそうに口元に手を当てた。

「そうだな……」

ティグルは悔しそうに同意する。ドレカヴァクに続いて、メルセゲルにまで逃げられた。さらにシャルルまで捕まえ損ねた。状況を考えると、彼らは傷が癒えるまでおとなしくしているということはないだろう。

「これからどうなさいますか？」

ガルイーニンが尋ねる。

「聖窟宮がだめなら、もうひとつに行くしかないですね」

ティグルは難しい表情で答えた。

「ヴォージュ山脈。シャルルが生まれたのが山脈のどのあたりかはわからないが、可能なら調べてみたいと思っている」

「ヴォージュね……」

ミラが途方に暮れたような顔をして天井を見上げる。リュディもテーブルを見つめた。

ヴォージュはブリューヌとジスタートの国境線代わりにもなっている険しい山の連なりで、南北に長くそびえている。猪や鹿の他に雪豹なども棲息し、山の民と呼ばれる、一生を山の中で過ごす部族もいるという。そこを調べるとなれば、どれほどの時間がかかるかわからない。ましてや、冬のヴォージュ山脈はきわめて危険だった。見慣れた風景を雪が変えてしまっている上に、断続的に吹雪が起こる。常に自分がどこにいるのかを把握していなければ、中腹あたりでも容易に遭難するのだ。

「まあ、いいんじゃないの。私の力なら寒さはどうにでもなるから」

「頼りにしてるよ」

ミラに笑いかけて、ティグルはここにいる五人を見回す。

はじめて黒弓の力に触れたときのことを、思いだした。あのとき、ティグルのそばにはミラとミリッツァ、ラフィナックとガルイーニンがいた。いまはそこにリュディが加わっている。

はるか昔の、最初の巫女は願いをかなえた。

自分も、この世界を、大切なひとたちを守りたい。

矢を、星に届かせなければならなかった。

エピローグ

見る者を不安にさせる巨大な灰色の雲が、重なりあうように空を覆っている。

その下に広がる鉛色の海は絶え間なく揺れて、不吉な潮騒(しおさい)を奏(かな)でていた。

アスヴァール島の南東にある港町デュリスである。

内乱に巻きこまれていた昨年の一時期を除けば、この町は常に活気と喧噪に包まれているはずであった。春から秋にかけては諸国の交易船が競うように訪れて港をおおいににぎわせ、冬の間は商人たちが春以降の商談をまとめるために酒場という酒場をにぎわせるのだ。

しかし、今年の冬はそうはならなかった。

大陸全土を襲った不作の嵐が、商人たちの顔にも暗い影を落としている。酒場に集まっても、冬をいかに乗りきるかという話ばかりになり、その先のことを楽観的に話せるような者はいなかった。

そのような重苦しい空気に包まれた町の港に、ひとつの影がたたずんでいる。黒い外套(がいとう)をまとい、大剣を背負った精悍な顔つきの男だ。年齢は、春を迎えれば三十になる。

『黒騎士』の異名で呼ばれるブリューヌの騎士ロランだった。

ロランは厳しい表情で海を睨(にら)んでいる。海の向こうにある母国を、思っていた。

――我が国は、このアスヴァール以上に深刻な不作に見舞われたというが……。

不作は、騎士にとってもただごとではない。

守るべき民が、飢えなどの苦しみから野盗になれば、討たなければならぬ。不作を理由に税を納めることを拒む者たちのもとへ、取り立てに派遣されることもある。それに、自分たちの食糧についても考えなければならない。

――こうなるとわかっていれば、せめて冬の間はブリューヌに留まるべきだった。

ギネヴィア王女に従って、ロランがアスヴァールの地を踏んだのは、秋のはじめごろだ。ブリューヌとアスヴァールの友好の証という名目で現れたロランに、アスヴァールの官僚や騎士たちは不審と警戒の眼差しを向けたものである。

もっとも、彼らの視線はほどなく気にならなくなった。正確には、気にする余裕などなくなったというべきだろうか。

ロランに任された役目は大きくわけて二つ。騎士たちへの指導と、王女の話し相手だった。

前者はともかく、後者を無事に務めることができるかロランは不安だったが、思いのほか上手くいった。自分が指導した騎士たちについて話せば、ギネヴィアは喜んでくれたからだ。

一方で、彼女が話してくることは政務の愚痴(ぐち)から他愛ない思いつきまで幅広く、ロランとしては真面目に耳を傾けつつも、ほとんど相槌(あいづち)を打つことしかできなかったが、そういう態度がかえって彼女には気に入られたようだった。

だが、そのような生活は十日ほどしか続かなかった。

各地から不作の報告が届くにつれ、ギネヴィアが難しい顔をする時間が増えていった。

そして、ロランは野盗や海賊の討伐を頻繁に命じられるようになった。

最初のうちはロランも、「この厄介者をせいぜい働かせてやろうというつもりかな」などと苦笑まじりに考えており、おそらくその通りだったのだが、やがて、そうではなくなってきたことがわかった。

アスヴァールとしては少しでも使えそうなら騎士や兵士も不作への対応にまわしたい状況であり、アスヴァール人ではないためにそちらを任せることは難しく、ブリューヌ最強を謳われる黒騎士は、野盗や海賊の討伐を安心して任せられる存在だったのだ。

二ヵ月余りの間に、ロランは十を超える数の野盗や海賊の討伐に参加した。

彼らの中には、不作によって追い詰められた者もいれば、いまのうちに食糧を手に入れようと遠方の村や集落を襲った者もいた。ロランは説得や降伏勧告、交渉などについてはアスヴァールの騎士や兵士たちに任せ、戦になったときのみ、大剣を担いで先頭に立った。

結果として、ロランはアスヴァール人の半分から恨まれ、もう半分からは感謝されたが、ロランの心は弾まなかった。生まれ育ったブリューヌも同様の、あるいはこれよりひどい状況になっているのだろうと考えてしまうからだ。

冬の間、大陸の情報はアスヴァールにほとんど入ってこない。船の行き来がないからだ。

正確にいえば皆無ではない。このデュリスは大陸に近いため、よく晴れた日であれば船を出すことができる。

アスヴァールはそういう日に、荷物をほとんど載せていない、速さを優先した船を大陸に向かわせては、細々と情報を集めていた。

ロランは曇天の向こうにある大陸を思う。身体が二つあればと思わずにはいられなかった。

「——ロラン卿」

後ろから声をかけられて、振り返る。そこに立っていたのはギネヴィアだった。白を基調としたドレスの上に外套を羽織り、顔を隠すためにフードを目深にかぶっている。腰には宝剣カリバーンを吊していた。

彼女は笑みを浮かべていたが、いつもは艶やかな黒髪が、潮風のためか重く見えた。

「そろそろ宿に戻りませんか。紅茶を淹れてさしあげますわ」

デュリスを視察するというギネヴィアに護衛を命じられて、ロランはこの町にいた。

大陸の情報は、まずデュリスに届き、そこから王都コルチェスターへ運ばれる。それなら定期的にデュリスへ足を運んだ方がいいというのが王女の主張だった。

「感謝します」

ロランはギネヴィアに会釈して、彼女のそばに立つ。礼の言葉は、どちらかといえばギネヴィアの気遣いに対するものだった。海を見ながら葛藤を抱えても、事態は変わらない。

十歩と行かないうちに、何気ない口調でギネヴィアが言った。

「ときどき、現れるらしいのです。小舟で冬の海を渡ろうという者が」

とっさに返す言葉を思いつけず、黙っていると、ギネヴィアは続けた。

「私が聞いたかぎりでは、荒っぽい船乗りたちが度胸試しとしてはじめたらしいのですが、成功者の数が少しずつ増えていってからは、船乗り以外でも挑戦する者が出はじめたとか」

「勇敢な者たちですな」

心からの賞賛を、ロランは口にした。いまだに泳げない彼にとって、小舟で海に繰りだそうという者は勇者以外の何ものでもない。

ギネヴィアはくすりと笑ったあと、静かな声で問いかけてきた。

「ロラン卿は、ブリューヌに帰りたいのですか？」

どう答えるべきか、ロランは一瞬、迷った。

強引にロランを連れてきたギネヴィアの立場からすれば、一時的なものであれ帰国を許せるはずもない。しかし、脱走して冬の海を渡るというのであれば、止めるつもりはないということだろうか。

呼吸三つ分ほどの間を置いて、ロランは首を横に振った。

「心配していないといえば嘘になります。ですが、ブリューヌには頼もしい者たちがいる。彼らが何とかするでしょう。いまの私の役目は、殿下のために剣を振るうことです」

虚勢ではなく、本心だった。

この不作を耐え抜き、春を迎えたとき、ブリューヌと諸国の関係がどうなっているのか、ロランにはわからない。それゆえに、アスヴァールとの関係を良好なものに保つ必要がある。

ただ、ブリューヌのことを除いても、ロランはギネヴィアのために己の剣を役立てたいと思っている。彼女は民のことを考え、国のために力を尽くせる統治者だ。仕え甲斐がある。約束した一年間は、彼女に捧げよう。

「そう。懸命に泳ぐロラン卿の姿は見てみたかったのだけど」

「ご容赦を」

ロランの位置からはギネヴィアの顔が見えない。だが、彼女が安堵したらしいのは、気配でわかった。彼女を落胆させずにすんだことに、安心する。

「どうかしら。今度、私が手ずから泳ぎを教えてあげるというのは。これでもちょっとした自信があるのよ」

「ご容赦を」

芸もなく、ロランは繰り返した。そのようなことになれば、数々の戦いによってようやく得たこの国での信頼をたちどころに失ってしまうだろう。

ギネヴィアの肩が揺れている。調子を取り戻してきたのだろうか。

——私が不作の対応に関わっていないからか。

　ふと、思った。いま、ギネヴィアをもっとも悩ませているのはそのことだろう。普段、彼女の周囲を固める官僚や騎士たちと話をしていては、どうしてもそのことに意識が向いてしまうに違いない。だが、ロランが相手であれば、その心配はない。

「泳げるようになれればと思ったことはあります。ですが、いまは他のことに時間を費やしたいのです。この地上には、私よりも強い者がいますから」

　思い浮かんだのは、よみがえった始祖シャルルだ。ファーロン王の肉体を乗っ取ったとは思えない、恐るべき戦士だった。

「少し怖い声ね。やっぱり戻りたいのかしら」

「……申し訳ありません」

　からかうように言われて、ロランは謝罪した。感情を押し殺して話したつもりだったが、隠しきれなかったらしい。やはり、自分は話の選び方がよくない。

「いいのよ。あなたは戦士だもの。他愛ない話をするのも好きだけど、やはりあなたには戦や剣の話の方が似合ってるわ。そういうときのロラン卿は子供みたいだし。ところで――」

　ロランを困らせながら、ギネヴィアは楽しそうに提案してくる。

「あなたの働きに報いるべきだという声が多く出ているの。領地と爵位、どちらがいい？」

「いずれブリューヌへ帰る身なれば」

　短く拒絶する。このやりとりは数日前から行われていた。

港を出る間際、ロランは首だけを動かして、肩越しにもう一度だけ、海を眺める。

親友にしてナヴァール騎士団の副団長を務めるオリビエと、騎士たちの顔が浮かんだ。

次いで、春から夏にかけての戦いで、ともに戦場を駆け巡った戦友たちの顔が浮かぶ。命を落とした者たちの顔も。

そして、リュディエーヌ＝ベルジュラックやレギン王女のことを思った。ベルジュラック公爵ラシュローは、ロランにとって大切な恩人だった。

最後に、ティグルヴルムド＝ヴォルンの顔が浮かんだ。王女を守り、恐るべき怪物だったガヌロンを打ち倒した、弓使いの戦友が。

――ティグルヴルムド卿、殿下と王国を頼む。

視線を前に戻すと、ロランは王女とともに歩き去ったのだった。

†

ジスタート王国の南の国境に建てられたルークト城砦のそばには、ジスタートとムオジネル王国を結ぶ大きな街道が南北へ延びている。

城砦のまわりには平坦な荒野が広がっており、このあたりではジスタート軍とムオジネル軍の小競り合いがたびたび起きていた。

　もっとも、ルークト城砦そのものが攻められたことは、あまりない。砂岩で築かれ、二重の城壁と深い壕を持つこの城砦の堅牢さはムオジネル軍もよく知っているからだ。本格的にジスタートとことをかまえる気がないのなら、攻める理由がなかった。

　だが、秋の終わりごろから、ルークト城砦は緊張感に包まれている。ムオジネル軍がそれまでよりも姿を見せるようになったからだ。

　それでいながら、彼らは城砦に近づいてこない。ジスタート領内への侵入を試みて、小競り合いを起こすでもない。

　ただ、じっと城砦を見つめて、去っていく。まるで獣が獲物を観察するように。

　城砦を守るジスタート騎士たちが不安を覚え、王都へ使いを走らせ、近隣の諸侯や近くのポリーシャ公国に助けを求めたのは当然のことであった。

　ムオジネルは、今年の夏に新たな王を迎えた。先王フーズィートが病死し、次代の玉座を巡って王弟クレイシュと王族のハーキムという男が争い、クレイシュが勝利をおさめたのだ。

　そのため、クレイシュは数年間は戦を控え、国内を安定させることに力を注ぐだろうと、ジスタートやブリューヌの者たちは考えていた。

　まして、ムオジネル軍が冬に戦いを仕掛けてくることはない。ムオジネルは『暑熱の王国』と呼ばれており、ムオジネル人は暑さに強いが、寒さに弱い。過去の歴史を紐解(ひもと)いても、彼らがこの時期に攻勢をかけてきたことなどなかった。

だが、ムオジネル軍がこうまで不審な動きを見せると、その考えも揺らいでくる。

クレイシュは違う考えを持っているのかもしれない。『赤髭（バルバロス）』の異名を持ち、常勝不敗を謳われる王は、何らかの目的か勝算を得て、冬に軍を動かすのかもしれない。

ともあれ、ムオジネルが不穏な動きを見せているのはたしかであり、城砦から助けを求められたソフィーヤ＝オベルタスは即座に承諾し、五千の兵を率いて城砦へ駆けつけた。

「本当に、落ち着く暇がないわね」

ポリーシャを発（た）つ際に、彼女はそう苦笑したものだった。

王の命令で秋を視察に費やし、冬が訪れたいま、戦場へ赴く。冷たい風の吹き抜ける中、服の上に鎧をつけ、さらにその上に毛皮を用いた外套を羽織って従ってくれる兵たちには、感謝しかない。

ちなみに、ソフィーが率いている兵はすべて歩兵である。馬に乗っているのはソフィーをはじめとするわずかな者たちだけだ。馬糧（ばりょう）をおさえるための、やむを得ない措置（そち）だった。

ソフィーがルークトに到着したのは昼過ぎだったが、城砦を守る隊長のタラス以外に、意外な人物が彼女を出迎えた。『羅轟の月姫（バルディッシュ）』の異名を持つ戦姫オルガ＝タムである。

「ひさしぶり」

最年少の戦姫は、ブリューヌで別れたときと同じ、愛想のない顔で挨拶をした。

厚地の服の上に、羊毛をふんだんに使った外套をまとって、腰のベルトに小ぶりの斧をさしこんでいる。この斧こそ、彼女の竜具ムマだ。いざ戦いがはじまれば、オルガの意志に沿って大きくなり、刃の形を変え、すさまじい破壊力を発揮する。

「こんなに早く会えるとは思わなかったわ」

ソフィーは素直に喜んで、彼女の手をとった。

聞くと、オルガは五百の騎兵を率いて一昨日この城砦についたらしい。数は少ないが、騎兵は貴重だった。

ソフィーは兵たちをねぎらうと、オルガとともに、タラスに先導されて城壁へと向かう。城壁上から、南の荒野を見つめた。

「最近は、ムオジネル軍は一日に一度は、必ず姿を見せます。ですが、決して近づいてくることはありません。こちらから兵を出して牽制してみたこともあったのですが、その後も連中の行動は変わりませんでした」

「この城砦を守る兵の数は？」

ソフィーが尋ねると、タラスは約二千だと答えて、申し訳なさそうに付け加えた。

「ただし、馬はほとんど使えません。馬糧が足りないのです。諸侯に協力を求めましたが、いまのところ応じてくれたのはお二人だけです」

「残念だけど、わたくしたちだけで戦うことも考えた方がいいでしょうね」

微笑を絶やさず、しかし厳しい言葉をソフィーは口にした。たとえば、ムオジネル軍が明日にでも攻めてきたら、否応なしにそうなるだろう。

――援軍は、期待しない方がいいでしょうね。

この秋の間、ジスタートの各地を見てまわったソフィーはそう思う。諸侯は、自分の領地を治めるだけで手一杯だろう。

――他の戦姫も……。

ミラとミリッツァにはブリューヌへ行ってもらっている。リーザことエリザヴェータ＝フォミナは己の公国であるルヴーシュから動けそうにない。それに、彼女にはミリッツァの分も、ジスタート北部の治安を守ってもらわなければならない。

傍らに無言で立っているオルガをちらりと見る。彼女はよく来てくれたものだ。

最後に、タラスはソフィーたちを客室へ案内した。「何かあったらお知らせします」と告げて、一礼をして足早に歩き去る。彼も忙しいのだろう。

「オルガ、お話ししない？　あなたのことを聞かせてほしいの」

ソフィーが笑顔で呼びかけると、オルガはうなずいた。

客室といっても城砦なので期待しないでいたが、ベッドにテーブル、椅子と、最低限のものは置かれていた。椅子は少し硬かったので、ベッドに並んで腰を下ろす。ソフィーは持参した葡萄酒(ヴィノー)を開け、二つの銀杯を用意して注いだ。

「再会を祝して」

ソフィーの言葉に、オルガは黙ってうなずいた。銀杯を合わせる。

「ところで、あなたの公国はだいじょうぶなの？」

気になっていたことを、さっそく聞いた。正直にいえば、オルガは来ないと思っていた。

彼女が戦姫としての自分に自信を失い、治めるべきブレストの地を離れたのは、三年前だ。

長い旅を経て、オルガはようやく帰ったのである。混乱が起きるのは必定で、彼女はブレストを離れられないと、ソフィーは考えていた。

「あまり、だいじょうぶじゃない」

銀杯の中の葡萄酒を見つめながら、オルガは淡々と答える。ソフィーは慌てた。

「それならどうして来たの」

オルガはすぐには答えず、葡萄酒の表面で視線をさまよわせる。やがて、ぽつりと言った。

「助けられたから」

少しずつ、オルガは話しはじめた。

オルガが帰国したブレストは、ソフィーが予想していた通りに混乱に包まれた。オルガが留守の間は、文官たちが公国を管理していたのだが、彼女が姿を消した責任を巡って、文官たちと騎馬の民が対立していたのだ。

では、オルガが帰ってきてそれらが解消されたのかというと、両者は必死にオルガを自分たちの味方にしようとして、ますます対立を深めた。

さらには、オルガに批判的な者たちが現れた。

帰国したときに、オルガは自分の非を認めて多くの者に謝罪したが、すべての者が納得して受けいれたわけではない。「竜具を捨て、国王陛下に戦姫の地位を返上すべきだ」と、言う者までいた。

オルガはどのような批判にも反論せず、文官たちにも騎馬の民にも肩入れせず、政務を処理していった。精神的な消耗は尋常なものではなかったが、自分への罰だと思って耐えた。

だが、文官たちと、騎馬の民、そして彼女に批判的な者たちが和解することはなく、秋の不作が対立を加速させた。騎馬の民は数千もの馬と羊を処分しなければならず、文官たちはそれらの羊の肉を安価で提供するように要求した。

オルガはブレストのために奔走したが、徐々に崩壊の道を進む公国を立て直すことは、できそうになかった。

「でも、ミリッツァが助けてくれた」

オルガの言葉に、ソフィーは目を瞠る。ミリッツァとは、ムオジネルを視察したあとで別れた。彼女はまっすぐブリューヌへ跳んだと思ったのだが、ブレストに寄り道していたのだ。

「ここがあなたの公国ですか」

先触れもなしにブレストの公宮を訪ねてきたミリッツァは、オルガに対して挑戦的な表情でそう言ったあと、現在のジスタートを取り巻く状況について説明した。

「視察とは呑気でうらやましい」

オルガはおもわずそう毒づいたが、ミリッツァは平然と受け流した。

「ところで、ブレストはどうですか」

そう訊かれて、オルガが正直に話したのは、ジスタートの状況を教えてくれたことへの返礼に加えて、疲れからだった。ミリッツァのことは変わらず嫌いだが、その彼女にでもすがりたい心境だったのだ。

ところが、そのあとミリッツァがとった行動は、オルガにとって予想外のものだった。

彼女は文官たちと騎馬の民の有力者、そしてオルガに批判的な者たちのまとめ役らを、もっとも広い会議室に集めて、ブリューヌでのオルガの動きを丁寧に話して聞かせたのだ。

「困難な状況にあるときほど、ひとは団結し、支えあわなければなりません。ですが、実際にはそういうときほど、ひとは団結できなくなる。わたしの師の言葉です。そういうときにはどうすればいいのかと聞いたら、師はこう言いました。基本的なことを確認しなさいと」

そして、ミリッツァは、ブレストの者たちに鋭い眼光を叩きつけた。

「あなたたちの年齢はいくつですか？　オルガ＝タムの年齢だったころ、あなたたちは何をしていましたか？　どのような立場にあり、どれほどの重責に耐えていましたか？」

雷光に打たれたかのようにブレストの者たちは言葉を失い、何人かはうつむいた。

「いま話したように、あなたたちの戦姫は遊んでいたわけではありません。諸国を巡り、戦姫として必要な経験を積んできたのです。そのことに何も思わないのですか。彼女の旅の話を聞こうとした者は、それを役立てようとした者は、この場にいたのですか」

ミリッツァはまだ言い足りない様子だったが、彼らの態度から、これ以上言葉を重ねるべきではないと考えたらしい。無難な挨拶に切り替えて、その場をあとにした。

ミリッツァを追って会議室を出たオルガは、彼女を呼びとめ、礼を言った。

それから、率直な疑問をぶつけた。

「どうして、助けてくれた？」

ミリッツァの返答は、ややひねくれたものだった。

「わたしが似たような目にあったことがないとでも思ってるんですか」

先代の『虚影の幻姫（ツエルヴィーデ）』であるヴァレンティナの助けがあり、ミラなどに面倒を見てもらっているとはいえ、ミリッツァ＝グリンカはまだ十六歳なのだ。

年齢や経験不足によって失敗したこともあれば、部下から侮（あなど）られたこともある。オルガを取り巻く状況は、決して他人事（ひとごと）ではなかった。

「礼をしたい」

オルガは率直に申しでた。感謝の気持ちがしっかり心の中にあるうちに。

すると、ミリッツァは少し考えたあと、こう言ったのだ。

「正直にいえば、あなたにお願いなんて死んでも……いえ、死ぬことの次ぐらいにはいやなのですけど。――ソフィーヤ様を助けてあげてください」

そして、オルガの返答を待たずに、ミリッツァは竜技で姿を消したのである。

話を聞き終えたソフィーは、葡萄酒の残っている銀杯をテーブルに置いて、オルガをそっと抱きしめた。「ありがとう」と、オルガに礼を言い、心の中でミリッツァにも感謝する。

恥ずかしそうにソフィーの抱擁から逃れると、オルガは不器用に話題を変えた。

「エレオノーラは来る？」

オルガの質問に、ソフィーは美しい顔を曇らせた。

「エレンは動けないかもしれないわ」

一呼吸の間を置いて、ソフィーは悲しげな声をつむぐ。

「サーシャが亡くなったの。エレンは、秋の半ばから彼女のところにいたわ」

サーシャとは、レグニーツァ公国を治める戦姫アレクサンドラ＝アルシャーヴィンのことである。彼女はエレンの親友であり、数年前から不治の病に冒されていた。

秋の半ばにサーシャの容態が悪化すると、エレンはレグニーツァへ向かうことにした。間に王家の直轄地を挟んでいるとはいえ、レグニーツァはライトメリッツと隣り合っているも同然である。サーシャの死は、ライトメリッツにも影響を及ぼすかもしれなかった。

エレンの副官を務めるリムアリーシャがそれを認めたのは、ライトメリッツのためというより主のためであったろう。サーシャの死に立ち会えなかったら、エレンの心に深い傷が残ることを、彼女はわかっていた。

ソフィーから話を聞き終えたオルガは、小さくうなずく。

もともと、エレンの治めるライトメリッツは南の国境から遠い。来られなくて当然だし、親友を大切にしてほしいと、心から思った。

壁に立てかけた己の竜具を見る。いずれ現れるだろうムオジネル軍を、ここにいる者たちだけで迎え撃とうという決意が、雲ひとつない蒼空を思わせる瞳に浮かんでいた。

あとがき

風に舞う花粉が目にも鼻にも厳しい今日この頃、という時候の挨拶があってもいいと思うんですよね。

ようやく暖かくなってきたのは嬉しいのですが、ここ数年でめっきり花粉に弱くなってしまった身としては、これさえなければなあという気分だったりします。

おひさしぶりです、川口士です。『魔弾の王と凍漣の雪姫』十一巻をお届けします。

数多の戦いをくぐり抜けて、ティグルたちの物語は最終章を迎えました。表紙を飾るのはミラとズメイ。因縁の二人です。


前巻で長い戦いにもひと区切りがつき、ティグルたちはそれぞれの故郷へ帰りました。ティグルにしてみれば、故郷を離れたのが一巻と二巻の間であり、一年と数ヵ月ぶりに帰ってきたわけですが、何もかもをかたづけたわけではありません。

魔物でいえばズメイとドレカヴァクが生き残ってますし、異国の神アーケンの使徒もメルセゲルが残ってますし、シャルルにいたっては白い鏃を押しつけてとんずらしましたからね。

今巻では大陸全土を巻きこんだ異変が起こり、戦姫たちはそれぞれ対策に奔走し、ティグルとミラ、リュディもまた新たな戦場へ向かうことになります。

もっともティグルの場合、それらの問題を解決したら、今度は二人を恋人にするという荒業で乗りきった女性関係についての対処を迫られるわけですが。

旧魔弾ですと、物語開始時点でティグルに両親はおらず、エレンは捨て子だったのを傭兵団に拾われ、いろいろあって戦姫になった身でしたが、今作においてはミラの両親は健在ですからね。彼らに出番がなかったのはよかったのか悪かったのか。

ちなみに、もしもベルジュラック公爵が生きていたら、この巻は地獄の公爵家入り婿修行編とかになっていたと思います。食糧なしで荒野に置き去りとか。馬にくくりつけられて飲まず食わず眠らずで走り続けるとか。修行です。

ともあれ、今巻も楽しんでいただけたらと思います。


さて、いくつか宣伝を。


本作と同日に、僕が原案、瀬尾（せお）つかささんが執筆、白谷（しらたに）こなかさんがイラストを担当している『魔弾の王と天誓（てんせい）の鷲矢（アクイラス）』二巻が発売します！

遠い南の国カル＝ハダシュトでの戦いに巻きこまれたティグルとリム。とある部族の暴走によって炎上する都市に現れたのは、戦姫ソフィーヤ＝オベルタス。二巻では、ティグルとリムがいよいよ物語の核心に迫ります。書店などで見かけたらぜひ。

的良みらんさんによる『魔弾の王と凍漣の雪姫』コミカライズ版の第二巻が、四月十九日に発売しました！

本編の二巻におけるティグルたちとレーシーの戦いを、見事なタッチと派手なアクションで描いてくれています。エレンが素っ裸で吊されたりしているのは原作がそうなっているので仕方ありませんね。漫画になるとこうなるのかと感心することしきりです。

ｂｏｍｉさんによる『魔弾の王と聖泉の双紋剣』コミカライズ版の第一巻が、こちらも四月十九日に発売しました！

『聖泉』の一巻におけるティグルとリムとギネヴィアの出会い、竜との戦いや、戦場での活躍を格好よく、ときにコミカルに描いてくれています。

それでは謝辞を。

ミラとリュディに加えて、八巻以来のミリッツァ、五巻以来のティッタと、前巻とは打って変わって女性率高めのイラストを描いてくれた美弥月いつか様、ありがとうございました！

でも今巻のお気に入りは女神と竜の像だったりします。巨大なと書いてはいたけど、あらためて絵にしていただくとでかいなあ……と感心しました。多少のポーズの違いはあれど、こんな像がブリューヌやジスタートやザクスタンにはごろごろあるのです。

編集のH様、T澤さん、毎度の難産ゆえに今回も原稿チェックをはじめ諸々ご面倒をおかけしました。

この本が書店に並ぶまでの多くの工程に携わった方々にも、この場を借りて感謝を。

最後に読者の皆様、今巻もおつきあいいただき、ありがとうございました。

本作は次巻で完結しますが、ティグルたちが織り成す物語の結末を、見届けていただければと思います。

では、夏の終わりごろにまたお会いできればと。

春の宵に　　　　川口　士

旅人たちを呑み込む魔の森の恐怖
魔物に囚われたエレンを救え!!
ザザ
『魔弾の王と凍漣の雪姫』待望のコミック版
ニコニコ漫画「水曜日はまったりダッシュエックスコミック」にて好評連載中
ビクッ
漫画：的良みらん　原作：川口士
魔弾の王と凍漣の雪姫
Lord Marksman and Michelia
2
待望のコミックス第2巻
好評発売中！

ティグルとリュドミラの出逢いと別れ、
そして再会の物語、
ついに完全コミック化！
魔弾の王と凍漣の雪姫
序章
作画：kakao　原作：川口士
キャラクターデザイン：美弥月いつか
魔弾の王と凍漣の雪姫 序章
全国書店にて好評発売中！
Presented by
kakao
原作：川口士
キャラクター原案：美弥月いつか

ニコニコ漫画「水曜日はまったり
ダッシュエックスコミック」にて好評連載中
魔弾の王VS魔弾の王
異国の地でティグルとリムは
かつてない敵との戦いに挑む
『魔弾の王と聖泉の双紋剣』
待望のコミカライズ！
漫画 bomi
1
魔弾の王と聖泉の双紋剣
カルンウェナン
コミックス1巻
好評発売中！

南方の新天地カル＝ハダシュトを舞台に
新たな魔弾の王の物語が幕を開ける！
novel：瀬尾つかさ　original author：川口士
illustration：白谷こなか
魔弾の王と天誓の鷲矢
2
瀬尾つかさ
最新2巻　集英社ダッシュエックス文庫より
2022年4月22日発売予定

ダッシュエックス文庫

魔弾の王と凍漣の雪姫11

川口 士

2022年4月27日　第1刷発行

★定価はカバーに表示してあります

発行者　瓶子吉久
発行所　株式会社　集英社
〒101−8050　東京都千代田区一ツ橋2−5−10
03(3230)6229(編集)
03(3230)6393(販売／書店専用) 03(3230)6080(読者係)
印刷所　図書印刷株式会社

ISBN978-4-08-631465-7 C0193